Milagro en Miami

Autores Españoles e Iberoamericanos

Zoé Valdés

Milagro en Miami

 Planeta

© Zoé Valdés, 2001

© Editorial Planeta, S. A., 2001
Còrsega, 273-279, 08008 Barcelona (España)

Diseño de la colección: Silvia Antem y Helena Rosa-Trias

Ilustración de la cubierta: © Justo Vega

Primera edición: marzo de 2001

Depósito Legal: M. 2.228-2001

ISBN 84-08-03744-7

Composición: Ormograf, S. A.

Impresión y encuadernación: Brosmac, S. L.

Printed in Spain - Impreso en España

*A mis amigos de Miami,
en especial a Ivelín y Craig*

Hacia un reino donde los buenos días quieren
decir realmente buenos días.

De *Milagro en Milán*,
VITTORIO DE SICA Y CESARE ZABATTINI

Amigos, si quisiéssedes   un poco esperar
aun otro miraclo   vos querría contar,
que por Santa María   dennó Dios demostrar
de cuya lege quiso   con su boca mamar.

De «El Sacristán Fornicario»

El precioso miraclo   non cadió en oblido
fue luego bien dictado,   en escripto metido;
mientre el mundo sea   será el retraído;
algún malo por ello   fo a bien combertido.

De «La imagen respetada por el incendio»,
En *Milagros de Nuestra Señora*,
escritos entre 1246 y 1252

GONZALO DE BERCEO

PRIMER *INNING*

UN DETECTIVE A LA MEDIDA

Miami es la ciudad más vilipendiada del mundo; sin embargo es el lugar que más estimula al detective Tierno Mesurado, pues en Miami siempre existirán auténticos casos que investigar. Miami también es su sitio preferido para en un futuro echar ancla. No por su arquitectura, pues en verdad, salvo en el litoral que bordea la playa, allá por los edificios *art-déco*, la ciudad ofrece poco atractivo. Hablando en plata, que es como hay que hablar en Miami y lo demás es historia antigua, comparada con París —competencia desigual— Miami saldrá perdiendo. Pero Miami tiene su moña. Miami es una ciudad rebosante de exaltaciones, excesiva en pasiones, y de tan temperamental se ha vuelto lindísima, preciosa. Así la hicieron los inmigrantes; después de los anglosajones y los africanos siguieron los cubanos, quienes nunca han sido exiliados del todo, sino que cada cual pretende pertenecer a ambas orillas, la de la isla y la de Miami. A los cubanos les fascina sentirse especiales, y lo son, algo así como palmas reales que esperan a ser trasplantadas a la humedad de su tierra; bueno, con esa vanidad se expresan, ¡y pobre de ellos con su condena!; y después viene el resto de los latinoamericanos, quienes contrario a los cubanos han ido a buscar refugio en el olvido, en fuga permanente de la estridencia tenebrosa de sus orígenes, atenuados y renuentes a la memoria. Miami es la capital de la paradoja y la parodia. Porque una vez que un caminante se estrena en sus pocas calles peatonales, la ciudad transforma muy pronto el desasosiego del recién llegado en euforia disimulada detrás de medias carcajadas zorras. Miami resulta a veces una copia que le gana al original en alegría y absurdo. Miami es el delito y también el apaciguamiento hogareño. Así pensó el señor Mesurado; él quiere a Miami por comprensión, y no por compasión; sonrió y extrajo de su bolsillo una cajetilla de cigarrillos Gauloises para enseguida volver a esconder el paquete en el mismo depósito ante la mirada inquisitorial de una roñosa obesa, policía del aeropuerto según la forma en que vestía y de la manera en que acalorada le bajaba velocidades a los pasajeros. En Estados Unidos, los fundamentalistas antinicotina pueden ser capaces de degollar a cualquiera que se empecine en sombrear sus pulmones de humo.

En Miami es donde mejor se come comida cubana. Y Tierno Mesurado es un fanático del yantar. Y si se trata de vaca frita, tamales, plátanos tostones rellenos con tasajo, congrí y ensalada de aguacate, ¡ni se diga! Por eso se le ensalivaron las comisuras de los labios ante un remoto recuerdo de aroma a chicharrones de puerco conservados en su propia manteca rancia.

En Miami es donde mejor se duerme, con esa brisa que viene del Caribe y aquellos aguaceros interminables. Ciclones como el fin del mundo. A Tierno Mesurado le fascinan los ciclones; aunque los ciclones son una desgracia para quienes los sufren en la concreta, y no para quienes los viven como turistas accidentales. Pero no hay como un buen ciclón para reflexionar reclinado en la *chaise-longue* Le Corbusier de su amigo el Lince: un tipo inventado para el amor. Lo cual resulta demasiado apabullante para Tierno Mesurado. Detective más espiritual que él habrá que mandarlo a hacer. O tal vez sus estados quiméricos o de ensueño, no exentos de análisis, son sólo pretextos para vaguear sin cargo de conciencia.

En Miami es donde más se baila, y si no pregúntenle a Iris Arco. Ella es la muchacha más bella del mundo, y Tierno Mesurado apenas puede disimular que anduvo medio enamoriscado del objeto de su próxima vigilancia. Aunque sólo la encontró dos veces en París —antes de saber que un día debería protegerla—, en los martes de la salsa de La Coupole. Y allí la vaciló hasta que se cansó mientras ella bailaba sola dando más vueltas que un trompo. En un receso, la muchacha se acercó a su mesa para pedirle una fosforera, y de paso le comentó que su sueño era instalarse en un lugar donde se pudiera mover el esqueleto el día entero, exceptuando «allá», donde no pensaba volver a poner los pies. Allá era Cayo Cruz.

—Ese lugar es Miami —aseguró él; pero ella se encogió de hombros y escapó en los brazos rumberos de un mulato chino bobalicón y bastante afeminado.

La humedad de la ciudad se coló en el interior del refrigerado aeropuerto. El detective hubo de esperar en una larga y bulliciosa cola, para mayor suplicio desorganizada que daba vergüenza, y con esas manías de descorazonados y angustiados, *découragé et angoissé* son los estados de ánimo frecuentes de los parisinos. *Los franceses no sabemos hacer colas*, apuntó, *es algo en que nos ganan los cubanos*. Después de nueve horas de viaje, su habitual paciencia se trastocó por un zozobrante estado de ansiedad. El avión salió retrasado de dos horas del aeropuerto de Roissy, a causa de la tardanza dudó que su futuro asistente en Miami le estuviera esperando para darle la bienvenida.

El funcionario de inmigración revisó el pasaporte galo. Enfrentó dudoso su mirada. Espetándole atrevido:

—¿Con ese nombre tan raro es usted francés? —Para luego sonreír mientras acuñaba la página del pasaporte.

—Soy hijo de españoles exiliados en Francia, aunque nací en París —aclaró el interpelado.

—Hummm —dio el otro por toda respuesta, indiferente ante lo que acababa de escuchar y pendiente del siguiente viajero.

Si estos cubanos no fueran tan chismosos por gusto, la cosa les iría mejor, se dijo Tierno Mesurado, con el aparatoso abrigo de piel de camello doblado en dos encima de su antebrazo izquierdo, el ordenador portátil en la mano derecha. Recuperó las maletas luego de una hora y media de confusión donde por nada una anciana americana en un sillón de ruedas se lleva sobre sus resecos y escuálidos muslos de inválida una de sus valijas repletas de documentos secretos que la gendarme gordinflona le colocó encima nada más que porque sí, por fastidiar, ya que ella decidió que la Louis Vuitton mediana (comprada de segunda mano en la rue Charlemagne) pertenecía a la inválida.

El detective rezongó aunque aliviado; no consiguió transporte portaequipaje, en una esquina distinguió varias personas ripiándose por un carrito. No quedaba otra alternativa que volverse un pulpo y arrastró los féferes hacia la puerta de control. Los maleteros de la salida se lo disputaron, pero enseguida se le acercó Ernesto, o, mejor dicho, Neno —aún él no sabía que así debería llamar a su ayudante— a socorrerlo.

—Ven por aquí, compadre, ¡qué barbaridad, cómo te has demorado! —comentó el otro al tiempo que sin presentarse, sin estrecharle la mano siquiera, se ocupaba de cargar con lo más pesado.

—Yo no, el avión —respondió el detective.

¡Vaya, como si me conociera de toda la vida! Exclamó para sí Tierno Mesurado, un extraño escalofrío recorrió sus poros. Para al punto preguntarse ¿qué hacía él, un detective francés, hijo de españoles exiliados, divorciado de una marroquí, con dos hijos nacidos en Ginebra, enredado otra vez en líos de cubanos? Sus abuelos por parte de madre habían fallecido en Miami en la pobreza total, luego de un segundo exilio; en la isla habían sido desposeídos de la decorosa ganancia que habían logrado rehacer allá. En realidad, su madre era cubana, pero al casarse con un valenciano decidió adquirir la nacionalidad española.

—Hubo retraso, no nos informaron la causa. Desde luego que no viajo nunca más en American Airlines.

—¿No pudiste bajarte un momentiquito y darle un empujón? —se burló el muchachón fibroso, ojazos negros y vivos, pelo ensortijado, fisonomía a lo Marcelo Mastroianni o Benicio del Toro.

El otro hizo ademán de no entender; estaban en el parking, buscando el auto, un Jaguar color champán es fácil de avizorar.

—¡Del avión, chico! ¿No pudiste bajar y darle un tirón para que llegara más rápido?

En eso de ser pujones también nos dan punta y raya, pensó. *Aunque, no, nosotros tenemos cada graciesitas galas de anjá.*

13

En el interior del Jaguar, el hombre de unos treinta años por fin se decidió a extender la mano derecha hacia el cuarentón de físico mediterráneo, pese a ser parisino.

—Me llamo Ernesto, para servirte, pero me gusta más Ernest por Hemingway, si quieres dime Neno, como todo el mundo... —El detective devolvió el apretón—. Como no nos dijiste dónde deseabas hospedarte pues no hemos previsto reservación en ningún hotel. El jefe cree que irás a su casa. Soy todo oídos, ¿adónde nos dirigimos?

—A la playa, a Indian Creek. ¿Eres de Juanabana? —preguntó el detective y Neno asintió—. Busca el edificio más parecido al hotel Riviera, ahí te paras.

—Okéy, bróder.

A Tierno Mesurado se le pegaban como imanes los párpados del cansancio, su cara ardía empegostada de polvo y sudor. Esto es también Miami, vapor, litros de humedad. Sí, por sobre todas las razones es una ciudad contradictoria. Calor, intemperie de plástico; sin embargo, se entra en cualquier sitio y la pulmonía no se la quita ni Masantín el torero de encima, debido al aire acondicionado; es como si lo pusieran a invernar a uno en un iglú. En la calle, entonces, se corre el riesgo del espasmo, las piernas se inflan, las arterias del cuello amenazan con reventar, se derrite a chorros el cuero cabelludo; al tomar asiento en un coche —en Miami no se puede prescindir del coche— las corvas encharcadas chorrean como almíbar de flan de calabaza. ¡Ay, Miami! Una ciudad que te ama, te sacude, te hiere, te odia, te seduce, te repudia, te acuna, y te bota a la basura, te vuelve a recoger, te mima, y vuelta a tirarte... Una ciudad cariñosa y peligrosa. Extrajo del bolsillo delantero del pantalón un sobre conteniendo toallitas húmedas de papel y aseó su rostro y sus manos. Una ciudad vital a cualquier precio, y mortal, también a cualquier precio.

El Jaguar color champán salvó los *expressway* cual máquina del tiempo, o aura tiñosa de acero. A la media hora contorneaba a toda velocidad el canal por Indian Creek. Neno parqueó frente al edificio color agua marina. Tierno Mesurado abrió la portezuela al mismo tiempo que su asistente. Jibosos de maletas ambos se dispusieron a atravesar el umbral luego de que el detective memorizara el código de acceso al edificio.

—Buenas tardes, ¿buscan a alguien, en qué puedo servirles? —El guardián medio soñoliento asomó la cabeza por detrás de la recepción en actitud indagadora, su rostro cambió para un gesto afable al reconocer al señor Mesurado—. ¡Avemaría, san Apapurcio! ¡Colega, de nuevo por acá, bien venido!

El guardia de seguridad abrazó efusivamente al detective. Lo llamaba «colega» pues argumentaba que no había nada más parecido a un detective que un guardia de seguridad: espiar en el quehacer diario de los demás. Tierno Mesurado sonrió seguro de no tener escapatoria, abrió un maletín y obsequió al hombre con un estupendo Bordeaux.

—¡Alabao, gato, usted sí sabe darme por la vena del gusto! ¡Pestífero y mortal el vino francés, caray! —Y volvió a abrazarlo mientras le informaba de los últimos partes políticos entre Juanabana y Miami. Pestífero y mortal significaba excelente—. N'á, lo mismitico del año pasado, el gobierno americano no deja de chotearse. P'a mí que los americanos siempre han esta'o en la misma onda que el Diablo... ¡ya usted sabe! —selló.

Tierno Mesurado se dio cuenta que no había obsequiado nada a Neno, y antes de hacer el gesto de brindar una segunda botella de vino, el joven se lo reprochó:

—¿Y yo, bróder? ¿Para mí no hay n'á? ¡Ni que tuviera la boca virada!

Enseguida cambió el tono cuando descubrió que para él traía también un presente.

Terminados los saludos, el detective y su asistente abandonaron el zaguán y tomaron el ascensor. En el piso once se abrió la puerta metálica. Tierno Mesurado exploró en el bolsillo de su pantalón y encontró las dos llaves. Entraron por la puerta de servicio.

Respiró aliviado ante la luminosidad del apartamento, bañado de rayos de sol que se colaban directamente a través del descomunal ventanal de cristal que separaba la terraza de la sala. El detective dejó los andariveles encima del sofá de terciopelo azul, rojo y violeta, y satisfecho observó el hermoso espectáculo de un cielo despejado, tan rutilante que picaba en las pupilas.

Neno y el timbre del teléfono lo sacaron de su ensimismamiento. Atendió primero al segundo. Era el Lince, su amigo y propietario del apartamento. Llamaba para darle el recibimiento y anunciarle que demoraría en llegar a casa pues estaba desbordado de trabajo. Hablaron en francés. Era obvio que una larga y profunda amistad los unía.

Tierno Mesurado colgó el auricular y dirigió su mirada interrogadora en torno a su nuevo ayudante, deseando conocer de dónde provenía su inquietud. Neno adivinó y respondió sacando las manos de los bolsillos laterales del chaleco y cruzando los musculosos brazos sobre su pecho.

—Debes leer esto. —Tiró sobre la mesa varios cuadernos de escuela anudados por una liga.

Tierno Mesurado echó una ojeada sin sopesarlos siquiera con sus manos.

—Son los diarios de Iris Arco, nada del otro mundo, a mi modo de ver extravagancias de modelos. Iris Arco es una muchacha demasiado sensible. Sin duda algunas rarezas están sucediéndole, porque ¿cómo explicar si no esos fenómenos? Ahora, eso sí, en los diarios no hallarás gran cosa; pero el señor Dressler me dijo que te los diera, y yo respondo a un jefe, y mi jefe es el marido.

—Mira, Neno, no perdamos tiempo. He venido porque conozco a Saúl desde hace una eternidad, pero tengo la impresión de que ustedes exageran. ¿Quién va a tener interés en dañar a Iris? ¡Por Dios!

—Todos tememos lo peor, hay demasiada envidia alrededor de ella. Figúrate, la mujer más bella del mundo casada con un chico riquísimo; en materia de billete, quiero decir. Quien además ha hecho su fortuna a golpe de esfuerzo duro, de materia gris, y de lo que tú quieras... —aclaró Neno—. Como sabes han recibido amenazas serias.

—De acuerdo; leeré los diarios esta misma noche —dijo sin mucha convicción Tierno Mesurado señalando los cuadernos; encendió por fin un cigarro.

Neno le dio una palmada en el hombro avisando que debía marcharse, otros deberes le aguardaban.

—Voy en bora, mañana te busco para iniciar plan convenido con el señor Dressler.

Ejercía varios trabajos, además de ayudante de detective era agenciero de una tienda de muebles, camarero en un restaurante cubano y friegaplatos en uno argentino, payaso en un circo ambulante. En época anterior había coqueteado con el tráfico de cocaína queriendo seguir los pasos de un primo suyo marimbero que se daba la gran vida, compraba casas y joyas a las amantes que coleccionaba a montones, dejaba en los restaurantes propinas de quinientos dólares; todo un capo. Pero ya la droga no constituía el fuerte de la ciudad, ya no se veían barcos con la proa apuntando al cielo, tupidos de polvo blanco hasta las arterias de los marineros, muy pocos conducían Jaguares o Ferraris por la calle Ocho, y tampoco se ametrallaba a la gente al salir de la Botánica Nena; a su primo el chistecito le estaba costando cincuenta años de cárcel. Sin embargo, él sí se arrepentía de haber coqueteado con los marimberos, Neno tenía escrúpulos y complejos de su pasado, pese a que necesitaba currar para sacar a su numerosa familia de Cayo Cruz hacia Miami. Pero no buscaba tener líos por causa de la droga, eso sí; había hecho poco dinero en el negocio, había empezado de abajo, como se debe, escoltando a un farmacéutico quien llevaba a cabo el proceso químico. En alguna que otra ocasión, un guayabaso lo salvó de la honda depresión, pero consumir el polvo doloroso le cortaba el apetito y le hacía perder músculos; pronto renunció a ganarse la vida con el sucio y bestial negocio. A Saúl Dressler no le había contado todo aquello por temor a arriesgar el puesto, y sobre todo por vergüenza. Extendió al detective una tarjeta de visita con sus coordenadas, y después de un abrazo y un torrente de efusivos apretones de mano desapareció por la puerta principal.

Tierno Mesurado aprovechó la soledad en que lo había sumido la partida de su ayudante para aflojar un poco la climatización, y descorriendo la puerta que daba a la terraza salió al exterior, donde se sentó en la *chaise-longue* Le Corbusier a contemplar el infinito. Leyó los periódicos, se actualizó en lo de siempre: el presidente americano y el dictador cubano burlándose de los cubanos, y del mundo. El estigma eterno, el del pretexto para mantener en estado de gloria permanente a los gobernantes. O sea, la política. Así lo sorprendió una de las más insólitas puestas de sol de su vida, y al rato el crepúsculo.

Anocheciendo fue cuando se dirigió a tomar un baño. Antes desempacó las maletas, colocó la ropa en el armario. Cenó en solitario una sopa de pollo y vegetales que su amigo el Lince había dejado preparada. El cambio de horario amenazaba con derrumbarlo, pero encontró fuerzas para entregarse a la lectura del primer volumen de los diarios de Iris Arco.

SEGUNDO *INNING*

ELLA, Y NO OTRA CUALQUIERA

Los resquicios reverberantes de luz entre la cortina y la ventana por donde se colaba el ardiente sol despertaron al hombre. Sin embargo en su habitación hacía mucho frío a causa del aire acondicionado, sintió como un auténtico trozo de hielo alojado en la médula espinal, la Antártida concentrada en el hipotálamo. Intentó encender un cigarrillo pero se le amargó la boca con un sabor aguijoneante y la garganta reseca. Los cuadernos descansaban en la mesa de noche. Sí, evidente, ella era mucha ella. Ella, toda una fortaleza. Ella, y no otra cualquiera. Existen vidas fuera de todo cálculo, vidas aisladas de la vida misma, distantes de cualquier análisis, de lo ordinario de la política, ajenas de la vulgar realidad; y que sin embargo, debido a su impulso de percepción espiritual del acontecer diario constituyen fenómenos decisivos para influir en la poesía y a su vez ser transformadas por ella. Iris Arco, más que una muchacha, era un poema sostenido por dos piernas de ensueño.

El hombre hizo un resumen silencioso de las páginas leídas la noche anterior.

Iris Arco había nacido en Guanajaboa, un barrio esencialmente religioso de Juanabana, la gran mayoría de sus habitantes practicaban la santería, y su familia no se quedaba rezagada en el asunto, aunque sin fanatismo, pero pendientes de las brujerías y de los mal de ojos que los envidiosos les lanzaban a la mata de chirimoya en razón del encono que ésta despertaba en el barrio; árbol de chirimoya como aquél no se había visto en años por todo el país. Iris Arco y su hermana Oceanía asistieron a la escuela primaria Los Suicidas del Mañana hasta la edad de once años. A esa edad, precisamente al salir de clases, vestida con uniforme almidonado y zapatos colegiales baquetetumbos, usando espejuelos fondo de botellas y alambritos en los dientes, Iris Arco fue interpelada por un mediocre fotógrafo italiano de nombre Adefesio Mondongo, enclenque, casi tísico, cara pringosa, ojos angostos de curiel.

A *Signor* Mondongo no se le escapó que estaba ante la futura Eva más bella del universo —pese a los accesorios correctores que usaba— y sin apenas consultarla le tiró un rollo completo de película. La chica era tímida y apretaba los libros contra sus tiernos pechos como si empuñara un escudo. Adefesio Mondongo no perdió demasiado tiempo y apenas se molestó en convencer a la adolescente y a su familia de que haría de esta niña la *top model* más célebre y que hablarían de ella por los cuatro costados del planeta. Ni corto y mucho menos perezoso y metiendo cañona hasta desguabinar pájaro con escopeta consiguió sacarla de la escuela y se la llevó a Milán más en un secuestro que con una autorización paternal.

Los progenitores sufrieron amargamente tras el rapto de Iris Arco aunque consiguieron consolarse un poco con una reproducción del célebre cuadro *El rapto de las mulatas* de Carlos Enríquez que les trajo un vecino argumentando que lo de los robos de cayocruceras por extranjeros era agua corriente desde hacía cinco siglos; pero la familia se hundió de nuevo en la angustia pues cuando expresaron la negativa de entregar definitivamente su hija a un desconocido, Adefesio Mondongo se pertrechó de cartas oficiales amenazadoras y hasta se presentó escoltado de un militar, quien certificó que la presencia «internacionalista» de la joven en la solidaria tierra garibaldiana resultaba imprescindible para el futuro político y económico de la patria. Impedir que Iris Arco emprendiera esta tarea no sólo sería considerado alta traición, sino que además destruiría el futuro prometedor como cabaretera de Oceanía, su hermana pequeña. Iris Arco debería tener interés en sacrificarse —eufemismo de obligación— y obedeció.

En Milán y en Roma, cuenta ella en su diario número uno, que Adefesio Mondongo hizo mucha plata retratando a la adolescente y vendiendo las fotos a las revistas de modas, metiendo mentiras, unas guayabonas del tamaño de la capilla Sixtina, respecto a la historia personal de la joven, explotando por supuesto el tema por su lado exótico de que Iris Arco era una hermosa e ingenua pionera comunista. Aunque ella nunca había sido pionera pues a los católicos se les negaba la oportunidad. Y claro está, luego de haberle quitado las botas ortopédicas y los correctores dentales antes de tiempo, Iris Arco se transformó en una adolescente apetecible. Pero de estos sucesos ella se enteró cuando ya llevaba un recojonal de ratos sobreviviendo fuera del tiempo normal, totalmente aislada, en embeleco puro.

Iris Arco nunca vio el dinero, ni siquiera sabía que Mondongo recibía suculentos beneficios por fotografiarla. Iris Arco andaba con las tripas pegadas al espinazo, tiritando nada más ver caer la nieve a través de los cristales empañados de polvo de la ventana de su cuarto y soportando humillaciones y maltratos sin precedentes. Avergonzada, no se atrevía a confesar por cartas a sus padres las vejaciones a las que se hallaba sometida. Así padeció más de cuatro años, encerrada en un tugurio mugriento, apestoso a alfombra húmeda, arrebujada en una manta de lana de cuando Mussolini y la segunda guerra mundial, en una mansión en ruinas sin calefacción. Y mientras tanto Adefesio Mondongo echándole maíz al pollo para que creciera y desarrollara y de este modo sacar mayor remuneración del esplendoroso cuerpo Danone —yogur que ella aún no había probado— que ya se anunciaba en las largas extremidades de la chiquilla y en los pómulos huesudos encima de los cuales sonreían entre entristecidos y soñadores dos ojos miopes color verde esmeralda, parecidos a los de Marilyn en *Cómo cazar a un millonario*.

A los dieciséis años, Iris Arco descubrió por casualidad que este hombre la engañaba sin piedad. Siempre le había dicho que no conseguía vender los tirajes, culpándola a ella de su incapacidad para posar, de su mínima o ninguna gracia para entregar el máximo o al menos un superfluo secreto de su espiritualidad. Una tarde, la joven aprovechó un viaje de Adefesio a Venecia y embobada por el vuelo errado de un ruiseñor que se había colado a través de una ventana entró en la habitación prohibida. Habiendo espiado al italiano descubrió que éste enterraba la llave en una maceta de mandrágora y, escarbando, de allí la robó cuando vio que el pobre pájaro quedaba prisionero dentro del tenebroso cuarto.

Al entrar en la habitación prohibida no encontró cadáveres putrefactos de amantes como en el cuento de Barba Azul, más bien halló portadas de las revistas más famosas ampliadas y colgadas por todos lados. Cientos de ellas a todo color con su rostro y suntuosa osamenta rellena de piel como de melocotón reproducidos en múltiples posiciones.

La piú bella ragazza dil planeta!, rezaba en letras escandalosas un número de portada brillante que la mostraba a ella medio desnuda, amodorrada sobre el camastro desvencijado, mientras chupaba su dedo gordo. Acción a la cual se había habituado más por hambre que por trauma infantil. Adefesio Mondongo había tomado esa foto sin su consentimiento, además creyó recordar que antes había insistido en que ella bebiera un jugo demasiado amargo, el brebaje la tumbó como a un gorrión alcanzado por la impiedad de una honda. Las demás publicaciones no ahorraban adjetivos fabulosos para elogiar a la sorprendente beldad, ni se mostraban tacañas en echar piropos al coquito del año, a la que llamaban el enigma de finales del siglo veinte pues un extraño halo de luz coronaba su cabeza en cada foto. Iris Arco se sintió mortalmente triste, pero no lloró. Sabía que las lágrimas debería dedicarlas a momentos exclusivos. Registró y halló grandes sumas de dinero, facturas a nombre de Adefesio Mondongo donde pudo leer que el motivo de los pagos era nada más y nada menos que los retratos a la huidiza desconocida. Hurgó en el más mínimo rincón; saciada de farfullar, cerró la puerta tal y como la había dejado su dueño y volvió a enterrar la llave en la maceta de mandrágora.

Cuando Adefesio Mondongo regresó de Venecia, Iris Arco ya era una joven desarrollada, con un cuerpo monumental, y una talla a lo Victoria de Samotracia. Piel canela y cabellera castaña clara, ojos cual dos esmeraldas colombianas, pestañas negras y espesas, mirada lánguida, nariz pequeña y perfecta, boca húmeda y pulposa de nacimiento, para nada gracias a inyecciones de silicona. Él la observó con las comisuras de los labios repulsivamente espumosos en saliva, y apuntándola con la cámara la ametralló todavía más con *flashes* siniestros. Ella se mostró desenvuelta como nunca antes. Al día siguiente, Adefesio Mondongo decidió firmar un contrato para conducirla por fin a una pasarela. En cuatro semanas la enseñó a desplazarse cual una gacela, o con la sagacidad de una pantera. Para la muchacha no fue difícil fingir y arrebatar hasta la sonsera al italiano con su sofisticada docilidad.

En pocos meses se convirtió en una de las más célebres maniquíes de Italia y de Francia. Durante el otoño y el invierno fue el rostro del Bonmarché de París. Y enseguida repararon en ella los diseñadores ingleses y los americanos. Pasaba la jornada viajando de una ciudad a otra. Desayunaba en Milán, almorzaba en Viena, cenaba en Londres, tomaba el Concorde y dormía en New York; una auténtica vida loca. La cuenta bancaria de Adefesio Mondongo engordaba en la medida en que aquellas largas y listas piernas pisaban con grácil y firme paso en los puentes colgadizos de la fama. El despiadado fotógrafo compró una residencia en ruinas para restaurarla con las ganancias de su pájaro de oro.

Iris Arco terminó detestando a aquel furrumalla romano, que se hacía el guacarnaco para ver el entierro que le hacían, y que no se cansaba de regar por las cuatro esquinas que había sido él quien le había echado el ojo, descubriendo aquel divino tesoro, convirtiéndola en su rehén, y transformándola de socatroca salvaje en muchacha sensata de refinados ademanes. Se llenaba la boca alardeando de que él era su artífice, que ella se lo debía todo.

—¡Vean a esa chica de elegantes modales! ¡Es mi obra! ¡Si la hubieran visto antes, nadie hubiera apostado ni medio escupitajo por semejante bicho! ¡No, hombre, quién iría a malgastar saliva en una flaca del montón! Y miren ahora, excelsa y regia, escultural, gracias a mí. Desmiénteme, querida, si exagero.

Iris Arco asentía en silencio, rehuía la mirada de sus interlocutores, y se escurría al camerino a enjugar sus lágrimas con *quiutips*, o sea con dos bastoncillos destinados a limpiar las cerillas de las orejas, cosa de no correr el maquillaje, aplacándose a sí misma:

—*Teikirisi, teikirisi*, Iris Arco —se decía con el inglés mal asimilado de los seriales americanos pésimamente doblados—. No arrugues, que no hay quien planche plisados.

La gente escuchaba a Adefesio Mondongo incrédula, ¿cómo podía tal indigente inventar semejantes estupideces? Y lo mandaban a bañarse, a quitarse al menos las legañas con un buen lavado de cara. Señor, vaya usted y cámbiese ese pantalón verde olivo en tela de paracaídas de miliciano trasnochado por una prenda menos indecente. Al fin, Europa es tan esnob que terminó adoptando la moda del pantalón caqui de militar con bolsillos a ambos lados laterales de las rodillas y la consabida boina negra de un verdugo terrorista bautizado de revolucionario.

A ella terminó por llenársele la cachimba y lo abandonó. Él acusó a la joven de malagradecida. ¡Tanto que había sacrificado por ella, le había entregado el alma! ¡Y pensar que había gastado toda una fortuna en su educación y formación profesional! Lloriqueaba por los rincones sin mencionar ni un céntimo de las ganancias que había rapiñado explotando a la joven, o sea, vía trata de blancas, porque entretanto organizó una red internacional de putas adolescentes, añadía él que de lujo, sin que Iris Arco se enterara. Acabó como acaban todos los cretinos mediocres, que así son de redundantes, mudándose a Cayo Cruz, donde compró un jeep militar destartalado, una casa solariega, y se daba bambolla diciendo que vivía como cualquier obrero medio. Organizaba intentos de suicidio públicos, no dejaba en paz a nadie con el cuento de su amor traicionado. En la medida en que fue gastando el dinero se percató de que debía hallar una solución a la crisis y decidió reclamar el consuelo de una escritora para que le ayudara a redactar el guión cinematográfico de su tormentosa historia; él dirigiría la película. A la escritora le pagaría el fruto de su trabajo creador con la mitad de un bocadillo de huevo, queso y jamón, compartido con él en la cafetería churrupiera del teatro Mella.

Iris Arco escapó como mismo llegó, sin una valija, con la ropa puesta. Se había enamorado de un maniquí francés. Se casaron, tuvieron una hija, pero poco tiempo después el matrimonio fracasó. De esa historia, Iris Arco no había querido dar ningún detalle suplementario en su diario, tal vez para no dañar a la pequeña Zilef, cuyo nombre al revés quería decir feliz.

Lo que Tierno Mesurado pudo sacar en conclusión fue que durante el tiempo que duró ese primer matrimonio, cinco años a lo sumo, quien trabajó como una bestia fue Iris Arco; el marido dormía día y noche, y a la pequeña Zilef la cuidaba una nana polaca, o la abuela paterna de vez en cuando, y el «cuando» dependía de sus frecuentes citas con sus amigas en el café Florián en la plaza San Marcos de Venecia.

Mientras Adefesio Mondongo mudaba de escenario en escenario internacional —ofreciendo con prolijidad tandas y tánganas de hipocresía donde no menospreciaba la repetida amenaza de suicidio—, añadiendo también a su itinerario el escenario guanajaboense, de donde era oriunda Iris Arco, interpretando al amante mancillado, al Pigmalión defraudado e incluso imbécil, e intentando construir una imagen espantosa de traidora y de *putana* a la muchacha, además alegando que la familia de ella lo había explotado y hasta robado.

Iris Arco por su parte se desilusionaba del padre de su hija. Aquello no era un marido sino un oso polar sembrado en un invernadero. Consultaron a abogados y decidieron divorciarse a las buenas; ella y Zilef se mudaron por una temporada a New York.

Para ese entonces ya estaba harta de ser modelo; hasta el último pelo de aguantar las frivolidades diarias de la profesión, asqueada de poner buena cara al mal tiempo, tenía las tetas llenas de fingir sentirse divina cuando en realidad lo único que anhelaba era tirarse un pedo o esparrancarse en una cama camera y dormir olvidando su existencia. No aguantaba más los jugos de remolacha, zanahoria, naranja, kiwi, mandarina, guayaba, y en el mejor de los casos, plátano a toda hora, en el desayuno, en el almuerzo y la cena, como único alimento, para que ni siquiera un milímetro imaginario de grasa se atreviera a envolver su osamenta. Las ojeras impregnaban todo su rostro hacia la barbilla, sus luminosos rasgos perdieron el sonrosado natural y fue empalideciendo considerablemente; debía frotarse con limón las pupilas para devolverle el brillo a su opaca mirada. Las piernas le temblequeaban al descender peldaños de cualquier escalera normal. Se sintió sumamente agotada y con muchos deseos de enamorarse de alguien que la respetara.

Una tarde observó a Zilef dormida, tan indefensa, y sintió desesperados deseos de vivir distinto, al momento esos deseos se trastocaron por impulsos de matar a la niña y de suicidarse ella, enseguida de vivir, vivir, vivir con mayor fuerza. Acarició con el dorso de la mano la mejilla de Zilef y por primera vez después de tantos años alejada de su familia comprendió que era el momento de llorar a plenitud, a todo pulmón, de expulsar todo el llanto contenido desde sus trece años.

En el espejo del lavabo, el detective estudió su barba de dos días, luego estiró la piel del cuello para comprobar que su piel relucía limpia de espinillas. Preparó la máquina de afeitar y empezó a rasurarse con sumo cuidado. Al llegar al borde de la nariz se hizo un corte y sangró, enfadado enjuagó la diminuta herida con abundante agua. Mientras efectuaba estos detalles del aseo matinal confeccionó mentalmente una lista de las posibles personas que según él, hasta ese momento de su mínimo conocimiento y dominio de la situación, estarían interesados en echarse al pico a su clienta.

Adefesio Mondongo era el principal sospechoso, por supuesto. Luego el emborronado primer esposo, aunque la existencia de Zilef era un elemento decisivo para rechazar esta reflexión. ¡Quién sabe! Ésos constituían los núcleos de la intriga con peso específico importante.

Aunque no había pasado por alto que con alarmante insistencia Iris Arco anotaba en las páginas de su diario la perenne envidia con que la acosaban la mayoría de sus colegas, las demás modelos. Envidia asesina. La envidia y los celos de su belleza y de su éxito acosaban a la joven sin dejarle un segundo de alivio, desde su nacimiento en la distante Guanajaboa.

Rabia, calumnias, resentimiento. A todo eso ella respondía con genuina calma, amable en extremo, sin que nada extraordinariamente maléfico interfiriera en sus mejores sentimientos. Había aprendido a pensar, o a embutir su mente de ilusiones, y esperaba mucho, eso sí. Imaginaba que volvería a la isla. Esperaba cada segundo de su vida el día añorado en que con entera libertad pudiera regresar sin calamidades a una tierra próspera y pacífica. Esperar provocó en ella un estado insólito, flotaba en la realidad inmediata. Jamás pisaba tierra. La ensoñación se convirtió en su estado normal. Así lo intuyó Tierno Mesurado; leyó todo eso en la escritura de un trazo de su sangre que goteó de la cuchilla y se empantanó en la porcelana del lavabo.

Enjuagó la cuchilla debajo del chorro proveniente del grifo y secó su rostro con la toalla color azul Prusia, untó su piel con loción refrescante y luego con crema perfumada a la canela. *Posiblemente, sí, probablemente*, insistió distraído en sus cavilaciones, *Iris Arco ande medio paranoica*.

La puerta del segundo cuarto se abrió de par en par y apareció su amigo el Lince vestido con un albornoz cuyo tejido imitaba un panal de abejas. Se abrazaron de manera sencilla y retomaron la conversación por donde mismo la habían dejado dos años atrás. Eso tienen las grandes amistades, pase el tiempo que haya transcurrido, sucede como si la existencia se hubiese suspendido en favor de una sensación única, difícil o imposible de describir y en la que sólo vale el instante aquel que debe ser recuperado a toda costa para proseguir con la naturalidad del cariño.

El Lince vivía semejante a los vampiros, succionándole luceros a la noche, cantando, bailando, y brindándole amor a media humanidad. Profesión: dador de amor con sede en un insólito café donde la memoria de los años dorados de la música cubana recreaba una especie de trampolín a un futuro más imaginario que posible. Constituía una gran excepción que se levantara a aquellas horas matinales, sólo lo había hecho en dos ocasiones: cuando José Canseco, uno de los más grandes peloteros de la historia del béisbol, fue a visitarlo, y ahora obligado por la más elemental regla de diplomacia para saludar a su amigo Tierno Mesurado. El detective reparó en el malestar que experimentaba el Lince ante el cañonazo de luz disparado por el boquete cuadrado de la inmensa terraza hacia la sala del apartamento, y se percató de que las pupilas irritadas de su anfitrión empequeñecicron hasta transparentarse; a los pocos minutos, éste buscó un pretexto para refugiarse en la penumbra de la cocina de la abundante luminosidad.

—¡Qué te pasa, viejo, andas más encogido que un murciélago! —comentó jocoso imitando el deje cubano con su inevitable acento francés.

—Estoy desguabinao. Lo de anoche fue mucho con demasiado. *Beaucoup con demasié*. Aaaah, si hay una cosa que detesto después de la política es el calor, el sol.

—¿Y qué coño haces en esta ciudad entonces? —Le dio un empellón.

—Adoro sus noches perfumadas a adelfas... ¡No fastidies! ¿Crees que tuve la posibilidad de elegir? A ver, a ver, a ver, ¿adónde me largo? A Capri, por la célebre canción, *Capri, fue allí*; ¡no, no, no, qué va, otra isla no! ¡Ya sé, en Roma, por *La dolce vita*, o en Milán, por *Milagro en Milán*, qué dos películas, alabao, madre santa! ¡O mejor París, por su encanto, por los nenúfares de Monet, y *la nouvelle vague*! ¡En Venecia, por el puente de los Suspiros, la Piazza San Marco, y el fantasma de Casanova! Me tocó Miami, mi hermano, y no me arrepiento. La más próxima; aunque tú sabes lo que tuve que remar y batirme con los tiburones, pero el clima ayuda a despejar las penas, que no son equis, son penas constantes y sonantes. Es una ciudad falta de afecto, carente de comprensión, por eso a veces se porta de forma tan inmadura. Y a pesar de los pesares, yo, este que está aquí, el Lince, estoy dispuesto a darle lo mejor de mi vida a Miami, ¿qué te parece?

Tierno Mesurado reaccionó como si ya hubiera escuchado infinitas veces la misma candanga. Abrió el refrigerador e indagó en el contenido, plátanos negros al borde de la podredumbre, leche cortada, agria de hacia un cuarto de siglo, agua gusaraposa, los huevos de dinosaurios del Museo de Nueva York estarían más frescos que esos de gallina, seguro que sí... Moscas del pleistoceno al borde de cortarse la yugular debido a la malnutrición que las afectaba.

—Me parece que todavía no se te ha pasado la juma de esta madrugada. Y que... que debo organizar bastante tu vida diurna.

—No existe; no tengo vida diurna. No leo periódicos, no veo la televisión; salvo algunas tardes, sólo el programa «Jeopardy» para perfeccionar mi inglés. El negocio me lleva de la mano y corriendo; pero yo, mírame bien, divino, intacto; es lo que me gusta, pasarme la noche pachangueando en el café-cabaret, de cantina en cantina, dando amooor del bueno, del butin, del sala'o. Un hombre puede estar desconchinfla'o, pero nunca será un achanta'o. ¿Viste? Apreté metiendo para parodia de Hemingway. En serio, asere, el café-cabaret me está mamando el alma.

—Hablando de café. ¿Tienes polvo? ¿Podríamos hacer un poco?

—Tengo el polvo más sabroso de todo el sur de Estados Unidos... —bromeó haciendo alusión a la manera en que los españoles llaman a la templadera, es decir, *polvo*, sin embargo aclaró—: Ahí está el recipiente, delante de tus ojos.

—¿Éste? —El detective agitó una lata en una mano y entretanto fijó sus azules burlones en los ojos color miel del Lince, quien asintió mientras trataba de hincarle el diente a una panetela de coco conservada desde hacía varias semanas, peor que la momia del Museo del Louvre.

—Eres un desastre, ay, amigo, un *petit* desastre. —Y Tierno se puso a preparar el café burlándose malicioso.

Bebieron el humeante y espumoso líquido en la terraza, pese a las protestas insistentes del Lince, quien prefería la oscuridad y el frío de su cuarto.

—Sé que eres alguien muy cercano de Iris Arco y de Saúl Dressler, su marido. ¿Crees en eso de las persecuciones, de las amenazas anónimas? ¿Por qué no avisar a la policía y contratar a un detective de por acá? ¿No es más sencillo antes que requerir de mis servicios y traerme desde París?

El Lince puso las piernas en alto, recostó su cabeza totalmente en el respaldar de la silla, cerró los párpados heridos por la neblina enrojecida de la aurora.

—Ya agotaron todas las posibilidades en este pueblo. ¿Cómo explicar a los federales o a un detective americano que los móviles pueden ser la envidia y el presentimiento, y quién sabe cuánto más? Los únicos que sabemos que la envidia puede llegar a matar somos los cubanos. Porque quienes la practican ferozmente son los cubanos. Bueno, tú nos conoces tan bien porque los franceses no se quedan atrás. Es nuestro punto en común. Pero como los cubanos no hay; no, chico, no hay ninguno como nosotros, ahí se cayó el dinero y la alcancía. Y el presentimiento es nuestra enfermedad crónica.

—¿Me estás queriendo decir que las autoridades están al corriente, y que a nadie le interesa un comino?

—Correcto. Ekelequá.

—Según Neno no hay pruebas.

—Figúrate, Tierno. Si un día al salir de tu casa te topas con siete gallinas prietas desnucadas, y amarradas por las patas con cintas rojas, un burujón de plátanos machos podridos, y todo eso que ya conoces; pues, como podrás comprender, para una mente americana... No constituyen pruebas exactamente.

—Es brujería. ¿Y qué? No me vas a decir que Saúl cree ahora en esas anormalidades. Le doy la razón a los investigadores, no hay nada de que alarmarse.

—No, Saúl no creería, si las brujerías no vinieran acompañadas de mensajes muy feos... Además, ella jura que la persigue una paloma blanca. Tal parece que está viendo visiones... Y lo peor, hay momentos en que se pone tan caliente, su piel hierve de tal manera que quema, achicharra al tocarla, ha derretido butacas, paredes... Cada vez le sube más la temperatura. Increíble, pero cierto.

—Eso es trabajo de psiquiatras, de astrólogos o de brujeros, no de detectives. ¿Y los mensajes escritos? No me negarás que son pruebas.

—Los mensajes no están exactamente escritos haciendo honor a Gütemberg, quiero decir que no son papeles enviados. Junto a las gallinas, en mitad de la calle, o en la pared del salón de la casa, con fuego que se ha apagado al instante, han leído: MUERTA. Es que también ella ha creído ver como fantasmas, o tipos disfrazados de ahorcados; aparecen tabacos encendidos en los rincones más inesperados de la casa. Convive con ángeles. Una tarde estaban de visita en el apartamento de unos amigos, en un piso catorce, y Saúl Dressler sorprendió a un hombre de espaldas rondando a su mujer, luego el tipo se viró hacia él, por cara tenía un hueco negro, hizo ademán de empujar a Iris Arco hacia el vacío desde la terraza aledaña en donde él se hallaba. Y la empujó. Ella cayó en cámara lenta, iba como un pájaro en forma de cruz; Saúl la vio caer, espachurrarse contra el chapapote, él lo jura que fue así. Corrió para capturar al tipo, quien desapareció por una escalera de servicio hacia la azotea. En la azotea no encontró nada, salvo una luz azul electrizante muy intensa. Entonces tomó el ascensor y bajó horrorizado en espera de enfrentar la desgracia. En el asfalto sólo había reflejada una huella de silueta de mujer sembrada con jazmines a lo Ana Mendieta. Desesperado, buscó ayuda en todas direcciones y ¿qué descubrió? A Iris Arco tan tranquila, tomándose un helado de fanguito, de esos de dulce de leche, en la esquina; ella encantada de la vida. No se acordaba de nada como no fuera haber experimentado la dulce sensación de que su cabeza penetraba por su ombligo y que se zambullía nadando hacia el interior de sí misma... Son sucesos raros; ellos te contarán mejor que yo, serán más explícitos que yo. Te han solicitado porque como tú tienes dones de vidente, además de ser un excelente profesional.

—Es algo de lo que no debemos hablar. De eso del don. Ya no percibo nada, ni siento nada, ni siquiera adivino un acertijo; sencillamente desistieron de mí los poderes. Hago mi trabajo limpio, sólo a golpe de sagacidad y por los rumbos claves del análisis. Ya no me ayudan los fantasmas, si es a lo que te refieres.

—No juegues, bárbaro. ¿Cuánto te apuestas a que aquí te vuelve a atacar el calambre misterioso ese que te late en el cerebro?

—Lo dudo, sabes que no soy de los que desprecian Miami, pero aquí estamos bastante lejos del más allá. Más bien estamos en, vaya, monina, que nos hallamos en lo más burdo del más acá.

—Ahí es donde tú fallas, consorte, mira, te juro que ahora mismo tienes los dos pies puestos en el más allá de los más allases. Infinito puro. Tierra, mar, aire y fuego, los cuatro elementos echando energía positiva. Oye, bróder, tú has venido demasiado realista de las Europas.

El detective sonrió incrédulo al tiempo que se erguía de la butaca y estirando sus músculos se dirigió al cuarto mientras el Lince prendía la televisión para enterarse de los pronósticos de Walter Mercado, esta vez lucía una capa morada ribeteada en lentejuelas cuyos galones se veía a la legua que pesaban un tormento confeccionados en quince mil perlas de cristal cada uno.

—Piiiscisss. Cuida de tus intereses, fíjate, asegúrate de estar bien informado en el momento de finalizar cualquier transacción importante. El día de hoy es un día de treeeguaaa. El factor sorpresa dice presente, y ¡no todas ellas serán de tu agrado! ¡No te salgas de lo ya estipulado por ti! Piiiscisss. Controla tu imaginación para que no llegues a extremos peligrosos. ¡Sin locuras, Piiiscisss! Números de la suerte: 10, 5, y 7.

En el cuarto, Tierno Mesurado se quitó el pijama de seda rayado en blanco y azul y se vistió con una camisa color marfil, ligera; pantalón azul oscuro de lino, zapatillas blancas. Tomó sus documentos y se despidió del Lince. Antes de atravesar el umbral interceptó en el aire las llaves del jeep Wrangler Sahara que su amigo le prestaba por el tiempo que fuera necesario. Quedaron en verse para el almuerzo, a eso de las dos de la tarde, en la cafetería francesa de Lincoln Road, para tomar algo ligero, una ensalada de pollo, tomates y lechugas. Y como postre, el dulce preferido del detective, *une réligieuse*. Aunque era difícil elegir entre los pastelitos de guayaba de La Perezosa, dulcería cubana inventora de la gaceñiga, y la exquisitez rellena de *mousse* de chocolate. Tierno Mesurado llamó al ascensor mientras pensaba que allí los vegetales seguían conservando su verdadero sabor. Proximidad benéfica del mar.

TERCER *INNING*

LA PUERTA DE ARENA

Entró en el elevador e intuyó que del piso superior acababa de bajarse una mujer perfumada al jazmín ligado con violetas y vicaria blanca. Era mujer, ahora sí que de eso estaba seguro, porque aún estaban marcadas en la alfombra gris del suelo las huellas de sus altos y afilados tacones. Mientras descendía los pisos se dio cuenta de que no había actualizado su agenda, que ni siquiera había concertado sus citas. Se hallaba desorientado, estado en el que siempre se sumía cuando caía envuelto por la atmósfera bochornosa del clima de esa ciudad. Vaciló entre tomar el auto prestado por el Lince, o sencillamente ir a dar el acostumbrado paseo por el muelle de madera a todo lo largo de la playa. Era lo que invariablemente hacía; primero que nada, caminar por la arena con los pies descalzos, mojarse los calcañales en las tibias aguas de la orilla. Prefirió disfrutar de la temprana y fresca brisa, antes de que el sol lo siquitrillara con mayor encono.

Dio varios paseos, de un lado a otro; reflexionó sobre la lectura del primer cuaderno del diario de Iris Arco, y las palabras de su amigo el Lince. Un auténtico riesgo, otra locura más. *Y yo he vuelto a caer en la trampa cubana.*

En su rostro se dibujó una sonrisa de satisfacción por haber aceptado. Sabía que al menos esto sería muy diferente de sus aburridas investigaciones cotidianas como espía de adulterios o interrogador de vericuetos pasionales. Respiró y sintió la profundidad de sus pulmones, rejuvenecidos por el salitre; recordó la época en que con entusiasmo esperanzador dedicó todo su impulso y su dinero, ayudado por su madre, a construir un laboratorio de alquimista, para aunque fuera acariciar la idea de la piedra filosofal. Al cabo de años de intenso trabajo, de absoluto retiro espiritual, de una veintena de libros escritos sobre el tema y de experiencias sobrenaturales muy intensas, decidió tirar la toalla y regresar a la dura profesión de detective privado, no sin antes pasar por las pasiones de la pintura y la escultura.

Con las alpargatas de cuero blanco y suela de goma negra en la mano avanzó en dirección del oleaje sereno. No pudo evitar un escalofrío de regocijo al contacto de la piel fina de sus calcañoles con la frialdad de los caracoles. Erizado de pies a cabeza, se mordió los labios de placer. Colocó los zapatos a modo de posadera y asentó los glúteos encima de ellos. Hundió el dedo en la arena y de repente ocurrió algo extraordinario. La sien latió con intensidad poco habitual para los últimos tiempos, desde hacía alrededor de unos cinco años no atacaba a su cráneo el electrizante fuetazo anunciador de desazón ajena al comportamiento normal humano. Una puerta en forma de eme minúscula crujió delante de él. Una puerta gótica del siglo XI, una puerta como la misma eme utilizada por Marguerite Yourcenar en su firma de escritora. La puerta se entreabrió y un chorro de arena fue expulsado hacia el cielo incrustando el rostro del hombre de insultantes fragmentos de conchas, ahogándolo acaso. Apenas tuvo tiempo de escupir, de resoplar por la nariz, de sacudirse la cara, que un vaho caliente imitando a una vagina de parto, pero desproporcionada en dimensiones, lo atrajo absorbiéndole hacia el interior de la caverna recién abierta.

Rodó por un sinfín de peldaños de arena hacia un brumoso infinito, rodó hasta caer exhausto en un charco de líquido gelatinoso, fango en ebullición. Soltó un quejido de dolor causado por las quemaduras, y luego no sintió nada, se dio cuenta de que había sido una sencilla idea del dolor, eso sí, muy agudo, pero efímero. Habituarse fue cuestión de recuperar la calma y observar que a su alrededor goteaba un lodo transparente de color rojizo, como lava coagulada, o plasma jugoso. Acudió hacia una especie de fulgor cegador, donde creyó adivinar siluetas. Presintió que se desplazaría a una velocidad poco común. En una encrucijada se topó con un calvario de personas sedientas, hambrientas, casi achicharradas por el calor de las hogueras. Pedían agua en susurros quejumbrosos. Y sin embargo todos buscaban algo perdido, objetos, familiares, amigos, deseos. Escarbaban en los rincones, deambulaban sin rumbo fijo, con los ojos empequeñecidos y nublados por una capa viscosa provocada por el sofocante humo, los labios ampollados. El detective tuvo la lucidez de concluir de que eran víctimas de algún accidente, un fuego quizás, atrapadas debajo de la tierra, en el manto freático de esta ciudad cuyas orillas rutilan en equilibrio encima del pantano.

Reparó en una mujer delgada, demacrada, y con rictus temeroso surcándole la cara. Andaba buscando a su hijo, un niño de cinco años. *¡Arión!* Voceaba compungida: *¡Arión!* El eco se transformó en alarido de bestia herida y Tierno Mesurado hubo de llevarse las manos a los oídos para impedir caer aturdido por los gemidos incesantes. La mujer se aproximó a él, fijó angustiada sus ojos pardos en los suyos.

—¿Dónde está mi niño? —para soltarlo desesperanzada y retornar a fundirse con la multitud—. ¿Adónde devolvieron a mi Arión?

Encontró un pasadizo umbroso, también húmedo y todavía más carbonizado, por esa razón pocos se refugiaban en su interior. Acudió desmadejado, con ánimos de lanzarse al suelo y recobrar energías. Un segundo vaho de aire sudado de partículas solares lo engulló revolcándolo hacia una puerta de azogue. El azogue chupó su cuerpo y de pronto se halló incrustado en una silla de damasco veneciano, en una oficina sumamente enfriada con un discreto aparato de climatización. Sus ropas estaban sucias, pegajosas de arena y de aquel líquido aceitoso. Gotas plateadas de azogue se escabullían por sus poros. Las alpargatas cayeron segundos después desde un abismo diseñado por lo impalpable. Tierno Mesurado calzó de inmediato sus pies.

Saúl Dressler cruzó el umbral y se encontró con semejante espectáculo. Así y todo, pese a la impecable presencia del hombre de negocios y la patética pinta del detective, se estudiaron, comprendieron al minuto, sonrieron embarazados ante la ridícula situación, por fin estrecharon sus manos y continuaron el saludo con un abrazo afectuoso. La cita prodigiosa ocurría en la oficina del señor Saúl Dressler. Sólo pocas veces antes, Tierno Mesurado había hecho un trayecto tan escabroso y exci-

42

tante. Se limitó a comentar lo sucedido con fingida naturalidad. El otro hizo como que escuchaba con no menos teatral costumbre; disimulando incluso su satisfacción, no se había equivocado, este hombre era la persona indicada para resolver el enigma. Los ojos amelcochados de Saúl Dressler demostraban bondad, la boca sensual como la de Paul Newman en sus tiempos dorados, aunque Paul Newman ha envejecido divino; cuerpo atlético, cuidado pero sin excesos.

Invitó a su huésped accidental a que pasara a una sala de baño, para que se aseara y cambiara sus vestimentas. Tierno obedeció, sintiendo impetuosa necesidad de que por su piel corriera líquido helado, y de beber agua con trozos de hielo. Acudió renovado a la oficina. Allí lo esperaba Saúl Dressler, pero no en solitario. Detrás de él aguardaba una figura delineada con polvo plateado, sus dos alas emplumadas de nácar batían refrescando aún más el recinto. Un ángel de piel acaramelada.

—Adivino lo que estás viendo. Ella también lo percibe. —Ella era sin duda Iris Arco—. Desgraciadamente no poseo el mismo don que ustedes, pero sé que tú lo estás viendo, al ángel. Su nombre es Cirilo.

Su amigo asintió perplejo. Cirilo, el ángel, calculó y efectuó con gesto versallesco la reverencia de bienvenida.

—Podemos conversar sin temor, por suerte suele ser discreto y no cuenta lo que escucha, como no sea a mi mujer, de quien se ha vuelto íntimo, un incondicional. Sí, uña y carne, eso son Iris Arco y Cirilo, nuestro ángel de la guarda. «Dulce compañía, no me dejes nunca, ni de noche ni de día» —se mofó haciendo una señal de reojo hacia el sitio contrario en donde se hallaba su acompañante permanente, convenciendo a Tierno de que era cierta su incapacidad para visualizar ni tan siquiera la sombra del andrógino espíritu.

El ángel mestizo aguzó la mirada sensual y transparente, sus cabellos ensortijados brillaban con un halo nacarado, su piel erizada olía a esencias orientales; sonrió travieso y revoloteó semejante a la sombra de Peter Pan dejando una ráfaga adormecida de polvo estelar a su paso. Era evidente que deseaba lucirse delante del detective. Tierno Mesurado recordó la época en que empataba días con sus noches en la búsqueda eterna de la piedra filosofal. Sus ojos se engurruñaron como el peor de los miopes, perdió visión, y su percepción de la realidad se hizo más inmaterial. Escuchaba, veía, vivía en dimensiones indescriptibles. Por aquel entonces residía en un monasterio acompañado de monjes budistas y alquimistas cuyos nombres no quiso evocar por temor a revelar la dirección del remoto lugar, oculto al asedio de *paparazzis* impertinentes. Terminó por considerarse monje igualmente, vestía los mismos hábitos humildes, reprimía sus anhelos, leía, llevaba a cabo sus experimentos en el más duradero y aplomado silencio. Los sacerdotes lo adoptaron con simpatía, fue admitido como uno más de la cofradía.

En una fría madrugada de febrero, de intensa nieve, a Tierno Mesurado lo visitaron una turba de ángeles guaracheros, precedidos de palomas blancas. Bailaban una conga y aparentaban estar pasándoselo de puta madre. Desde entonces no lo abandonaron las experiencias sobrenaturales. Transitaba entre el más allá y el más acá con entera libertad. Hizo amistad con personajes estrafalarios o de importancia histórica, desde Nefertiti, Safo, Selena, Julio César, Catulo, Nerón, Jesucristo,

María Antonieta, Napoleón, Mahatma Gandhi, el padre Félix Varela, José Martí, Martin Luther King, sólo por citar algunos radicales de su preferencia. Hay quienes cuentan que el detective es dueño de codiciados secretos, escondidos a propósito en una zona azucarada de su mente. En ella se encuentra la verdad sobre múltiples asesinatos, guerras interminables, desapariciones brutales. Él posee la combinación cifrada que un día abrirá las entendederas del mundo, algún día descifrará la clave, cuando el Gran Misterio decida que toda esa información pase a una zona de su materia gris donde el detective consiga procesar la información y desvelarla. Sería el caso de saber finalmente quién asesinó a Kennedy, o si Marilyn fue o no envenenada, o cómo montaron y escenificaron la guerra del Golfo, los crímenes de la mafia castrista enumerados, recopilados, ordenados; entre otras monstruosidades.

Mientras el detective se dejó masajear la espalda y los hombros por Cirilo, el alebrestado ángel amazónico; Saúl Dressler se ausentó para encargar café cubano. Al poco rato reapareció con el termo y tres suntuosas tazas de porcelana fileteadas en azul y dorado. Sirvió una a Tierno, otra para él, y la tercera para Cirilo, por si acaso. El ángel probó y se relamió de gusto. Arrellanado en el sofá Chesterfield de cuero marrón, Saúl Dressler rompió el hielo con una pregunta:

—¿Has leído los cuadernos que te envié con Neno?

—No todos, uno nada más, el primero; llegué sólo ayer en la tarde, con retraso. No he podido recuperarme del cansancio, pero prometo...

—Me gustaría decirte que no hay apuro; pero... sí lo hay; perdona, sabes que no soy de los que se inmiscuyen en el trabajo ajeno. Supongo que te has preguntado por qué tú y no otro, por qué nos ha sido imprescindible tu presencia. He agotado las posibilidades, desde hace un año acontecen hechos sumamente raros. Una suerte de... presentimientos, y también, digamos, de sucesos menos presentidos. Hemos llegado a la conclusión de que...

—No; prefiero que no me hables de conclusiones. Entendí. Acabo de atravesar la Puerta de Arena, me he cruzado con un gran número de espíritus reclamando paz. Creo advertir lo que sucede. Existe una fuerza real del mal, muy poderosa. Eso ya lo sabemos, no es nuevo. Pero no comprendo la conexión entre Iris Arco, las fuerzas del bien y las del mal. Sospecho que alguien o algo está tratando de usarla como intermediaria. Quién sabe si es un fenómeno incalificable que se encuentre de este lado, del lado de la vida. O una extraña fuerza también imposible de definir que campea por sus respetos del lado del infinito. O tal vez se trate de un tercer fenómeno más complejo para el cual no estoy iniciado siquiera.

Saúl Dressler tragó en seco, carraspeó, su tráquea volvió a descender y ascender absorbiendo aire. Mientras Tierno explicaba sus puntos de vista, el ángel fingía dormir apoltronado encima de un enorme archivo de pulida madera.

—Ella está encinta. Necesito que la situación haya sido resuelta antes de que vaya a dar a luz. Ya va a término.

—Comprendo que has preferido no prevenirme del asunto por carta y menos por teléfono, o e-mail. No estoy seguro de estar a la altura de lo que esperas de mí, hace

46

años que no trabajo utilizando poderes. Prefiero acudir a mis recursos humanos normales, pero tratándose de amigos pondré todo mi empeño.

—Ella no estaba convencida de que sus apuntes podían ayudar a esclarecer, pero yo insistí en que te los diera.

—A estas alturas cualquier indicio es fundamental, no te has equivocado.

—¿Cuándo la verás? Se impacienta.

—Les avisaré. Primero permítanme explorar la zona, olfatear la ciudad, medir las vibraciones. Les tendré al tanto. Necesito una lista detallada de las personas tentativas de ansiar lo peor para ella, y... ¿por qué no?, de los amigos también.

—En los cuadernos aparecen los nombres principales, pero si se nos ocurre alguien más te localizaré en donde el Lince, ¿te parece? A propósito, ¿por qué mejor no te mudas a un hotel, o a un apartamento? Mi casa es tu casa.

—No lo tomes como un desaire, es que necesito el aura de una guarida. El apartamento del Lince es exactamente eso, una especie de templo en miniatura, o de laboratorio de alquimista. —Rió maldito—. Ni él mismo sospecha la inmensa mezcla de regocijo y de conocimiento que provoca en mí su refugio. Ahora que mencionas lo de los nombres principales, ¿noticias de Adefesio Mondongo, o del ex marido francés?

—Nada en particular. El padre de Zilef se ocupa, llama para saber de la niña, una o dos veces por mes. Adefesio Mondongo arrastra su tacañería y su amargura, la mala leche, en fin, por las calles juanabaneras disfrazado a la moda de guerrillero globalizado.

Se despidieron igual que al principio, estrecharon sus manos y al instante se fundieron en un abrazo. Tierno Mesurado debió repetir la misma operación, pero esta vez con Cirilo, quien reiteró su frescura y aprovechó el abrazo para calentar y erizar la piel del visitante. Al detective le quedó bien claro que había navegado con suerte topándose con un ángel afectuoso, incluso hasta divertido, pero también estuvo consciente de que era muy probable que los próximos topetazos con nuevos personajes no serían tan angelicales, más bien diabólicos.

Dentro del Jaguar achampañado parqueado junto a la acera fumaba Neno, dispuesto a conducirlo al sitio que se le ofreciera. Tierno consultó el reloj, debía asistir a la cita de almuerzo con el Lince. Subió al auto y el ambiente comenzó a enrarecerse para él. Neno le palmeó el muslo de manera amistosa, echó a andar el motor del carro y desató su lengua en un palique arduo que el detective apenas lograba escuchar. Sus tímpanos fueron invadidos por un sordo ruido compacto de avalancha deforme encimándose sobre el auto.

La ciudad desapareció ante la mirada del detective, muros de azogue líquido se interpusieron uno tras otro, el auto atravesaba esos obstáculos. Figuras repujadas aparecían talladas como en los frisos egipcios o iguales a copias de grabados antiguos. Tierno Mesurado viró la cabeza hacia su asistente y advirtió que ese simple gesto había durado medio siglo. Neno continuaba dándole a la sin hueso, golpeaba el timón al ritmo de canciones que emitía la radio; él no se había enterado de nada, no estaba capacitado para presentir siquiera las extrañas sensaciones que envolvían al detective.

No resultó desagradable cruzar los muros de azogue, pero ignorar adónde podía conducir esta nueva osadía sacaba de quicio al detective. Se sintió robot programado de un juego electrónico, entrampado en la realidad virtual, en pleno nirvana. Intentó hablar y experimentó el impacto de una lengua de acero inoxidable, su boca, sus dientes, su garganta, la laringe... Mientras fue rastreando con el pensamiento esas partes interiores de su anatomía todas devinieron de acero y de bronce. Sintió horror y el horror también se transformó en metal, como su cerebro... Su materia gris bullendo en la matriz, matrizado. Descubrimiento esencial, nada más parecido a la Matriz que la isla, y allí se concentraba el mal. En Cayo Cruz.

—Burundanga, bróder, el tipo acababa de echarse una pizza Jo de ésas, le habían echado burundanga en la pizza. Bueno, en Cayo Cruz, burundanga es brujería, en Colombia es una droga, un polvillo que te deja lelo. ¡Ja, ja, ja, ja! ¡Oye, bróder, el tipo iba descolgado total! La jevita lo llevó al Sebenileben y pidió alguna cosa que le quitara la juma, nada que hacer, estaba más tieso que un pitillo de marfil... Y en eso arremetió un tiroteo que p'a qué.

Tierno oyó las palabras de Neno como si unas manos rasgaran una tela y por ese espacio se colara el sonido real; pese a la solidificación momentánea de su cerebro no había perdido del todo la apreciación del contacto, oía la paluchería y los fotutazos de modo muy especial, como rasguños chirriantes en un pizarrón.

Las calles retomaron sus características de calles, y el paisaje a su alrededor recuperó la normalidad. Se engurruñó de un escalofrío.

—¿Eh, qué, te pasó un muerto? Bróder, estás más pálido que una lagartija con anemia. ¡Paragüero! —gritó Neno a un motorista que le tomó la delantera.

Evitó entrar en detalles y cambió la conversación:

—No es nada. ¿Te quedas con nosotros?

—¿A lonchar? No, qué va, te agradezco, es que voy a jamar un sanguiche o una medianoche y luego voy a resolver un problemita con un postalita que me debe mil cañas de una ponina que hicimos para sacar a un socio del tanque. Cada uno puso mil, yo puse el doble para socorrer a este que estaba pela'o a la malanguita, pero el gallo *is a postcard*, asere, voy a presionarlo a ver si me paga. También debo sacar un rollo de fotografía y traértelo... Si me necesitas antes, aquí tienes el número de mi celular. —Extendió una tarjeta de visita—. Ah, y se me olvidaba, toma el tuyo, tu móvil, la cifra está dentro del estuche protector.

El hombre sopesó el minúsculo teléfono en su mano, agradeció a Neno. Faltaban sólo unas cuadras para llegar al parqueo, según sus cálculos.

—Me quedo por esta parte de Mallamibish, ahora que me acuerdo debo ir a printear unos documentos en una oficina aquí cerca. —Neno revisó su agenda en alta voz.

Tierno estuvo a punto de jaranear con él sobre su utilización del «espanglish», el dialecto mezcla de español con inglés, pero se contuvo. *No, dejemos las confiancitas para momentos de aprieto*, se dijo. Alinearon el carro en el parqueo situado en la calle detrás del restaurante Ñame. Neno lo acompañó hasta la cafetería francesa y siguió de largo doblando por la esquina siguiente luego de asegurar que regresaría dos horas más tarde a buscarlo.

—*Solon,* mulato.

El Lince se le había adelantado. Pudo verlo a través de las paredes de cristal, vestido con guayabera desabotonada, camiseta, pantalón negro y tacos a dos tonos. Se ponía y se quitaba los espejuelos, ansioso:

—¿Cómo puedes vestirte con tanto trapo prieto con la candela que está cayendo? —comentó el hombre.

Se encogió de hombros y replicó:

—Disculpa, pero cuento con «el justo tiempo humano» para almorzar, un homenaje al gran poeta Heberto Padilla, debo ir a coordinar un ensayo con los músicos —se excusó el Lince, quien era dueño de uno de los cafés-cabarets más célebres de la playa.

El lugar adonde habían quedado tenía más pinta de yuma que francés, con una vitrina debajo de la cual se hallaban expuestas las más apetecibles golosinas americanas y unas cuantas francesas. Los consumidores eran en su gran mayoría gente joven, tostados por el perenne verano y de piel engrasada, teñidos algunos de un rubio fosforescente, no paraban de menearse aun sentados mientras conversaban, como si en el sitio de los cerebros vibrara una perenne radiocassettera. Tierno reparó en los platos, casi todos los comensales devoraban ensaladas copiosas. Ambos pidieron una ensalada de pollo grillado aderezado con lechugas, tomates, queso, aceitunas, entre otras yerbas. Dos cervezas y al final un postre para Tierno, una *réligieuse,* y dos cafés cortados con leche y coñac.

Afuera fulguraba la calle aquejando a los transeúntes de una iluminación cegadora.

—He hablado con Saúl y ya entendí de qué va la cosa —apenas musitó el detective.

51

Su amigo asintió satisfecho sin posibilidad de contestar pues masticaba un bocado demasiado grande, al masticar le traqueaban las mandíbulas. Luego quiso dar su opinión y fue acallado por un repentino aguacero con ventolera descomunal, lo cual obligó a que las tenderas los establecimientos cerraran a cal y canto.

—Recemos porque no haya ciclón —suspiró el Lince—. Aunque sé que te fascina el olor de la lluvia caribeña y te conmueve lo exótico de los huracanes...

Expresó la última frase con ironía.

Una pátina verde pompeyana oscureció la ciudad, el vandalismo de la lluvia le hizo recordar al detective un par de canciones tristes. Compartió con su amigo de que en aguaceros como ésos sólo quedaba la alternativa de la cama. Un buen torrencial y a dormir. Estuvieron de acuerdo que no había placer más completo que el de templar bajo el deleite musical de la lluvia repiqueteando en un techo de zinc, y después «mimir» arrullados por ese mismo ritmo, embebidos con el perfume de matorrales húmedos. A la media hora escampó y el sol refulgió de nuevo con incandescencia inesperada.

CUARTO *INNING*

EL MAR DE ZAFIRO

Mientras Iris Arco enseñaba a David, el hijo de apenas dos años, fruto de su matrimonio con Saúl Dressler, cómo regar las rosas del jardín bajo la traviesa mirada de Zilef, la primogénita; distantes de allí, en un apartamento del barrio de Coral Gables, Falso Universo, Envidio A'Grio y Nauseabunda Latorta culminaban los preparativos de una nefasta ceremonia.

Iris Arco se agachó para retomar la manguera resbalada de sus manos y un aguijonazo en el vientre de treinta y nueve semanas de embarazo la inmovilizó, respiró profundo y expulsó un quejido que puso en alerta los ojos inocentes del pequeño David. Al punto acudió la paloma blanca en su auxilio. Ella hizo ademán de que nada grave sucedía, había sido sólo un mal gesto, un calambre. La paloma, desconfiada de todos modos, se convirtió en cono de luz nacarada y se asentó en el confortable nido de bondades tejido dentro de la cabeza de la mujer. Iris Arco disfrutó la sensación de una inmensa protección que emanaba de su alma, honda y tan fresca como los helechos del jardín, y siguió rociando las azucenas auxiliada por sus hijos.

En el apartamento de Coral Gables la humareda negra proveniente de la pira donde ardían innumerables prendas personales —agenciadas por una criada nicaragüense que había trabajado para la familia— de Iris Arco anunció que el rito fatídico progresaba. Falso Universo era una de estas sátrapas camaleones, su mutabilidad dependía de los destinos de mujeres afortunadas a las que ella deseaba imitar. Un día se volvía loca por devenir tan millonaria como la reina de Inglaterra, entonces se inventaba fortunas, castillos en el aire. En otra ocasión envidiaba la inteligencia de alguna célebre científica, Marie Curie por ejemplo, y hasta deliraba imaginando que la academia sueca le concedía el Nobel; o por el contrario ansiaba pintar como Dora Carrington, bailar como Isadora Duncan, escribir como Virginia Woolf, actuar mejor que Marlene Dietrich, poseer el talento erótico e histriónico de Ava Gardner, competir en sobriedad y misterio con Greta Garbo, y así con tal de joder... Siempre que su fijación de personalidad ocurría con gente de semejante categoría pues nadie se atrevía a afirmar de que se trataba de una perturbación mental. Sonaba raro, es cierto, que alguien jamás necesitara ser como lo que era, sino como lo que eran los demás. Pero el caso de que fantaseara con apropiarse de distintas personalidades no hacía daño y la gente podía catalogarla de soñadora empedernida. Lo terrible acaecía cuando se encarnaba en una persona insignificante, sencilla, pero a punto de salir de lo común. Era capaz de descuerar a cualquiera por envidia. Además, Falso Universo sabía distinguir muy bien el mundanal ruido de la celebridad y olfateaba a aquel o a aquella que aún no alcanzado ese escalafón anunciaba sin embargo perspectivas de devenir famoso. Para ella lo más importante era la fama, aparecer en los periódicos y en la televisión. Esto era ser alguien según su opinión. Ser nadie correspondía a esos pobres sapingonautas en los que justamente nadie reparaba. Pero Falso Universo, o FU, como confianzudamente la llamaban sus canchanchanes, la emprendía con frecuencia con gente lejana del éxito. De sólo reparar en que un sujeto ajeno y desconocido llamara un poco la atención de uno de sus allegados, le entraban rabietas y allá iba a boicotear la relación que acababa de establecerse con dignidad y elegancia. No lo hacía de manera brutal, invertía todo su esfuerzo y alcanzaba niveles de sofisticación insuperables.

La atmósfera que la rodeaba desbordaba mentira y odio. Gozaba con introducirse en la piel de los otros y robarles el prana, la energía positiva. Lo que podía haber ascendido en bella y sana ambición de prosperidad se trastocaba en pesadilla enfermiza, en letanía esquizofrénica, en manía de persecución, complejo de víctima incomprendida atacada en permanencia: Si no triunfaba era justamente porque el mundo conspiraba en contra de su empeño. No dudaba en concluir de que el planeta entero no cesaba ni un segundo de abrigar ideas malignas respecto a su persona. Jamás admitiría que su carencia de talento, su poca sensibilidad ante el suceso tan humilde y sensato de asumir la vida, su egoísmo eran sus peores enemigos. Es decir, en ella misma radicaba su barrera. Su mayor rival palpitaba recomiéndose sanguinario en su interior.

Su asociado principal respondía al nombre de Envidio A'Grio. Un chico pobre que despreciaba a los pobres. Un campesino que odiaba el campo. Un esperpento con ínfulas de grandeza. Fue Envidio A'Grio quien señaló en una página del periódico la foto de Iris Arco algunos meses atrás cuando Falso Universo todavía no tenía la menor idea de la presencia de la *top model* en Miami. Ambos sintieron una rabia futete ante la belleza de Iris Arco, de inmediato empezaron a maquinar un plan satánico; ella para arrebatar el secreto de su hermosura a la joven, él para estafar al futuro marido y sacarle el suficiente dinero, y así parar de trabajar, nunca más tan explotado como secretario de un anciano pederasta. Pero el tiempo pasó y ellos anduvieron entretenidos en volcar su maldad en personajes menores, entretanto Iris Arco se casó y tuvo su segundo hijo con Saúl Dressler. Ya iba para el tercero y entonces organizó una recepción en su casa a la que por supuesto no fueron invitados Falso Universo ni sus compinches. No por olvido, sino porque Iris Arco ignoraba sus existencias. Lo cual hizo rabiar a Falso Universo pues haciéndose la ingenua averiguó el motivo de su exclusión y recibió como toda respuesta que los anfitriones se acababan de desayunar con la noticia de su persona cuando una allegada les comentó que hubieron debido invitar a esa mujer excéntrica y pervertida nombrada Falso Universo, ya que era preferible estar en paz con semejante diablesa, pues ella más que nadie sabía vengarse y hacerles un mal enconado. La furia se le revolvió como veneno en sus entrañas. ¿Cómo podían ignorarla?

A Falso Universo no le pasó por alto de que la chica se encontraba embarazada, entonces la envidió aún más; aunque 'ella no albergaba el deseo de parir, criar prole y verse envuelta en toda esas estupideces y cocherías maternales; al mismo tiempo no podía soportar que sus ovarios y su mente renunciaran a cumplir una función tan femenina como la de procrear. Ella necesitaba ser femenina a toda costa. Y fue acosada por instintos criminales contra esa ñoña y, al mismo tiempo, flamante Iris Arco, quien además de tanta belleza y riqueza acumuladas sería madre, nada más y nada menos que madre por tercera vez. Pensó que deberían exterminar a todas las madres del mundo que ponían en evidencia su voluntaria incapacidad uterina.

La segunda cómplice de Falso Universo en macabras fulastrerías era Nauseabunda Latorta. Hija de *hippie* parisina con técnico soviético, nació en Cayo Cruz durante los setenta, pero su madre huyó con ella todavía muy pequeña de su alcohólico progenitor hacia una comunidad *hippie* que acampaba junto a una tribu indoamericana, donde embutió a la niña de exceso de seborrea y para colmo la enseñó a ostentar del defecto. En rebelión contra los gustos maternales de revolcarse con cuanto macho grosero, churroso y progre se interpusiera en su camino, la hija eligió el trillo lesbiano, y el día en que conoció a la FU se enamoró estrepitosamente como una perdiz chorreando indecisiones y chocolate. Arrepentida de ser lesbiana por culpa de Falso Universo, quien despreciaba que su subordinada hubiera optado por la succionadera de papaya en vez de la mamadera de gallo, la existencia de Nauseabunda Latorta se había convertido en un martirio. Sumamente confusa en su obsesión pasional, decidió adoptar la religión, escrupulosa en la fe y en el castigo; no dejaba pasar una mañana sin flagelarse con un látigo de tres rabos de cuero, terminada cada punta en una bola de espinas de hierro con el objetivo de purificar su deformidad física y su alma virada al revés, según ella. Nauseabunda Latorta estaba tan locamente enamorada de Falso Universo que incluso había renunciado a su vocación sexual con tal de que la otra la aceptara como secuaz, ya que no como amante. Nauseabunda Latorta juzgaba por los ojos de la envidiosa FU, y hubiera sido capaz de matar si ella se lo pedía. A tal punto la puerca bola de grasa fofa se había descontrolado tras los efluvios pélvicos de la bruja, que había viajado a una tribu africana, no para auxiliar a las niñas víctimas de la crueldad, sino para que le ejecutaran a ella la ablación, es decir, le cortaran su rechoncho clítoris con una mohosa cuchilla de afeitar; a petición de la FU como prueba de su auténtico amor. Así era Nauseabunda Latorta de excesiva, no podía negar que provenía de la pasión gala mezclada con el extremismo bolo.

Interrumpieron la ceremonia maléfica y los tres decidieron continuar con los pasos siguientes del plan trazado para esquilmar a Iris Arco. Falso Universo se dirigió al teléfono y buscando en su amplio registro de voces inocentonas imitó el timbre más sofistiquiño. Del otro lado del satélite, el Lince abrió su celular.

—Hola, ¿qué se cuenta, Lincc? Nos presentó Papucho hace algunas semanas, soy Falso Universo. Una astuta y sagaz mujer admiradora tuya, lo primero es broma, lo segundo no; y deseo conocer a otra no menos bella y sospecho que también hábil mujer; me han recomendado tu eficacia para emparejar genios, parece que sólo tú puedes ponernos en contacto.

El Lince apenas manejaba detalles sobre este personaje, se la habían presentado una noche en el café-cabaret de su propiedad. Venía acompañada de un antiguo amigo suyo, Papucho el Músculo, en quien confió cuando éste le aseguró que Falso Universo era de las mejores damiselas de Miami. Pero el Lince hacía mucho que no veía ni hablaba con Papucho el Músculo, lo cual le impidió comprobar que en ese momento en que él aceptaba la llamada de Falso Universo la opinión de éste acababa de variar rotundamente. Pues intentando amar a esa demonia había perdido el nervio más preciado de su cuerpo, del que hacía gala en su sobrenombre, de una mordida ella le había dejado impotente arrancándole de cuajo la piriñola.

Al Lince no le había agradado del todo la primera impresión de la presencia plástica de la mujer de cuarenta y tantos años. Labios, pómulos y senos prominentes a base de silicona. Aunque sus glándulas mamarias la habían conducido en varias ocasiones a la mesa de cirugía, para sustituirlas por otros conos de silicona en mejor estado. En una de las operaciones se rellenó con unas válvulas de agua de mar, cosa de que los pezones no quedaran demasiado erectos, y las tetas menos rígidas. Las válvulas se reventaron en el interior y una ligera fetidez a col podrida empezó a emanar de sus pechos. En menos de lo que se empina un reguilete ocurrió la emergencia, en la mañana todavía podía aguantarse, pero alrededor del mediodía aquello apestaba a mofeta, a cojón de chivo. Entonces hubo de someterse a una quinta intervención de la cual se sentía muy orgullosa, injertándose un mejunje de batido de bagazo de caña con aceite de bacalao. Pura innovación. Y así, aquella noche, encimó sus pectorales henchidos sobre el borde del bar de caoba. Las cejas tan arqueadas y los párpados sombreados en negro intenso obligaban a sospechar de un disimulado recorte de pellejo. A los pocos minutos de hacer comentarios banales ella misma secreteó al oído del patrón del bar que el mejor cirujano estético de Miami le había llevado a cabo una liposucción del vientre, de los glúteos, de las chocozuelas, de la masa de los lados interiores de las rodillas, y también de los labios del sexo, que habían iniciado un proceso de franca decadencia desbembándose como mocos de guanajo. Lo único realmente medio natural era su cabellera sedosa a base de productos de Mirta De Perales teñida de negro.

Así ocurrió en aquella ocasión en que fue presentada al Lince. En la actualidad la saludó fingiendo efusividad al teléfono:

—¿Qué onda, FU, ¡cuánto tiempo sin noticias tuyas!? No sé de quién me hablas... Quiero decir, lo de mujer bella, no sé a quién te refieres... —El Lince carraspeó fingiendo ignorancia mientras su hipófisis reproducía el retrato de Falso Universo.

—¡Ay, Lincesito, eres un caso, biyayo con camaján! Necesito que me presentes a Iris Arco, ando en proyectos apasionantes sobre modas, tengo algunas ideas y debo compartirlas con esta chica que tanta experiencia acumuló en París, en Milán y en Nueva Yol. Pretendo convertir a Miami en la capital de la moda, que compita con la Ciudad Luz, con Milán, con Nueva Yol. Y en lugar de usar a anoréxicas famélicas, convocaremos a todas las gordas rellollas de este país, ¿no es absolutamente rocanrol?... —por *rock'n'roll*, que a su vez gozaba de la significación de magnífico.

—No es buen momento, ella está al parir ahora... ¡Sin duda que tu idea es... espectacular!

—Lo sé. Digo, estoy al tanto de que ella está en estado —masculló la bruja rechinando los dientes—, precisamente se me ocurrió que podía ser favorable a su situación, así no se aburrirá en la casa. Además de que sería positivo, evitaría sentirse inútil y ganaría dinero.

El Lince reflexionó unos segundos, Iris Arco no se aburría para nada, y plata le sobraba; a él no gustaba dar teléfonos antes de consultarlo con el abonado.

—¡Claro que poseo su número, pero preferiría que tú me introduzcas! —exclamó ella adivinando el pensamiento del otro.

—Déjame tus coordenadas y te localizo o te llamo para atrás en media hora. —Usó la fórmula americana de *«I'll call you back»*.

Ella aceptó sin reparos.

Antes de salir, Tierno Mesurado cambió sus ropas varias veces, indeciso entre un traje deportivo o simplemente una camisa de hilo blanco con unos pitusas, o vaqueros. Intentó imaginar cómo gustaría a la mujer más bella del mundo que él fuera vestido. Supuso que ella preferiría el traje color beige, su piel morena luciría más brillante en contraste con los colores claros del tejido.

El Lince iría directo desde The Forge, donde había terminado una entrevista con periodistas del *New Timbaguayabaimes*, diario de agricultores de Arkansas y de la cantante de varietés guatemalteca Ricoberta Majomía cuyo objetivo era desarrollar los conocimientos de la música andina en políticos abrumados y arrepentidos de gobernar. Neno recogió al detective en los bajos del edificio, entregándole un paquete de fotos; nada para saltar de júbilo, reproducciones interesantes de las principales postales de Iris Arco en su época de maniquí, múltiples personalidades importantes que se acercaron a la chica en sus encumbrados instantes de modelo. O más tarde, con nuevos amigos en distintos sitios públicos de New York y de Miami.

Esta vez fue Tierno Mesurado quien llegó adelantado a la cita. El Lince y él estaban invitados a una cena en el Big Fish, restaurante situado en uno de los muelles del puerto, desde donde se admiraba maravillosamente el puente levadizo esparrancarse hacia la estrellas para dejar paso a los barcos de soberbias dimensiones. La invitación era de Saúl Dressler y asistirían, además de la pareja, buena parte de la familia por parte de su mujer, incluidos Zilef y David.

El Lince acudió cinco minutos más tarde. El detective notó que su amigo aparentaba estar más relajado que en el almuerzo, pero sin duda la entrevista con el *New Timbaguayabaimes* le había dejado exhausto. Para distraerle, Tierno Mesurado rompió a hablar después de besarse cuatro veces en las mejillas, costumbre francesa.

—Aún no estoy seguro, sigo presintiendo que Iris Arco está actuando como intermediaria en contra de su voluntad entre polos muy fuertes. Ha sido elegida por su bondad, es indudable, por su candor, por su determinación de ofrecer el bien a los demás, y por su belleza. Es una elegida. Aún no sabemos para qué, pero lo es.

Su interlocutor vaciló en la penumbra; se disponían a cruzar la calle y a entrar en el restaurante cuando dos autos alumbraron con sus faros el paso de ambas siluetas. Buscaron parqueo y de ellos emergieron Saúl Dressler, Iris Arco con su prominente barriga, vestida con un traje vaporoso estampado en ramajes verdes y dorados. También sus padres, sus dos hijos, la hermana conduciendo a la abuela en una silla de paralíticos. Quien primero se adelantó a saludar fue el Lince, halagador, amable en extremo; habitual en él.

Una vez sentados a la mesa encargaron langosta y vino tinto, pues determinaron que el vino blanco inflamaría las piernas de Iris Arco. Antes de empezar a cenar hablaron de temas triviales. Tierno Mesurado no podía apartar los ojos de Iris Arco. Su cuello fino y fresco, sus brazos delgados, los hombros redondos. Ella lo había reconocido, sin duda; incluso mencionaron la noche en La Coupole en la que él le había recomendado Miami como ciudad para vivir bailando. Ella sonrió con un deje de tristeza. Se había vuelto encantadora, con ese *charme* que da el dinero a las chicas pobres y juiciosas, pensó el detective. De pronto, el Lince se golpeó la frente de manera teatral.

—¡Qué memoria la mía! Iris Arco, hay una mujer que desea conocerte. Tiene fama de aguda, ha hecho algunas obras interesantes... —Titubeó buscando en la memoria—. Bueno, digamos, durante un tiempo se dedicó a la pintura y no lo hizo mal, luego publicó libros. Ha cantado, actuado, bailado... Ya te digo, se ha dedicado a un poco de todo. Hoy me ha telefoneado mil veces, procurando una cita contigo, desea incurrir en la moda. Afirma que sería espectacular hacer una pasarela de gordas en Miami; propondría la idea a los grandes modistos; ella está loca por llevar a cabo un proyecto con pintores, músicos, escritores, y entonces poner a modelar a las mujeres corrientes de la calle... No le di tu número, aunque asegura que lo tiene, tampoco dije que estarías dispuesta a un encuentro, dudé si hacía bien...

Los esposos cruzaron mirada, luego Saúl interpeló con sus ojos a Tierno, quien vaciló entre si aprobar o rechazar.

—No puedo opinar, no tengo la menor idea de quién se trata.

—No será peligroso. Si es como la describes, no habrá problemas, puedes llamarla. —Como siempre fue Iris Arco quien decidió mientras acomodaba a David dormido en el coche y sostenía la cabeza de Zilef en sus muslos.

—Hemos traído a los niños para que usted conozca a toda la familia... —se excusó con el detective—. Aunque pensábamos invitarlo a la casa. ¿Podemos tutearnos?

Él recordó de que ya se habían tuteado en París, pero prefirió asentir en silencio. Se limitó a hacer ademán de que entendía, no hacía falta explicación. El celular del Lince vibró en el bolsillo de su camisa.

—¡Alabao, FU, tú de nuevo! No, no te he olvidado, muchacha, acabamos de hablar de ti. —Hizo una seña de asentimiento a los demás—. Sí, ella está de acuerdo en verte, podrás llamarla... —se dirigió a su amiga buscando aprobación en su mímica de proponer la semana entrante— el lunes próximo. Iris Arco te dará una cita.

A Falso Universo no le gustó nada que tuviera que ser ella la que se plegara a la agenda de Iris Arco, sin embargo comprendió de que debía fingir humildad y con voz dulce no puso inconvenientes, inclusive se mostró emocionada, altamente agradecida. El tono de jala leva no convenció al Lince. Tierno Mesurado adivinó de que algo extraño había sucedido por la sequedad súbita del rostro de su amigo.

—Espero no haberme equivocado recomendándote a Falso Universo.

Pero ya Iris Arco pensaba en otro asunto, ahora se divertía junto a su hermana, burlándose de una señora encopetada y de peinado batido y enlacado que en pleno calor lucía una piel auténtica rematada en rabos de zorros. Saúl y el Lince se pusieron a comparar ciudades, de lo fabulosa que era Barcelona, donde el norteamericano había estudiado, Venecia era sin duda alguna una maravilla con sus puentecillos y los gondoleros gritando «oeee» al doblar cada esquina, el café Florián con el amable camarero Lucas, París ni se diga, Viena... Ambos coincidieron en que no podían elegir una solamente, que todas gozaban de encantos inigualables. Tierno Mesurado se dedicó a prestar sus tímpanos a la cómica conversación de la madre de Iris Arco, mientras la hermana le hacía cosquillas en la portañuela por debajo de la mesa con el pie desnudo. Era atractiva, y sobre todo estaba soltera. Pero él prefirió seguir escuchando a los padres de las hermanas en su relato de cómo se habían convertido de humildes ciudadanos de Guanajaboa en espaldas mojadas, y de cómo una señora de noventa años podía mudar en mariachi de la noche a la mañana.

La mesa más próxima a la de ellos, la de ocho comensales, se había desocupado hacía poco y de inmediato fue ocupada por un grupo demasiado llamativo, Madonna, su recién esposo inglés, una actriz oscarizada, un célebre director de cine, y una escritora afrancesada chupando una pipa; entre otros. Saúl Dressler e Iris Arco fueron saludados por los recién llegados. Oceanía, la hermana de Iris Arco, aprovechó la confusión para introducir el dedo gordo de su delicado pie entre los botones de la bragueta del detective, hurgando a fondo. Tierno Mesurado le dio un manotazo discreto y tomando el tibio calcañal con dos dedos apartó de sus partes a la audaz joven.

Se quedaron el tiempo de compartir un último brindis de champán con la cantante y sus acompañantes.

—¡Hasta el próximo capítulo! —se despidió la escritora afrancesada soplando el enigmático humo de su pipa.

El Lince telefoneó a Neno para cancelar su viaje de regreso desde La Sagüesera a esa hora de la madrugada solamente para buscar al detective. Aunque Tierno Mesurado prefirió partir en el coche donde se había instalado Alivia Martirio, la madre, fingiendo que no deseaba hacer el desaire de interrumpir el cuento de cuando el perro se traumatizó y quedó ingresado en una clínica de Cancún; ahí también iban Iris Arco con los niños, su marido sentado al timón. Tierno Mesurado se dijo que así evitaba la agresividad de la hermana, que fue la primera en ofrecerle el asiento del copiloto en su flamante Mercedes; pero quien al percatarse de que Tierno hacía ademán de huir hacia el interior del Jaguar que Saúl le había prestado al Lince prestó el timón a su padre y se escabulló ella también en el interior del auto, pero como mismo entró salió, por la otra puerta, detrás del detective, quien por último fue a parar junto a Alivia Martirio. El segundo carro fue ocupado entonces por el padre, la abuela y por la hermana bastante acongojada debido a lo que ella consideraba un desprecio del detective a su seductor comportamiento.

Mientras escuchaba la voz de la madre en una letanía, Tierno Mesurado contempló de soslayo el fulgor del mar de un azul oscuro cual un gigantesco zafiro adornando el busto de piel mate de una Virgen. Un cántico de lamentos subió al unísono desde las profundidades de esa masa líquida majestuosa, su cuerpo se estremeció ajeno a sus deseos, estaba consciente de que sólo él podía escuchar semejante coro griego. Delfines, se dijo. Entonces lo envolvió uno de sus estados melancólicos y fue embriagándose con la lentitud de la melodía.

En una cama redonda e inmensa, él hacía el amor con una diabla caballuna que se parecía bastante a la idea que se había hecho horas antes de Falso Universo, mientras el Lince hablaba con ella por teléfono. Tan excéntrica como egoísta y sádica. En sus sienes brillaba una diadema cubierta de diamantes y zafiros, de incalculable valor. Los diamantes provenían de los lagrimales de Iris Arco. Los zafiros se suavizaron en sangre coagulada de las víctimas desguasadas por los tiburones en el fondo del mar.

Tuvo un orgasmo en pleno trayecto.

Regresaron al apartamento en un santiamén. El Lince preparó una tisana de poleo-menta para ambos. Tierno Mesurado cambió su pantalón enlechado. Sentados en la terraza, aspiraron el vapor humeante de la infusión y se entregaron fervientes y en silencio al frescor de la madrugada.

—Es terrible... Cuántas noches he estado sentado en esta terraza y he escuchado los alaridos de los balseros intentando tocar la orilla para ganarse el derecho a quedarse en este país, huyendo de los guardacostas... —musitó el Lince—. Nadie nos entiende, o no quieren entendernos, es como una gran burla en torno a todo lo que tenga que ver con Cayo Cruz.

—Ese sufrimiento terminará cuando ustedes mismos acaben de convencerse de que ese país no interesa a nadie como país, más bien como lo que es, en lo que lo ha convertido su único dueño hasta el momento, en finca de diversión... —Tierno Mesurado se dio cuenta de que hería con esas palabras a su amigo—. Lo siento, pero es lo más parecido a la verdad. La mayor parte de la gente se aprovecha, incluidos algunos falsos exiliados, aquellos que llevan un «dictatorcito» en el alma y que regresan cabizbajos buscando apertrecharse del prestigio que no fueron capaces de ganarse en el exilio. Es cierto que poca gente conoce la historia real y cualquiera se siente con derecho a opinar arrebatándole la razón a los cubanos. La verdad es que aquél es un país exterminado por el peor totalitarismo del siglo, «el totalitarismo del bien», según prominentes filósofos, el que cuenta con mayor cantidad de profetas, el más extendido, el más escuchado. El más siniestro, ya que siempre habla escudándose en el bienestar del pueblo, siendo una espantosa letanía agónica del mal. Sí, amigo. La izquierda deberá rectificar algún día, y en lugar de cerrar filas en nombre de pronósticos insensatos, debiera proponerse ser más crítica, menos complaciente y colaboracionista. Menos tonta en una palabra. Nazismo y comunismo para mí es lo mismo si hablamos de crímenes cometidos; cuando ha existido tortura, muerte, no entiendo de matices; cuando hay desapariciones, exterminio, sean como sean, llámense como se llamen. Y sabes que te habla uno de izquierdas con vocación de alquimista.

—Es todavía más complicado, Tierno. Soy enemigo de comparar los horrores. De otra parte es cierto que los cubanos somos intolerantes; y que éste ha sido un exilio incomprendido por la mayoría del mundo. No olvides que se nos ha acusado de todo, no es sencillo ser cubano, nada simple —añadió el hombre de temperamento fiestero-filosófico.

Tierno Mesurado prendió un cigarrillo y tendió la cajetilla a su amigo. El Lince sacó uno y la primera bocanada de humo le recordó aquellos primeros anillos de placer al salir de la cárcel en Ariza cuando su amiga Yocandra le había regalado un paquete de Populares, un tesoro entre tanta penuria, o aquellos cigarros fabricados con papel de biblia en el Kilómetro Dieciocho. Había recibido una carta de ella hacía dos semanas, su máxima aspiración era largarse, ¿quién no? Sin embargo insistía a su amigo de que no hiciera nada hasta que ella no le avisara. ¡Yocandra, siempre la misma, con sus cómicos secretos! Ya no dependía de dos hombres. El Traidor se había marchado a Egipto casado con una bailarina flamenca, ¿qué irían a fabricar un seudofilósofo y una bailarina flamenca en las pirámides? El Nihilista se buscaba el pan callejeando y vendiendo sueños en París, matando el aburrimiento además de cucarachas y ratones en las buhardillas del Marais, luego hizo documentales artísticos y cine erótico, para seguir alternando su talento de vendedor de sueños a un nivel superior, aseguraba él, en Internet. Yocandra quedó rezagada, sola en alma, porque el cuerpo se lo estaba dando a los turistas, apuntalando la ciudad de las columnas y de los derrumbes, observándose repetida en los pocos trozos de vitrales desparramados en el olvido.

A la Gusana la veía de vez en cuando, residía en Miami, después de haber reventado a su viejo gordo gallego con una sobredosis de chili con carne y anfetaminas escachadas; trabajaba en Homestead, al sur de Dade, en los campos de fresas; se había metido en la cabeza que deseaba parecerse a una de esas mofletudas ancianas americanas que cocinan el pan en hornos artesanales llevando encasquetado un sombrerito de paja encima de regordetas y canosas trenzas.

—¡Ah, los ramalazos de pasado! —suspiró abatido y se incorporó de la butaca, se estiró queriendo tocar el techo con las manos, y bostezó ruidosamente.

—Es una suerte envidiable vivir a pocos pasos del mar, dormir arrullado por la espuma de las olas. —El detective se colocó junto a él, mirando en lontananza.

—El mar es lo que más amo, y lo que más temo también. Cruzarlo en una balsa no es fácil, te lo digo yo que pasé por eso —respondió el Lince haciendo con la colilla un arco hacia el vacío y rascándose los oídos con un mugido de sirena de ambulancia expelido de su garganta.

QUINTO *INNING*

EL RÍO DE ESMERALDA

Un baño hirviendo a la mirra y el cuerpo emergió como acabado de bendecir por las aguas proféticas del Nilo. El hombre dedicó buena parte de la madrugada a leer las páginas de los diarios, a verificar con lupa el más mínimo detalle en las fotos entregadas por Neno al inicio de la noche anterior. Escrutó rastros que creyó interesante archivar en sus clasificados; sombras estrafalarias, unas figuras aladas, otras encendidas. La caligrafía redonda y pequeña de Iris Arco logró conmoverlo, una mujer que ha quedado varada en su desdichada adolescencia, pensó. Ella escribía en un diario porque necesitaba conversar con alguien neutral, no había encontrado a la persona ideal para contarle sus desvelos. El diario era su único aliado entre dos realidades vividas. No ordenaba aquellos episodios por ego, no porque se creía la divina chancleta envuelta en huevo, o la última Coca-cola del desierto, como diría el Lince, sino porque aun acompañada estaba muy sola; así de sencillo. Se notaba la ausencia de anécdotas cuando se suponía que la vida le sonreía. El diario era su buzón de quejas y sugerencias, el confidente de sus atormentadoras crisis. Iris Arco, también la mujer más triste del mundo, ¿por qué negarlo?

Amar a Saúl Dressler la había colmado de una gran felicidad que la entristecía. Que el amor y la suerte la desbordaran de bienestar mientras otras chicas eran desafortunadas no podía menos que hacerla sentir culpable, entonces se sumergía en momentos de desolación e inconformismo. No dormía si no era con la ayuda de somníferos muy fuertes; una vez que colocaba la cabeza encima de la almohada su mente huía por rumbos que no le pertenecían, eso le producía escozor en el cuello, falta de aire, un peso desasosegado aplastaba su pecho.

Nunca se sintió satisfecha de ser *top model*, y se atacaba de pesares porque sus mejores amigas le voltearon la espalda, chismorrearon de ella, y hasta le robaron joyas. Algunas achacaban únicamente a la buena estrella el que hubiera pescado a un americano millonario, para colmo, añadían, un tipo que la iguala en beldad. ¡Me cacho en Ceuta, la gente hablaba sin saber! Ella no cesaba de lamentar estas continuas traiciones, y el enfado le cortaba el apetito y el habla. Hubiera podido llegar a ser actriz. Pero cuando llegó a Nueva York, Zilef era demasiado pequeña y ella debió apostarse la vida en las pasarelas, no tuvo la posibilidad de asistir a los cursos de actuación en Broadway, los que le había recomendado una compañera de inglés de la Berlitz, en donde perfeccionó el idioma, muy cerca de la Ópera, en París. Sin parar, seguía buscando dinero por cualquier vía para sacar a la familia de la isla. Así fue como conoció a Saúl Dressler. Andaba desesperada, desatinada y en un tacón, intentando vender varias cajas de tabaco y una auténtica cotorra de Isla de Pinos que cantaba *La Internacional* y le gritaba ¡hijoeputa! a cuanto hombre profundo pasara por su lado; se topó con él por azar, en un bar ilustre. Que los hay. Mientras el compositor Ohmar Herkayan Do entonaba ardoroso:

Una frase elegante vale siempre,
a ella le encantaría de ese modo;
cuando hagas el amor hazlo con todo
y de seguro querrá volver a verte...

Ocurrió el flechazo. Ella no había previsto amar a esa altura de su vida y de sus necesidades más elementales, reunirse con su familia; él huía más bien del matrimonio, pero sin poder controlarlo se enamoraron.

Recibió la cálida bienvenida de una extensa familia que la acogió como a una hija desde el inicio, con cariño y serenidad. Y asumió esmerada su nuevo papel de prometida de aquel joven aplicado y trabajador. Renunció aliviada a las pasarelas. Entonces, los parientes de Saúl se apresuraron a proponer nupcias y preocupados desearon enterarse de cuál religión profesaba su futura nuera. A ninguno extrañó que ella no tuviera claro el concepto de religión, ella creía en todo lo humano y lo divino que había presenciado en su Guanajaboa natal. Aceptó una tarde sumergirse desnuda en el mar, a falta de río higiénico, por abnegación y respeto, para cumplir con el rito hebreo de la purificación, requisito exigido antes del matrimonio. Al rato merodearon unas aletas descomunales.

—¡Milagro, milagro, observen, la escoltan una manada de delfines, es santa, santísima! —exclamaban las madres, las tías y las abuelas del disciplinado Saúl Dressler.

A Iris Arco parecía que los ojos se le querían saltar de las cuencas oculares.

—¡Delfines ni cuento chino, p'a su escopeta, son tiburones sangrientos!

Iris Arco salió echando un pie que hasta la calle Ocho no paró. Allí se vio acosada por otro tipo de tiburones, sin aletas, con menos colmillos, pero con unos penes más enhiestos que el del burro de Belén. Jugadores de dominó que cuando vieron pasar a la joven desnuda por nada les da un doble nueve en el miocardio.

Iris Arco no se convirtió exactamente a otra religión, a escondidas continuó practicando la suya, es decir, ese enredillo sincrético del cual los cubanos se sirvieron —hasta para interpretar el novelón de tres tomos con final trágico de Karl Marx—; retorciéndole los pescuezos a las gallinas prietas, bañándose en miel y flores blancas, pasándose un huevo desde los pies hasta la cabeza los viernes de cada semana, rociándole buches de ron a los muertos, entre otras maniobras ingenuas, como esa de asistir a misa cada vez que se acuerda, y ella no puede sentirse orgullosa de su fracasada memoria.

El caso fue que Iris Arco necesitó mandar a buscar de urgencia a su familia. Ella anhelaba volver a vivir con ellos, ambicionaba que la vieran alegre, vestida de blanco, radiante como una orquídea. Pero cuando la familia de Iris Arco pidió la salida oficial de Cayo Cruz, la Oficina de Invernación se la negó en múltiples ocasiones. Entonces, Iris Arco y su futuro marido tuvieron que comprar a la parentela al mismo teniente coronel que impedía el viaje de ellos.

—Cinco mil dólares per cápita y pueden ir cogiendo vereda cuando la saga de las verijas. Eso sí, vía México —fue la proposición indecente del militar.

Absolutamente todos abordaron el avión a la semana exacta del trueque. El gato había escapado con un sobrecargo en un viaje anterior, destino a Filipinas; después de dar la vuelta al mundo en ochenta días, por fin Iris Arco pudo rescatarlo; maullaba en varios idiomas y dialectos, incluido el guaraní y el quechua.

El perro también levantó vuelo rumbo al Distrito Federal de México, y de ahí a Cancún, escoltando a padres, abuela y hermana de Iris Arco. Apasionada Mía, la abuela, empapó de gruesas lágrimas su eterno chal de lana amarillenta ribeteada en canutillos de perlas falsas al tener que separarse de su comadrita favorita y de su portal, desde donde ella había sido nombrada la Reina de Guanajaboa. Desde allí no perdía ni pie ni pisada del primero al último de los habitantes del barrio. Y cuando su ausencia definitiva se hizo evidente y sin esperanzas de regreso, los más nobles del vecindario reunieron un dinerito con sumo esfuerzo y erigieron un monumento a la Espera Eterna de la venerada anciana, representada en una comadrita con una vieja coronada en laurel junto a la mata de chirimoya construida en mármol rosado sustraído del cementerio.

Entretanto, Iris Arco ultimaba los más mínimos detalles. La boda debería celebrarse un mes después del viaje de su parentela a Cancún. Estaba previsto que a ellos les sobraría el tiempo de llegar a Miami, de instalarse y de asistir a la ceremonia nupcial. Entonces sucedió lo inesperado, un terremoto primero y un huracán más tarde devastaron medio México. ¿Quién habrá mandado al presidente mexicano a estar boconeando contra DoblevedoblevedoblevepuntoHombreProfundamenteBestiapuntoCom? Esto se preguntaron la madre Alivia Martirio, el padre Amado Tuyo, la hermana Oceanía, la abuela Apasionada Mía, y *Divo*, el perro, al quedar atrapados bajo las ruinas de un lujoso hotel. Cada vez que un presidente se enfrentaba al Gran Fatídico le caía carcoma, del brujazo no se libraba, y acababa con Juana y con su hermana. La pericia de un equipo de salvamento pudo extraerlos sanos y salvos, fueron evacuados de emergencia a una clínica sobria y bien amueblada; así murmuraba Alivia Martirio:

—Esto es de burguesones, caballero, así costará.

En tablillas colgadas de las paredes de los cuartos de los pacientes inscribían el tratamiento con su respectivo precio al lado, la noche costaba alrededor de quinientos dólares. Mientras más leía aquel cartel, Alivia Martirio más empeoraba su hemoglobina, sólo a causa de lo caro de su curación.

Sin embargo fueron tratados de manera especial, siempre instantes después del hospital haber recibido un cheque contundente de parte del señor Dressler. Igual hubieran podido declararse indigentes y la atención médica les hubiera salido gratis. Presentaban rasguños irrelevantes en comparación con *Divo*, el perro, quien era el más afectado; trastornado de los nervios, debió quedarse bajo tratamiento en un psiquiátrico canino; mientras tanto a los restantes miembros se les ponía al corriente de un plan redondo para poder escapar del territorio azteca por dos vías muy diferentes.

Alivia Martirio, Oceanía, Amado Tuyo brincarían el charco —es un decir— como espaldas mojadas, atravesarían el río Matamoros que divide las fronteras. Para la abuela, obviamente, semejante trayecto era imposible; entonces la disfrazarían de mariachi y la anciana efectuaría el viaje por carretera acompañada de una mexicana adornada de collares de plata cuyos colgantes consistían en disímiles amuletos de la buena suerte en turquesa, lapislázuli, y hasta la pata de conejo de Descartes.

Entre el fenómeno natural, la búsqueda de los sobrevivientes enterrados en los escombros, la estancia en el hospital, la organización de la fuga, transcurrió el mes, y sólo quedaban tres días para que Saúl Dressler y su prometida se dieran el mutuo consentimiento y devinieran marido y mujer. Aunque ya lo eran por debajo del tapete.

Iris Arco apuntó los acontecimientos en el diario tal como después le contó Alivia Martirio; a través de la escritura de su hija la mujer pudo analizar en plenos cabales que sólo por no retornar de nuevo a las represiones que había sufrido en su país habían tenido el atrevimiento y el coraje de acometer semejante barbaridad. Asumir la posibilidad de la muerte como riesgo para continuar sobreviviendo.

Por suerte, la noche estaba más prieta que un borrón de tinta china, ni una sola estrella; la oscuridad sería una excelente aliada. El coyote había dado instrucciones de correr siempre hacia adelante, sin mirar a ningún lado, mucho menos para atrás. A campo traviesa, bosques, vegetación, lomas. Cuando divisaran las aguas del río Matamoros debían quedar rezagados, aguardar, quitarse las ropas. Atravesarían el río con las vestimentas encima de la cabeza, pues secos era la única manera de resultar creíbles si la policía los sorprendía del lado opuesto. No podían de ningún modo confesar que habían cruzado como espaldas mojadas. Ni ocurrírseles declararse cubanos o mexicanos. Ellos debían callar, abrir la boca lo menos posible, fingir que no entendían ningún idioma.

A Alivia Martirio se le juntaron el cielo y la tierra, se le unieron penas y vergüenzas. Pena por haber abandonado a Apasionada Mía, su madre, y a *Divo*, el perro, en sitio inseguro. ¿Y si no volvería a verlos jamás? No podía contener los sollozos. Aunque habían pagado una suma elevada para que su madre partiera esa misma madrugada hacia suelo americano vía frontera terrestre. El perro había quedado ingresado, en espera de que los traumas se le pasaran, pues no cesaba de aullar las veinticuatro horas del día; una vez sano, un amigo de Saúl lo embarcaría personalmente por avión, ya que el canino no tendría los problemas de pasaporte y visado. La vergüenza tenía que ver con el asunto de que ella nunca había imaginado tener que desnudarse delante de su niña Oceanía, y ahora se veía en la obligación de hacerlo. Sus mejillas se pusieron rojas punzó como un tafetán.

Amado Tuyo, el padre, menos que menos. Oceanía fue la que dio el impulso, liberándose del suéter, del pitusa y de las botas, los convenció a que la imitaran. A Amado Tuyo se le caía la cara a retazos, ¿cómo iba a encuerarse delante de su hija menor? ¡Con él que no contaran! Y viró la espalda de regreso a Cancún. Alivia Martirio lo tiró por la camisa con tal violencia que le desgarró una manga. El hombre sintió un dolor en el pecho, la mano izquierda se le engarrotó. Advirtió que estaba a punto de un infarto, si es que no tenía ya el corazón apurruñado como una ciruela pasa, partí'o en dos como en aquella canción que le erizaba la próstata. De un segundo jalón, Alivia Martirio lo despojó de la camisa, una vez acostado en la pedregosa orilla desvistió completo a su marido. Luego lo levantó por los pelos y arrastrándolo con ella consiguió hacerlo caminar.

Entraron al río tal como vinieron al mundo. La corriente fluía helada. Las algas se adherían a sus cuerpos, los peces mordían sus carnes. Las pirañas asediaban, pero ellos ni lo sospechaban. Sintieron tanto miedo que intentaron correr, el padre desmadejado se hundió, Oceanía tuvo los reflejos de arrebatarle las ropas dobladas en un bulto, dárselas a Alivia Martirio y zambullirse para rescatar al desvanecido. Todavía no sabe explicar cómo logró cargarlo en peso. Los peces continuaban tarascando. Ellos suponían que se trataba de peces, menos mal que no alcanzaron a ver el tamaño de las jaibas, cangrejos y demás bestias, contando a las anguilas. Pero estaban tan mal alimentados, traían tanta anemia, que los vampiros marinos sintieron piedad y se apartaron.

Hasta menos del nudo central del río la corriente se mantuvo tranquila, pero justo cuando iban ganando la otra mitad las aguas comenzaron a subir y a agitarse de forma inquietante. Amado Tuyo pareció sin embargo recuperado, aconsejó que se amarraran las ropas al cuello y que nadaran a toda velocidad. Alivia Martirio le recordó que ella no era anfibia.

—No sé nadar, no soy rana.

—Cuélgate del cuello de Oceanía, soy incapaz de llevarte, estoy muy débil.

Nadaron, o agitaron desesperados las extremidades, que es la peor manera de flotar. Amado Tuyo notó que su brazo izquierdo se paralizaba en fuetazos instantáneos, tuvo que bracear sólo con el derecho. Oceanía se hundía bajo el peso de Alivia Martirio, pero continuaba fingiendo espíritu infatigable, tragando enormes cantidades de agua, aquejada de calambres en los dedos y en las canillas. Por suerte, Alivia Martirio comprendió que debía patear y aunque movía sus piernas arrítmicamente algo podían avanzar. El río crecía, lentamente, aunque amenazador. Oceanía consiguió aferrarse a un tronco que pasaba junto a ellos, allí colocó a su madre, entre ella y su padre nadaron empujando el tronco hacia la otra orilla. El trayecto les pareció infinito. Morirían antes, pensaron, por causa nuestra la ceremonia será declarada funeral, no llegaremos a la boda de Iris Arco, balbuceó Alivia Martirio en estado delirante. La hija la mandó a callar enérgicamente:

—¡Cállate o te hundo!

El silencio acosaba aún más, sólo interrumpido el rumor impetuoso del oleaje. Amado Tuyo hilvanó un padrenuestro, de cuyo rezo apenas se acordaba. Alivia Martirio lo respaldó con un avemaría. Oceanía se puso a tararear un son:

> Y si vas al Cobre, quiero que me traigas
> una Virgencita de la Caridad...

Al poco rato se dieron cuenta de que estaban alborotando con tanta bulla, de que voceaban como locos. Se miraron y callaron de un golpe. Entonces ocurrió lo imprevisto, Oceanía perdió fuerzas, fue quedándose rezagada. Sus padres no advirtieron su debilidad hasta que distinguieron la cabeza escapárseles arrastrada por la corriente.

—¡Ve a buscarla, Amado, se ahoga!

El hombre sintió un segundo punzonazo, peor de agudo encima del costillar izquierdo, pero se lanzó a recuperar a Oceanía. El oleaje atrajo entonces el tronco con Alivia Martirio engarrotada sobre el pedazo de árbol. Durante lo que ella calculó que duró alrededor de un siglo y que sólo fue media hora perdió de vista a su marido y a su hija. Lloró, lamentándose desolada.

—¿Aaayyy, para qué quiero vivir? Se acabó la ilusión, ay, fallecieron Amado y mi niña chiquita. Ay, Iris Arco, perdónanos. Ay, Dios mío, ¿por qué me envías esta prueba tan dura y amarga...? —musitó citando una escena de «Vengadora Escalofriante», una *telenoverla* peruana.

Y abandonándose rogó para que el río la tragara a ella también. Al despertar se hallaba tumbada sobre la playa; la madrugada estaba bien avanzada y aún conservaba la ropa amarrada con un nudo al cuello.

—No, no, no, no puede ser, yo quiero hundirme con ellos... —susurró débilmente y sus párpados vencieron.

Las manos del hombre apretaron sus mejillas. Cuatro bofetadas y ella respondió airada, enseguida calmada al constatar de que se trataba de su marido. La hija desmadejada respiraba con ronquidos alarmantes. Amado Tuyo apenas con fuerzas pidió que lo ayudara a extraer el agua ingerida por la muchacha. Mientras Alivia Martirio daba boca a boca a Oceanía, él bombeaba con sus manos encima de los senos. La joven reaccionó con un vómito espumoso, luego de su boca chorreó agua podrida color verde esmeralda.

De inmediato a ambos les invadió una oleada de júbilo, la jovencita se encontraba fuera de peligro. Se dispusieron a seguir los consejos del coyote; debían vestirse, correr a toda velocidad hacia la cerca, saltar el alambrado, y continuar la carrera sin voltear los rostros, sin detenerse un segundo ni para jadear. El inconveniente residía en que desde donde ellos estaban situados al alambrado se extendían alrededor de dos kilómetros de distancia, no contaban con las energías suficientes para emprender semejante ejercicio físico, y debían hacerlo en tiempo récord, antes del amanecer; además, Oceanía había perdido la ropa. Alivia Martirio ripió su blusa en dos y el padre le donó el calzoncillo de patas largas. Resollaron durante cinco minutos y luego echaron a correr. Alivia Martirio dio un trompicón con una piedra, sacó un boniato, y se cayó de bruces sobre otra piedra de pico afilado que le tasajeó la frente, sangró y al punto le brotó un chichón del tamaño de un puño de madera para zurcir calcetines. Apenas pudieron detenerse, continuaron en plena carrera, la sangre cegaba a la mujer, una punzada le hincaba su costado, directo en el bazo, bufaba sin aliento. El hombre volvió a experimentar el hormigueo del lado izquierdo, los dedos hinchados, la cara paralizada. La hija corría retrasándose, por debajo de su capacidad real, intentando no dejar atrás a sus padres.

El menor obstáculo fue saltar el alambrado de púas, aunque los pinchos surcaron de heridas brazos y piernas. El mayor susto fue cuando todavía en aparatoso recorrido escucharon detrás de ellos ladridos malhumorados. Alivia Martirio por poco se para en seco, a ella le enternecían los perros, y aquéllos le recordaron al suyo ingresado en una clínica mexicana de canes traumatizados. Pero de inmediato vio en el rostro de Oceanía el terror al divisar a las fieras que los perseguían. No tardó nada en ser alcanzados, rodeados por cabezas y hocicos enseñando colmillos descomunales y sensibles a los ilegales, babas colgantes, ladridos a boca de jarro; sin embargo era evidente que obedecían a la orden de no atacar, de respetar impasibles aunque amenazantes. Detrás de los perros llegaron los policías, dos hombres forzudos, con uniformes apretados presionando sus musculosas nalgas empinadas. ¡Mira qué par de policías riquísimos!, pensó Oceanía. Un guardafrontera rubio y otro trigueño, armados hasta los dientes. Saludaron en inglés luego de revisarlos de arriba abajo con miradas más rutinarias que desconfiadas. Preguntaron siempre en inglés qué hacían por esa zona, a esa hora y en semejante facha, por lo que veían —añadieron con toda certeza— acababan de apresar a espaldas mojadas. Se mostraron corteses, nada de vejaciones, nada de malos tratos, para eso estaba la jauría en espera de un reclamo en ese sentido. Los interpelados no respondieron, tampoco cuando el gendarme moreno preguntó en español:

—¿Vienen o van a México? —Su acento era claramente rudo.

Ante el prolongado silencio, la pareja de agentes rodeó a la familia con un paseo, distanciados cuchichearon entre ellos.

—Ahoritita yo preferiría que se decidieran a explicar su presencia por acá. Por el bien de todos, no más... —Su mirada aguijonó como un puñal a los tres castañeteando las dentaduras de miedo.

Entonces fue cuando Alivia Martirio sin pensarlo dos veces dio un paso al frente, y ni ella misma se creyó cuando soltó avalada por un suspiro:

—Mire, compañero, hay, qué digo, no, perdón, es la mala costumbre... Mire, señor, somos cayocruceros, y hemos tenido que hacer esto para ser libres, y, y, y... Mi otra hija se casa mañana por la tarde allá —señaló para el horizonte del lado americano— a las cinco en punto, y si usted nos impone barrera, si nos impide avanzar, no llegaremos puntuales a la boda...

Los guardias no podían dar crédito a sus oídos. Se miraron, menearon sus cabezas en señal de asombro, aplacaron a los pastores alemanes, y les pidieron que los siguieran hasta el automóvil. Los condujeron hasta una garita y allí insistieron en preguntarles el teléfono de sus parientes en Miami. Los pinches detenidos estaban sedientos aunque les repiqueteaban mandíbulas y costillares de frío y de pánico, y cuando les ofrecieron agua sintieron como si se les virara el estómago al revés, de ganas de arrojar; de agua ya tenían sobrado, entonces uno de los guardias les ofreció calentarse con tequila, lo cual aceptaron para después añadir:

—¿Ustedes no irán a hacer una trampa, verdad? Es que como Iris Arco se casa mañana pues, no queremos aguarle la fiesta. Ella ha batallado mucho para esta boda, pobrecita. —La mujer escupió la andanada con inocencia—. Vaya, la verdad, supongo que ustedes, excelentes y ejemplares representantes dc la autoridad y del orden, no deseen hacer una charranada fastidiándole el día más hermoso de su vida a mi hija querida.

Amado Tuyo, el padre, le dio un codazo incitándola a que se mantuviera callada. Los nervios le habían dado a su esposa por no parar de defenderse a golpe de sandeces. El padre aceptó el bolígrafo que le tendía el policía rubio y anotó el número de teléfono con lentitud mientras Alivia Martirio mascullaba reproches en su contra.

84

—¿Aló? —preguntó Iris Arco del otro lado del cable con la fina espalda al descubierto bajo los innumerables broches abiertos del traje impecablemente blanco, y el largo velo de tul ilusión colgándole de la corona de azahares.

Los ojos llorosos enrojecieron aún más cuando creyó entender —el inglés del chaparro moreno era bastante mediocre— que unos guardias de un sitio muy lejano, por allá por Texas, habían atrapado a su familia. Era la primera noticia en varios días que recibía de ellos.

—¿Confirma usted ser la hija y hermana de estos impresentables? ¿Cuál es su dirección? —inquirió el joven trigueño luego de que ella hablara conmovida a la madre, padre y hermana.

—¿Y mi abuelita, señor, y mi perro? —recordó desesperada después de informar sus coordenadas al guardia.

—¡Ah, pero también hay una abuela y un perro! Pos, ahoritita por aquí no los veo, acaso de que lleguen se los mando para allá lo mismitito que a estos cuates.

Iris Arco respiró sosegada y palmeó de alegría al enterarse de que al menos buena parte del tormento había terminado, pero no tuvo tiempo de averiguar el paradero de *Divo* y de Apasionada Mía, el policía dio un tirón al auricular. Amado Tuyo observó con los ojos nublados la postura prepotente del agente americano. Les había comunicado que estaban abriendo un expediente por si las moscas. Moscas sobraban en innumerables batallones en esa especie de comisaría olvidada en medio de aquel pedregal desértico. Volvió a timbrar el teléfono, la mente de Amado Tuyo entorpecida por el sopor de la excesiva canícula registró a duras penas la información de que alguien muy importante intervenía en favor de ellos. Un socio de Saúl Dressler, quizás. Luego de responder afirmativamente a cuanta orden recibió el oficial rompió con intención de borrar la menor huella en mil minúsculos pedazos las planillas que había comenzado a teclear a máquina.

La cabeza de Amado Tuyo daba vueltas, recostado al hombro de su mujer subió al coche obedeciendo al guardia hispano:

—¡Andando se quita el frío, que p'a ahoritita es tarde!

Alivia Martirio echó una ojeada hacia atrás antes de marcharse. El río rutilaba bajo el sol como un collar de esmeralda. Dio gracias a la Virgen de la Caridad de que todos estuvieran sanos y en camino de una nueva aventura. Aventura sí, para ella todo aquello que pintaba a futuro no volvería a llamarse vida, sino atrevimiento. Pensó en su madre, ¿por dónde andaría? Recordó la canción *Las simples cosas* interpretada por su tocaya Martirio:

> *Uno se despide*
> *insensiblemente*
> *de pequeñas cosas,*
> *lo mismo que un árbol*
> *en tiempo de otoño*
> *se queda sin hojas...*

Tarareando la melodía, acarició las cabezas de su marido y de Oceanía, quienes durmieron durante el trayecto hasta que fueron entregados en una especie de bodega mugrienta situada junto a la polvorienta carretera al socio de Saúl Dressler, su futuro yerno. Todavía quedaba camino por recorrer y sólo restaban dos horas para la boda de Iris Arco.

SEXTO *INNING*
—

LA CARRETERA DE ORO

Apasionada Mía se vaciló en el espejo entre guarapachosa y rutinera, acentuando sus caderas hacia el frente ambicionando dos cartucheras cargadas con pistolones a cada lado; por fin la imagen de cuatrera mala en el azogue le devolvía la verdadera vocación de su vida: ser mariachi. Cantar rancheras mexicanas. Amotinada Albricias Lévy, ése era el seudónimo que utilizaba como asaltante de bancos la mexicana que la acompañaría por carretera hacia la puerta de la casa de su nieta Iris Arco, le dio dos nalgadas para que despertara de su ensueño, avisándole que debían partir antes que se esfumara la tarde.

—«*La tarde está llorando, y es por mí*» —se dijo la abuela evocando una antigua canción interpretada por Sonia Silvestre.

Ella no recordaba ningún hecho anterior a ese viaje que para Apasionada Mía sería definitivo. Lo único que resultó evidente después es que salió de Cancún con memoria y llegó a la boda padeciendo Alzheimer. Así le cobró su cerebro la intrepidez del rumbo. Por instantes la invadía una vaga obsesión de retomar la guitarra y alardear de parrandera. Amotinada Albricias Lévy señaló a Iris Arco que su abuela era guaricandilla con las bases llenas y contó alguna de sus travesuras. Amotinada Albricias Lévy tampoco puede dar fe de la cantidad de ciudades de Estados Unidos que visitaron luego de ganar la frontera. Con claridad afirma que lo que más le gustó fue un pueblo como para muñecas, Rhode Island, el estado más pequeño de la nación. Declaró avergonzada que ella leía de modo mediocre el inglés, y por tanto no podía guiarse por el mapa que le había enviado Saúl Dressler, tampoco le preocupaba el tiempo que emplearían en arribar, lo importante al fin y al cabo era conseguirlo, señalando que a ella le dijo un arriero «que no hay que llegar primero, sino hay que saber llegar». Y de eso ella estaba más que certera, de que parquearían delante de la residencia sanas y salvas. Por lo que Iris Arco y su marido sacaron en conclusión que Amotinada Albricias Lévy y la abuela mariachi no dieron la vuelta al planeta de puro milagro, pero sí hicieron el bojeo de América en tres días.

... Por fin me dijo un arriero
que no hay que llegar primero
pero hay que saber llegar...

Arribaron de casualidad y al tuntún, por olfato e intuición, según asegura Amotinada Albricias Lévy, mientras acentuaba el desaliño con su cabeza y la inmensa trenza más recta que un palo de escoba, a lo Cachucha la de Ramón, se bamboleaba en el centro de su mollera, aún abierta como la de un recién nacido.

En la frontera, Amotinada Albricias Lévy mostró los pasaportes falsos comprados a un sobornado funcionario de la propia oficina de inmigración. Una hora después de haber cruzado la frontera aconteció el primer contratiempo a Apasionada Mía. Pararon en un antiguo garaje a echar gasolina, el sitio era siniestro. Una casucha de madera a punto del derrumbe, idéntica a las del viejo Oeste. Del interior surgió un anciano de ciento quince años; apenas podía con su alma, sin embargo sonrió con toda la extensión de su boca arrugada y desdentada, se aproximó al auto y se dispuso a llenar el tanque. Al rato una mujer voceó al viejo desde la ventana, éste contestó con gesto acompañando la expresión de desprecio:

—¡Vete a freír espárragos! —Ésa fue la traducción que hizo Amotinada Albricias Lévy para que Apasionada Mía entendiera.

La mujer no quedó satisfecha con la respuesta, más bien emergió colérica del bajareque, dispuesta a insultar y a destripar a su padre. Pues el sujeto era su padre, de seguro ella había nacido cuando él todavía mojaba de baba los calzones, ya que la mujer contaba alrededor de sesenta y tantos años. Antes de empezar a pelear con el garajista, la mujer echó un vistazo al interior del auto. Apasionada Mía cometió el error de mostrarse demasiado en su empeño de cotillear. La mujer iba vestida a la moda antigua de las hijas de capataces, con falda amplia y larga de color verde, blusa blanca y ceñido chaleco de terciopelo *bordeaux*, a la cabeza una cofia bordada. A Apasionada Mía le dio la impresión de haber viajado en el tiempo y de estar viendo un daguerrotipo de su tatarabuela. La mujer quedó boquiabierta, como petrificada ante Apasionada Mía camuflada en mariachi.

—¡Eres tú, mi Pedro, amor de mis amores, vida de mi vida, alma de mi alma! —exclamó rejuvenecida dirigiéndose a Apasionada Mariachi.

Ella y Amotinada Albricias Lévy se miraron un segundo y comprendieron que el disfraz podría acarrearles malentendidos. En efecto, la mujer desenfrenada abrió la portezuela del coche y de un jalón arrastró a la anciana hacia la cabaña. Apasionada Mía peinaba hacia atrás el pelo engominado y teñido de negro, y le habían pegado un bigote al estilo Pedro Infante. Y precisamente con Pedro Infante la había confundido Amazonia, la hija del garajista. Éste terminó con lo que había estado haciendo y se dedicó entonces a limpiar el parabrisas. Entretanto, Apasionada Mía fue violada por aquella ninfómana, quien ni siquiera se enteró de que «su» Pedro Infante no poseía tronco sino raíz.

Amotinada Albricias Lévy descruzó los brazos frente al espectáculo que se ofrecía ante su mirada. Una anciana violada por otra. Esa otra la confundía con un célebre actor mexicano, cantante de rancheras. Si se lo hubieran contado en una película o en una novelita de realismo mágico no creería ni un ápice.

—¡Canta, Pedro, canta, no seas malo, malito, no seas soberbio, *please,* entona una rancherita de esas de las tuyas! —suplicaba encima de Apasionada Mía la turulata mientras le aplaudía la cara con una retreta de gaznatones.

De piedra ha de ser la cama
de piedra la cabecera
la mujer que a mí me quiera...

—¡No, ésa no me gusta. Una de tus películas, por faaaavooor! *Pleeeaaassse!*

La cuatrera mexicana arrancó a la mujer de encima del pecho amoratado de la abuela, al punto la tumbó en el suelo, dejándola *out* por regla de una patada en las trompas de Falopio. Agarró a la anciana de la mano y corrieron jadeantes y enlazadas hacia el auto, de un tirón sacó al viejo de debajo de las ruedas, pitcheó unas cuantas monedas por tierra, introdujo a Apasionada Mía en el asiento de la derecha y ella se aferró al volante. Sacaron chispas a los neumáticos. Amotinada Albricias Lévy arrellanó el nalgatorio pellejudo en el asiento, enfiló su vista al desierto de Arizona, enjugó el sudor de su frente con el puño de la mano. Confesó que se sentía aterrorizada, pidió excusas a la abuela por tamaño zafarrancho. La otra le contestó con el rostro henchido de placer:

—No es nada, o sí, más bien es todo. He dado verdadero sentido a mi vida. Empiezo a suponer que soy lesbiana.

Ésta no fue la única travesura de Apasionada Mía durante el viaje. En ocasiones le sobrevenían momentos de lucidez y se acordaba que la habían operado de cataratas con rayo lunar en una clínica de Boston. Afirmaba que la Virgen de los macheteros Santa Rica Capicúa del Caramelo a Quilo se le había aparecido en la superficie de un lago, después fueron los rayos vertidos de las manos abiertas de la Virgen Milagrosa los que iluminaron el rumbo de oro por donde siempre conducía el coche Amotinada Albricias Lévy. Ambas podían poner las manos en un picador apostando de que no se habían apartado de la carretera cuyo asfalto brillaba con toda la intensidad del precioso metal. Ante la duda, Amotinada

Albricias descendió y con un pico extraído del maletero rompió un pedazo de la carretera y pudo comprobar que el pedrusco era en realidad un descomunal trozo de oro macizo.

—Por favor, no exageren; no existen carreteras de oro —protestaba Saúl Dressler ante la narración fantasiosa de las dos señoras.

Ellas juraban que sí, al menos una había, porfiaban haciendo la señal de la cruz innumerables veces.

Tampoco podían creer lo del campo de fresas. Persistían en que se habían tropezado con un niño abandonado, de unos seis años. Buscaba una rosa, según les dijo, y se identificó como el Principito. No lloraba, su inmensa calma y visible seguridad impresionó a ambas mujeres. Tampoco huellas de maltratos, o traumatismos a causa de un largo peregrinaje. La criatura errante semejaba a un justiciero enfrascado en una honda ternura sólo por hallar una flor. Imposible, argumentaban todos. Y las juzgaban de excéntricas.

El paisaje que describían no era menos insólito. Insistían en la ancha e interminable carretera de oro, y en un sol rojo desmesurado sirviéndoles de guía. Durante el día disfrutaban de una temperatura agradable, la brisa constante motivaba sus mentes al ensueño. El clima ayudaba a mantenerlas de buen humor, salvo cuando descubrieron que Apasionada Mía perdía visión de manera alarmante. Apenas podía enfocar cualquier imagen, las dunas emborronadas en el horizonte disminuían en longitud y altitud. El día se fue borrando, todo a su alrededor cesó de reflejar. Entonces pararon en la clínica y la doctora Epifanía Camancola aconsejó operarla de cataratas, pero ella no podía ser ingresada, no tenía seguridad social, el dichoso *medicare*. Entonces la botaron a cajas destempladas de Urgencias. Sin embargo, a unos pasos de allí un hombre transparente, hecho de agua, Lánguido Lunito, a punto de derramarse de un momento a otro, la condujo misteriosamente a un sitio alejado, a una sala de operaciones aledaña a la clínica pero desconocida por los cirujanos emplantillados. Allí, Lánguido Lunito, el hombre líquido, hizo fluir unas gotas de su dedo dentro de la boca de la anciana; ella pestañeó y cayó en un profundo letargo o coma benéfico. El hombre de anestesia eliminó sus cataratas con un rayo directo de la luna. Al despertar, el sujeto aguado Lánguido Lunito se había evaporado; por más que Amotinada Albricias Lévy quiso seguirle para agradecer no pudo conseguirlo pues el doctor desapareció fundiéndose en la humedad de un muro cubierto de madreselvas en el jardín de la residencia médica.

Apasionada Mía sintió unas manos tibias tomándole las suyas, despertó y era la Virgen de los cortadores de caña Santa Rica Capicúa del Caramelo a Quilo quien le sonreía, sus ojos consiguieron identificarla en su justa magnificencia.

—Ando buscando un inodoro, me estoy haciendo pipí —susurró la Virgen mientras se aguantaba con las dos manos la pelvis.

—Pues, madre venerada, yo soy nueva por estos lares, acabo de aterrizar como quien dice —se excusó Apasionada Mía.

—Llegarás a tu destino, ya lo verás, no te quejes. Eso sí, no abuses de tu salud jactándote de comida por la noche. Tienes que cuidarte del colesterol, de la presión alta; ya no estás en edad para los excesos. Toma una aspirina y una vitamina E diaria.

—Ay, chica, ave Santa Rica Capicúa del Caramelo a Quilo purísima, sin pecado garrapiñado, qué Virgen más farmacéutica eres, qué manía de recetar... No rejodas con tantas prohibiciones. ¿No tienes otra información más espiritual que darme?

—¡Ah, sí, por nada lo olvido! Hija, es que estoy en el proceso este de la menopausia y ando trafucada de la cabeza. Tu nieta, Iris Arco, será la portadora de un gran presentimiento. Recibirá avisos divinos, de ella depende que estos recados sobrenaturales sean interpretados como será necesario para alcanzar la paz.

—Sé más explicativa, por favor, no entiendo ni Jacomino de lo que insinúas...

—Adiós; llego tarde al gimnasio.

—¿Qué gimnasio?

—El club de gimnasio, no quiero perder la forma, y a mi edad no es justo que me tire al abandono, todavía tengo chance de cuadrar la caja con el ebanista de mis majomías...

Su silueta desapareció plasmada en la puerta de un armario atiborrado de antibióticos, jeringuillas, apósitos, vendajes e instrumental quirúrgico.

Nadie les creía esta ni ninguna historia. La primera en dudar era su nieta Iris Arco. Sólo cuando comenzaron a sumarse los hechos inmateriales Iris Arco se dijo que probablemente su abuela tenía razón. Que era cierto lo del Principito abandonado en un campo de fresas, lo de las Vírgenes muy a lo modernas, lo del hombre líquido, lo del garajista y la ninfómana encaprichada en Pedro Infante y, por último, lo de la carretera de oro.

El día de la boda, a las cinco menos veinticinco de la tarde confluyeron todos en la puerta de la residencia donde se casaría Iris Arco. Por el este, la madre, el padre y la hermana, vestidos decentemente con trajes que el socio de Saúl Dressler les facilitó; pero Alivia Martirio mal disimulaba con un pañuelito blanco ribeteado en encaje el chichón de la sien. El auto de Amotinada Albricias Lévy parqueó por el oeste; de él descendió la abuela, ya con síntomas de fugas cerebrales al confundir a Amado Tuyo con el perro ingresado y esquizofrénico.

—¡*Divo*, échate! ¡*Divo*, qué haces en dos patas, échate! —clamaba.

—Mamá. Que no es el perro, es mi marido, tu yerno. —Alivia Martirio estrechó a su madre contra el pecho—. Ay, mamá, pensé que no volvería a acurrucarte entre mis brazos.

—¡Déjame, no seas sangrona, la úlcera me está royendo el páncreas del hambre esta de la época del hombre de Neandertal que traigo! —protestó la abuela deshaciéndose de su hija.

Iris Arco corrió ilusionada y en ralentí entre las azucenas del jardín, fascinante en el traje de novia, a riesgo de desgajar los tules, cuando supo que su familia acababa de llegar. Aprisa los introdujo en la mansión por un laberinto secreto, ahorrándose la curiosidad de los invitados. A la fiesta asistieron alrededor de unos quinientos familiares del futuro esposo. Consumarían una ceremonia hebraica con todas las de la ley.

A Alivia Martirio por nada le vuelve a salir otro chichón en el lado opuesto, pues tropezaba con cuanto canto de puerta se topaba embobecida ante la decoración, los cuadros, los muebles, admirando en fin la elegancia.

—¡Qué lujo! —Confundida acariciaba los adornos de porcelana.

Amado Tuyo se bebió una botella de whisky como había prometido a su compadre cuando llegara a tierra yuma. Su hija lo atrabancó en un abrazo y sin querer le pinchó la tetilla izquierda con un prendedor de brillantes.

—¡Ay, me cacho en diez, quítate ese pasador falso!

—No es falso, papá, son diamantes.

—¡Ñññññoooo, tan zangandongos!

Acudieron a sus respectivas habitaciones. Iris Arco repartía regalos costosos, trajes, cajas de sombreros, zapatos, carteras, joyas de gran valor. A Apasionada Mía le colgaron al cuello un collar de perlas de tres vueltas, aunque ella se habría sentido más colmada de satisfacción con una caja de balas. A Alivia Martirio le camuflaron el chichón con una diadema de brillantes y rubíes de Jarro Güiston, como ella pronunciaba Harry Winston. A Oceanía la coronaron de esmeraldas y diamantes. Amado Tuyo se puso las botas con un reloj Cartier. Amotinada Albricias Lévy también recibió su parte en el botín, un collar de perlas grises indonesias. Se abrazaron y besaron, y lloraron hasta el instante en que sonaron los primeros acordes de la marcha nupcial. A Iris Arco tuvieron que rehacerle el maquillaje y el peinado varias veces.

A las cinco en punto, la novia se presentó radiante en la glorieta instalada para la ocasión en el jardín de Fontainebleau Hilton del brazo de su padre, quien aparentaba serenidad pese a la perenne punzada debajo de la axila derecha y la disnea acrecentada. Siete salones fueron dispuestos para los invitados: el salón de los aperitivos, el salón del ritual, el salón de la cena, el salón de baile, el salón de los postres, el salón de los digestivos y el salón de los besos. A los novios los paseron encaramados en dos sillas. Luego los depositaron debajo de la *houpah*, bajo un dosel de orquídeas. El novio sostuvo la copa de bacará envuelta en holán fino, la puso en el suelo, delante de sus pies, de una patada aplastó el recipiente convirtiéndolo en polvo. Quebrar la copa significaba que debían preservar las épocas felices y estar atentos a la posibilidad de la destrucción que interrumpe toda felicidad, también alejaba a los demonios, a los hechizos negativos. La rotura sería reparada con el matrimonio. Firmaron la *katuba* o contrato matrimonial ante los ojos complacientes y emocionados del rabino, quien recalcó los derechos de la mujer.

Alivia Martirio hizo pucheros emocionada, el chichón le latía a mil, pero ella no perdió la compostura, lucía modosa y razonable sentada junto a la madre del novio. Oceanía se enorgullecía de su hermana, comparándola con una princesa de cuentos infantiles. Su belleza también ensombrecía a la de las demás jóvenes. Apasionada Mía aprovechó el embeleso general para jactar; estaba a punto de satisfacer sus diez varas de hambre cuando descubrió un rollizo pernil de jamón serrano aderezado en miel y cocido en salsa de ciruelas, se aproximó babeando al anca envuelta en masas doradas y en chicharrones crocantes. Un hilo de flema manchó su recién estrenada pechera de guipur. De súbito la silueta bajo fulgurante túnica azulada se posó en el centro de la pierna de puerco, y resaltaron visibles las facciones de la Virgen Santa Rica Capicúa del Caramelo a Quilo.

—Chica, quítate del medio que a ti te vi hace poco, pero lo que es un trozo de jamón ni se sabe el tiempo que no choco con semejante deidad sacrosanta. —De un tortazo borró a la Virgen Santa Rica Capicúa del Caramelo a Quilo, y no sabía si venerar, o trozar el boliche de una dentellada.

En el instante de entregar a Iris Arco al novio, lo cual estaba previsto que hiciera Amado Tuyo como segundo espectáculo, hubo aún más de apretársele cual marañón el corazón averiado al conmovido padre. Nadie hubiese dicho que apenas horas antes habían sobrevivido a lo que pudo haber sido la peor y última experiencia como perseguidos. ¿Quién hubiera apostado por sus vidas?

Así sucedió la ceremonia; igual a las demás, con la entrega de los anillos, el beso discreto.

En el diario de Iris Arco el presente transcurría hermoso; por supuesto, tras el éxito de la operación a corazón abierto de Amado Tuyo; y del parque infantil que debieron mandar a construir a Apasionada Mía, quien en su regresión a la infancia causada por el Alzheimer le había dado por montar cachumbambé, con lo cual consiguieron calmarla de sus crisis viriles. En consecuencia de los avatares del pasado, ellos ansiaban vivir de manera normal lo más pronto posible. De este modo reflexionaba en la actualidad una Iris Arco marcada muy hondo por la inestabilidad de un exilio cuyo dolor había sido reconocido por muy pocos y por un desdén perpetuo ante cualquier cambio.

«Lo que más ansiamos es recobrar la calma, y sin embargo nos acosa la espera, sin saber con exactitud qué esperamos.

Esperar sin sosiego ha sido nuestra mayor desgracia. Vivimos aguardando y no sabemos cuándo nos sorprenderá un rayo de luz. Presentimos que el milagro ocurrirá, y que romperá el hechizo. ¿Quién desearía entendernos con cordura?»

Eso escribió al final del tercer cuaderno Iris Arco. El detective cerró de un golpe las páginas, ahí donde el episodio finalizaba con la familia narrando la tragedia del cruce del río Matamoros en «El Show de Cristina».

No ha sido fácil, jamás pudieron olvidar que sus sueños fueron surcados por un río de esmeralda, aguas discursivas semejantes a la eternidad y al mismo tiempo al hilo débil de la existencia. Prefirieron no borrar ni un segundo de la travesía infinita; la memoria es su único tesoro, su patrimonio. Callaron durante mucho tiempo, el mutismo les permitió recobrar una cierta dignidad. Tierno Mesurado quedó pensativo, gruesas lágrimas rodaron por sus cachetes morenos. Juró ayudar a esa familia aunque perdiera la razón en el intento; si su madre viviera se sentiría orgullosa de que él hubiese tomado esa decisión.

SÉPTIMO *INNING*

LAS CUATRO ESQUINAS DE DIAMANTE

El intenso vapor bruñía las esquinas puntiagudas de la ciudad. Las paredes acristaladas sudaban tinta de calamar. Los espejos ahumados como el arenque se habían vuelto insensibles a las fulguraciones restallantes de la imagen. El cielo henchido de nubarrones escondía al bochornoso sol. Las cabezas chirriaban afiebradas. En el Dauntaun los rascacielos crujían y las oficinistas rezaban para que lloviera aunque se les empaparan las sábanas tendidas en las terrazas. Sin embargo en Hialeah la gente se iba alterando, el maldito calor de siempre que los acompañaba a cualquier país del bendito mundo los tenía obstinados. En Hialeah la gente se fue agrupando para rogar que granizara; ésa sería la única manera que refrescaría el ambiente. ¡Una buena tempestad de granizo! El calor isleño les bullía en las tripas, aquejándolos de un perenne escozor como si tuvieran una espina de pescado encajada que los aniquilaba de a poco. Los jugadores de dominó tiraban las fichas de nácar contra el tablero, renunciaban sofocados, al rato volvían menos bravos, y hacían las paces. El bodeguero Ufano Querella parado en la puerta aguardaba a su mejor cliente, el Paluchero, quien realizaba unas compras bestiales. Bajó el quicio haciendo vaivén con sus mocasines embetunados con leche magnesia y caminó hacia la barbería de Suzano el Venezolano.

El barbero discutía con aquel calvo que le dejaba caer semanalmente veinte pesos de propina porque le pegara la melenita del cogote a modo de *frozzen* en el cráneo pulido; Ufano Querella escuchó que le contaba al otro cómo su sobrina de cinco años había atravesado de un cabezazo una de esas paredes de *sheetrock*, tan delgadas, de Miami Beach:

—Es que en esos edificios tú encajas un cuchillo en la pared y puedes herir al vecino, ¿no te digo?

Ufano Querella saludó extrayendo un pan con *biftec* de un cartucho.

—¿Qué hay, viejo, vienes a darte los cortes? —Suzano sacudió la toalla en el aire.

—Sólo trato de cambiar de aire —musitó con la boca llena.

—A ti te pasa algo, hermano —aseguró Suzano.

Tragó el bocado.

—Tengo una ardentía en las venas, es como una corazonada de que algo muy tremendo va a pasar.

—Va y te ganas la lotería. Hay doscientos millones el martes. ¿Y a la bolita, apuntaste? —Suzano manejaba las tijeras peligrosamente ligero y desviando la vista de la cabeza.

El calvo le arrebató la caja de talco y se entró a motazos en el cuello, luego se despidió apresurado pues debía encontrar a su amante.

—¡Dios te oiga! Pero no; es, es como un tiquitiqui en el centro del pecho que no me deja ni respirar. No, no jugué ni un centavo —se lamentó Ufano Querella.

—¡Ustedes siempre con lo mismo, el cuento de la corazonada! —Suzano palmeó jocoso el hombro del bodeguero.

Ufano Querella aprovechó un diez para comerse el pan con bisté adobado con perejil fresco. Lo más grande de la vida es un pan con bisté. Pero no había atravesado a nado el océano en una goma de camión como él lo hizo, nada más que para saborear un pan con bisté aunque éste merecía la pena, pensó goloso. Luego de cumplir doce años de cárcel por intento de salida ilegal del país reincidió con éxito. Esa primera tentativa fue un fracaso rotundo; a su mujer y a su hijo de once años los tirotearon. No pudo terminar el pan con bisté, al acordarse del beso en la coagulada boca de Nora, y el cráneo de Daniel abierto como una amapola. Botó el pan con bisté en el cesto de basura repleto de pelos, servilletas grasientas y de burbujas de espuma de afeitar.

Antes había sido perseguido por problemas políticos según constaba en los expedientes del Gedós. Él era cirujano, no estaba dispuesto a seguir engañando a las adolescentes, no podía continuar pinchándoles el vientre y matar a sus criaturas, luego enviar sus fetos para ser utilizados como experimentos en el tétrico y penumbroso Instituto del Cerebro. Por esa razón decidieron fugarse del país en una balsa; Nora era pediatra, fue ella quien organizó la partida con unos pescadores, quienes luego se arrepintieron. El arreglo de la expedición estaba saliendo a pedir de boca, y de pronto él tuvo aquella repentina desesperanza. Nora cayó como una tojosa, pues de guanajona se puso en medio de las ametralladoras para proteger a su marido y a su hijo. *«¡Llévate al niño, sálvalo!»* Le insistía a él, quien no sabía si seguir controlando los remos o asistir a la herida. El niño cayó de bruces encima de la madre agonizante. Por más que pidió, rogó, se abrió el pecho para que le dispararan también a él, no lo hicieron; ése fue el mayor castigo contra su persona: salvarle el pellejo. Los esbirros sabían cómo dejar a alguien muerto en vida. Una cosa no olvidaría jamás, la cara descompuesta por el odio del que daba las órdenes de disparar. Tenía un lunar de nacimiento, un enhiesto mechón de canas en la raíz del pelo y una verruga del tamaño de un garbanzo en la mancha de la frente.

En Miami había pasado más trabajo que un forro de catre, al principio algunos amigos le ayudaron, pero él mismo quería despegar por sí solo. Se le ocurrió montar una bodega; no era exactamente una buena idea, bodegas cubanas sobraban. Por otro lado, el inglés no entraba ni a palos en su cabeza, ni soñar con revalidar una carrera de medicina. Mientras, sus colegas se fajaban con los estudios y se destacaban pocos años después como excelentes doctores; él intuía que no podía perder más tiempo, que su carrera estaba terminada. Se dedicó unos meses a tirarle un cabo a un manzanillero que vendía terrenos para panteones, ese negocio le aportó una suma decente en ganancias, como para comprar el local de la bodega y dar la entrada y pagar la hipoteca de un modesto apartamento en Hialeah.

Empezó a picarle el bichito por enamorarse de nuevo, un poco para olvidar, un poco para sentirse vivo; entonces conoció a la que sería su segunda mujer, allá por el ochenta, en el cine Miracle, el que queda en la intersección de Miracle Mile, la Milla del Milagro, y en el cine pasaban *Milagro en Milán*. Ella se llamaba Milagros Rubirosa, viuda también. A su marido lo habían fusilado en La Cabaña, muy al principio, frente a la mirada imperturbable de intelectuales europeos, era el circo romano del momento. Ella estuvo presa quince años. Al salir de la cárcel, su hijo había muerto de tuberculosis en una escuela militar; y la niña, concebida en la mazmorra, y a quien le habían arrebatado horas antes de que fusilaran al marido, se suicidó a los diecisiete años, y aunque le negaron el sufrimiento de la chiquilla, ella supo que no había superado el trauma ante el calvario político de sus padres. Se ahorcó de una viga del baño de la beca en el campo, mientras los demás estudiantes se dirigían al comedor a la hora de la rebatiña para cenar.

Ufano Querella y Milagros Rubirosa noviaron algunas semanas y no esperaron mucho para casarse, tuvieron una hija de la vejez, Clásica Querella Rubirosa. Cuando Clasiquita nació —eso fue nueve meses después de que sus padres vieran *Milagro en Milán*—, Milagros contaba cuarenta y seis años y Ufano cincuenta y cinco.

Ahora faltaban tres meses para que Clasiquita festejara los veinte. Era una jovencita tranquila en apariencia, más bien garza. Esbelta, graciosa sin exagerar, tetona aunque canillúa. Más astuta que inteligente, asistía a la universidad, estudiaba Humanidades. Sentía un malsano interés por el país de donde provenían sus padres. Había nacido en Hialeah, por tanto sabrá ostentar su cubanía. Sin embargo, su lengua de preferencia era el inglés, el idioma del aprendizaje escolar; pero debía hablar español en la casa. Era ella quien servía de intérprete entre las facturas y su padre. Hablaba un español averiado por las innumerables muletillas anglófonas y por el argot cayocrucero.

Querella pensaba justamente en su hija, ¿en cuál intriga estaría Clasiquita que desde el día anterior no se la tropezaba? Hacía poco se había peleado con su primer novio oficial; otro cubano con pinta de manganzón, como quien dice recién se apeaba de una balsa. Mandaba una rufa que metía miedo, alardeaba de aspirante a *pitcher* o a bateador de las grandes ligas, lucía una especie de cambolos por zapatos dentro de los cuales escondía unos pies planos enormes. Otro que se mandaba una clase de anónimos con que el dilema era llegar y convertirse en el dueño de la Estatua de la Libertad; Ufano Querella lo vio envolviendo a su hija con una jerga melosa, y una ruta y un aguaje que él apenas entendía, queriendo inventar el agua tibia. Éste se cree que va a bailar en casa del trompo, pensó.

—Así que quieres ser pelotero... Con esas patas de plancha no creo ni que puedas pasar del primer *inning*, ni salir al campo, vaya. ¿Y tú, qué bolá con tu edad, de los veinte añitos no pasas, eh?

—Veintiuno. Allá pertenecía al equipo nacional. No era una estrella, pero cuando me esmeraba metía p'a quiniento, tengo un buen brazo... Estoy tratando de colarme por el hueco de una aguja, formé un equipito ahí. Ya le digo, tengo un brazo de oro, suegro.

—Brazo sí, pero las llantas están cabronas.

—Suegro, pues esas patas me salvaron la vida en el mar, cada vez que daba un remazo con ellas avanzaba como un kilómetro.

—No digo yo... Esos pies te han crecido no con ganas, con inquina, vaya. Y no soy tu suegro.

Querella no estaba muy convencido de autorizar las relaciones entre su hija y el guaposo, pero en cuanto se enteró de que el muchacho había perdido a un hermano durante la travesía, y que su sueño era triunfar para traer a sus padres y brindarles una vida digna se le oprimió el corazón y conmovido lo acogió igual que a un hijo. Aunque Fernán, así se llamaba, se hospedaba con unos tíos segundos, también en Hialeah.

De ahora para luego, Clasiquita se agotó de las tediosas y largas tardes de entrenamiento, del béisbol y de Fernán. Ella propuso al joven continuar siendo buenos amigos; muy a la americana, según acotaba Milagros Rubirosa. Pero Fernán no había dejado de ser un balsero del Cerro, y eso de ser sólo amigos después de haberla besado y de haberla gozado desnuda no encajaba en su mentalidad de macho físico más que espiritual.

—Es que yo necesito alimentar mi alma, Fernán, no puedo oír todo el bendito día, tú sabes, hablar de jonrones, de bates y de guantes. Yo necesito que me digan una poesía de vez en cuando...

—¿Una qué... poesía? Mira, chinona, no te me trepes en el trampolín de las ilusiones para caer y reventarte contra la piscina vacía de la ignorancia, acostúmbrate a que yo soy un cheo del barrio de Palo Caga'o. Lo más que puedo hacer por ti es cantarte un guaguancó a dúo con Aquilino, el *center field* del equipo que desafina y entona mata'o, pero algo es peor que nada.

—Deja, se te agradece, si es esa canción que habla de mujeres que tarrean a los maridos, *you know?*, y de puñaladas, y de ráfagas de sangre; no, muchas gracias. Ya me la sé de memoria, además de que afecta a mi espíritu.

—¡Eeeeh, pero qué espiritista me ha salido esta hija de chinchalero!

Clasiquita movió la cabeza de un lado a otro esparciendo su melena en la espalda, mientras evocó esta escena de discusión banal con Fernán, una de las últimas ocurridas hacía un mes. Iba dentro del auto en dirección a la Playa; se propuso pasar antes por la bodega de su padre. Sacó la cuenta, dos días y medio sin verlo. La bodega nunca cerraba y cuando él dejaba a su empleado a cargo del negocio ya era bien avanzada la madrugada, y a tan altas horas ella dormía encerrada en su cuarto. Él apenas descansaba; a las seis de la mañana se tiraba de la cama para emprender la batalla, como él mismo se enorgullecía. Ella y su madre desayunaban juntas. Después, Milagros Rubirosa se dirigía como cada mañana a cuidar ancianos decrépitos en un *home* o asilo, y de ahí, por la tarde, a la Factoría, y Clasiquita asistía al aula universitaria.

—¿Clasiquita, para qué sirve la literatura esa que tú estudias, corazón mío? —preguntaba su madre temerosa del nebuloso porvenir de su soñadora hija.

—Sirve para cultivarme, *mum*; además, yo lo que quiero es ser actriz de cine. Y la carrera es un peldaño para subir al estrellato.

—Soñar cuesta caro. —Su madre doblaba el mantel y disimulaba calma chicha.

Ninguno de los dos iría a oponerse a las aspiraciones de su única y tardía hija. Nunca es tarde si la dicha es buena, susurraba Ufano a su mujer haciéndole cosquillas con el bigote teñido en el tronco de la oreja. Ellos jamás se opondrían a que Clasiquita apostara a lo imposible. Bastante habían sufrido con la pérdida de sus respectivos hijos anteriores. A Clasiquita le darían una buena educación y ella decidiría su destino.

—Tú elegirás; tu vida es tuya, nosotros te apoyamos. —Su madre sellaba la conversación.

La generosidad de su madre no tenía parangón —dobló el timón en dirección a la bodega—; en su último cumpleaños le regaló una cañita de oro dieciocho con un diamante que ella había heredado de su madre, quien a su vez lo había recibido de su abuela el día de su boda. Sabía que desprenderse de aquella joya significaba mucho para Milagros Rubirosa. La aceptó después de las infinitas razones que esgrimió insistiendo en que ese tipo de prenda debía usarla una joven y ella no sería nunca una vieja picúa.

El padre salió de la barbería de Suzano el Venezolano; su empleado lo reclamaba desde la bodega. Antes de atender al vendedor reparó en ella, e hizo señas para que parqueara el carro pintado de mandarina chillón.

—¿Adónde va mi niña linda? —Ufano Querella se asomó a la ventanilla, estampó un beso en la mejilla de Clasiquita.

—A la Playa, voy a visitar a una amiga. Se me termina el trabajo en la tienda de ropa interior y esta muchacha me ofrece empleo.

—¿Quién es, si se puede saber? —En la pregunta no había ansiedad, pues estaba seguro de su hija.

—Es cubana. Nos conocimos en la universidad. Es un poco mayor que yo, pero compartimos curso. —Él la observó preocupado—. Seriecita, pipo, seriecita.

—Okéy, okéy. Enciende el celular, que siempre lo llevas apagado, no sé para qué carajo tienes celular.

—El celular no se enciende, papi, se abre —insistió la chica burlándose, y luego de devolverle el beso apretó el acelerador y partió a toda velocidad.

—¡Eh, eh, afloja! ¡Te vas a estrellar! —voceó Querella visiblemente molesto.

Clasiquita agitó su cabellera castaña, humedeció sus labios con la lengua, estudió su rostro en el espejo retrovisor. Los ojos rutilaban ladinos, ¿su padre habría notado este detalle, de cómo le resplandecía la malicia? Puso la radio, cambió Radio Miami por Radio Mambí. Echó la cabeza hacia atrás en el asiento, escuchó la canción con ensimismado placer; hablaba de un amor rencoroso, de la lluvia, de las mariposas en primavera, de la nieve congelando las lágrimas de la amada, de su boca marchita cual ojos de otoño. La canción le trajo todo lo que ella necesitaba, romanticismo a pulso.

Parqueó el auto en el campo de tenis de la calle Granada, en Coral Way. Esperó tamborileando con los dedos en el timón al ritmo de la melodía. Reparó a través del espejo a su izquierda; otro auto se había detenido bastante alejado del suyo. No era el que esperaba, y por esta razón se sintió vigilada pues del interior no se bajó nadie, y sin embargo el chofer apagó las luces como para no ser advertido.

Un tercer carro llamó su atención. Sería él, entraba contrario al tráfico, la calle era lo suficientemente ancha y se metió de fondillo en la entrada de un porche doblando hasta colocarse justo detrás del suyo. Ella abrió la portezuela y se mudó de coche.

—¿Me demoré? —La besó en la mejilla pegado a la esquina de la boca.

—Acabo de llegar. Detrás hay alguien que no me inspira confianza.

—Está bajo control, acabo de chequear el barrio, no hay problemas. ¿Preparada para comértela con papas?

—preguntó él, ella asintió derretida ante los ojos marrones del hombre—. Consigue ganártela. Acepta lo que te proponga. Estudia bien el interior de la casa, con el objetivo de que puedas más tarde dibujarme el plano, cada detalle, luego con el tiempo lo iremos perfeccionando. Antes pasaremos por mi cueva.

—¿Por qué tanta moña con esa mujer? ¿Por qué ese empeño en perseguirla?

—¿Conoces al DoblevedoblevedoblevepuntoHombreProfundamenteBestiapuntoCom? Ella puede ser muy peligrosa para él y para nosotros. No pensamos a destruirla si ella no complica las cosas, sólo neutralizaremos su alto nivel de percepción de la irrealidad. No podemos permitir que sea la privilegiada, la receptora del futuro antes que el DoblevedoblevedoblevepuntoHombreProfundamentevepuntoBestiapuntoCom.

Clasiquita se dijo que tal vez estaba metiéndose en líos graves. Empezó a llover con goterones muy espesos. Es ya inmoral cómo llueve en esta estúpida ciudad, pensó Clasiquita. El aguacero tiñó de mercurocromo el paisaje, arreciaba tan fuerte que apenas podían distinguir a través de las ventanillas. Pidió que le contara de la nieve y de las hojas doradas de otoño que caían serenas en otras latitudes del planeta. El hombre resopló fatigado, pero enseguida se compuso y se deshizo en historietas invernales praguenses y otoñales austriacas, mientras rodaba por Coral Gables. A mitad de camino, el extraño enmudeció en un incómodo silencio; al rato carraspeó, tosió, se esforzó en ser simpático, y de paso adelantarle que regresaría muy pronto a la isla. Tenía pendiente arreglar unos cuantos negocios sobre cine, en las latas de películas transportaba armas hacia Panamá, Nicaragua, y El Salvador, alardeó. Los ramajes de los árboles se imponían por encima de la furia del vendaval, y Clasiquita no escuchó lo último. Ella comentó, era la tercera vez que lo hacía, que se moría de envidia, estaba cada vez más deseosa de conocer la tierra de sus padres. Sin embargo, sabía perfectamente que para ella no podía ser posible el retorno. Respondió negando enérgico con la cabeza. Allá él era muy poderoso, gozaba de gran prestigio, si realmente lo ansiaba él podía solucionar su viaje. La súbita carcajada de la muchacha sorprendió a su acompañante. Clasiquita avergonzada volvió a guardar la compostura. Sus padres la destoletarían si se enteraban de que ella planeaba visitar aquel burdel, aunque sólo fuera de paseo. No tenían por qué enterarse, propuso él tentándola a la fuga. Sentía pavor, era tan horrible lo que contaban de allá, sus propios padres fueron víctimas directas. No debía creer para nada lo que regaban los resentidos, las cosas habían cambiado en extremo; para bien, mintió él con alevosía. Colocó su mano hirviente en el muslo de la joven. Desvió la mirada penetrante hacia ella y pronunció un lamento que Clasiquita recibió como descarga erótica:

—¡Qué lástima, con lo cubanaza que tú eres! Tú no tienes nada que ver con este país, chica. —Apretó la carne dura para volver a controlar el timón.

No, él se equivocaba, ése sí era su país, de eso no cabía la menor duda. Había nacido en Hialeah, nunca se había movido de allí; bueno, o sea, dos veces a Orlando, a Disneyworld, y una vez a New York en verano. Era made in Hialeah, y a mucha honra, agregó. New York le fascinó, pero no negaba que es horrible caminar cuadras de cuadras achicharrándose de calor en Manhattan. Hubiera preferido viajar en invierno, para visitar las tiendas en Navidades y jugar a lanzar bolas de nieve. Pero debió adaptarse a las fechas de sus padres. De otra parte anhelaba matarse el enano de la isla, no podía aguantar más las conversaciones hogareñas, pendientes desde hacía más de un tongón de años de la vida y milagros de las noticias importadas desde noventa millas. En una ocasión enfrentó a Milagros Rubirosa, estaba harta de la aparatosidad desmedida con aquella tierra malagradecida y degenerada. ¿Por qué no se quedaron, o por qué no compraban billetes y regresaban, ahora que podían? Ni muerta, contestó Milagros Rubirosa. Su hija espetó que a ella sí le gustaría conocer Cayo Cruz. La mujer se desmayó, convulsionó; atacada por una embolia; salvó la vida de mortificado milagro. A Clasiquita le costó bastante y varias sesiones de terapia curarse de los remordimientos; durante meses la invadió una pesante melancolía. ¿Cómo podía haber sido tan mezquina e irrespetuosa frente a los sufrimientos aún no cicatrizados de Milagros Rubirosa?

—¿De verdad conoces gente en Hollywood? —La mueca de duda molestó al hombre.

—Por Cayo Cruz pasa la crema y la nata, lo mejor de La Meca del cine; me codeo con las estrellas a tiempo completo —asintió descarado.

—No a todo el mundo le gusta tanto ir allá como a ti. Por el momento no iré a Cayo Cruz, pero... —volteó su pecho hacia él— a Hollywood sí me encantaría...

Escampó; el perfume a hierba fresca y a mar revuelto bañaba las calles, se detuvieron delante de una residencia disimulada detrás de un bosquecillo. Ella notó en que se habían adentrado en los alrededores de uno de los lagos. La puerta de bronce chirreó igual que en las películas de horror. El amplio salón le resultó desangelado a la muchacha a causa del amueblado exclusivo con decorado minimalista japonés, acostumbrada como estaba al barroquismo del acumulamiento del que poco ha tenido. Le seguía un segundo salón menos espacioso, en el cual se mostraba el lujo de bibliotecas machihembradas, construidas en madera preciosa. Una cama con dosel vestida con almohadones y encajes opalinos reinaba al fondo de la estancia. La expresión de asombro de Clasiquita evidenciaba que entraba por primera vez en la residencia.

—¿Es éste tu cuarto? —señaló con la barbilla a la cama.

—No, es mi oficina. Me gusta trabajar en la cama. —Apretó el botón del telecomando y de un pasadizo detrás de uno de los estantes surgió un bar con las mejores marcas de bebidas alcohólicas. Preparó dos Bloody Mary y extendió un vaso a la chica.

—¿Es aquí donde tú piensas hacerme las fotos?

—No, cerca del estanque. —Abrió la última ventana y descubrió el jardín, un puente como de juguete volado encima del estanque cubierto de nenúfares.

Comentó que era una imitación muy fiel del jardín de la casa de Monet, cuyos cuadros se hallaban en el museo del Jeu de Paume en París. ¡También había vivido en París, este hombre era un portento! Ella no pudo evitar una exclamación. Luego hubo un silencio interrumpido por la ñoña voz de Clasiquita.

—¿Fue en París donde la conociste? —Levantó la vista y buscó taladrando las pupilas rígidas de él.

—Ya te dije que la conocí en Cayo Cruz, ¿eh, qué importancia tiene? Ven, te mostraré el altar, la capilla donde celebramos los rituales y ofrendamos los sacrificios.

Cruzaron la desmesurada puerta, rectangular de caoba, hacia un salón aún más espacioso y en penumbras. Al fondo, Clasiquita pudo distinguir un altar también de dimensiones exageradas encima del cual dominaba una torre esculpida en forma de símbolo fálico. Sí, era un pingón descomunal en oro macizo. Clasiquita no podía creer a sus ojos.

—¡Es impresionante lo que brilla esa yuca gigante, yo diría de oro!

—Lo es. Nuestra riqueza se ha multiplicado en los últimos tiempos. La Secta es cada vez más poderosa. Hemos conseguido lo que nadie logró con anterioridad: convertir una banal filosofía en creencia. Somos los dueños del mundo.

—Cuéntame de tu jefe; debe de ser muy generoso cuando has podido instalarte en semejante residencia, ¡y pagar la construcción de ese monumento no debió de salirte barato!

—Y eso que no has visto el que ha erigido en el Protestódromo, que el pueblo ha apodado Lagartódromo porque hipnotizan a los sanacos con cerveza de pipa. El Protestódromo es una obra ideológicamente imprescindible, ¡un verdadero tótem que casi roza las nubes! El DoblevedoblevedoblevepuntoHombreProfundamente-BestiapuntoCom no es bondadoso, es riguroso. Hay que temerle. Su libro de cabecera es *Mi vida* de Adolf Hitler.

Clasiquita se llevó las manos a la boca reprimiendo un grito de espanto.

—No te asustes. Sólo lo lee para rectificar los errores, los que él no cometería. —Preparó la cámara y encendió un prajo, el olor de la marihuana provocó una serie de estornudos a Clasiquita y probando el Bloody Mary hizo una mueca de asco—. ¿Deseas beber otra cosa, una cerveza, vino tinto, vino blanco, coca-cola, lo que sea? Pide por esa boca. Tengo un Sancerre exquisito.

—¿Champán? —La joven mojó sus labios con la punta de la lengua, picarona.

En la copa de champán vertió el brebaje, peyote y otros hongos alucinógenos machacados, provenientes de un trueque desigual con un chamán a quien había conocido al pie del volcán Popocatépetl, quien le dio todo ese tesoro a cambio de un puñado de tierra cayo-crucera del cementerio de Colón. Condujo a Clasiquita al jardín, bordearon el estanque; ella tragaba haciendo ruido con la garganta, sin paladear la bebida. Comenzó a ver nublado, a divisar llamaradas por las esquinas.

El fotógrafo pidió refuerzos a través del móvil. Clasiquita se retorcía desnuda encima de la pelusa verde del césped. De un ascensor surgieron dos cabezas rapadas, musculosos; vestían camiseta color verde olivo y pantalón de camuflaje, ceñidas las muñecas por pulseras de metal, usaban máscaras negras. Se desnudaron delante de la cámara que filmaba y fotografiaba alternativamente; uno de los trinquetes se acostó y dio lengua en el sexo de la muchacha. El segundo cabeza rapada golpeó los senos con su mandarria babosa; Elegguá le había prohibido fumar, silbar bajo techo, mamar bollo y comer pescado. Ella reía desaforada, contoneándose de placer, obedeciendo a las sucesivas violaciones con los cinco sentidos plenos de euforia contagiosa. Cuando los mastodontes se cansaron de descargar sus flemas vigorosas en el cuerpo de Clasiquita uno de ellos la cargó en peso conduciéndola desmadejada, aunque todavía sonriente, a la cama del fotógrafo, quien dio la orden de retirada a sus compinches y desvistiéndose a toda velocidad gozó también de la inconsciencia de su invitada mientras mascullaba en su oído:

—¡Puta, ahora sí que verás las estrellas, y no precisamente las de Hollywood! Fíjate, sé que me escuchas mejor que nunca; te introducirás en casa de Iris Arco, ella confiará en ti, eres su condiscípula y tú le caes bien, ahora necesita niñera, tú eres la ideal. Sentirá que su fortuna no es vana si puede ayudar económicamente a alguien como tú, además podrás hacerte su amiga, repasarán juntas, te harás su mano derecha. Necesito información sobre su marido, todo lo que hace y lo que piensa hacer. Localizarás y fotocopiarás los documentos importantes. Al final tendremos que eliminar a Iris Arco, ¡basta de que presienta y adivine nuestros secretos! Nos está perjudicando, ¡la muy cabrona! ¡Reventará de calor! ¡Abrasada en su propio fuego! ¡Mátala!

A cada encontronazo del sudoroso salvaje contra ella, Clasiquita asentía con una risa bobalicona, sin embargo su rostro empezó a teñirse de morado.

—¡Por último, si intentas traicionarnos te deportamos a la singá tierra tan extrañada por tus padres! ¡Y con estas fotos podríamos hacer de ti una pornotraficante y una delincuente muy peligrosa! ¡Carajo, qué pasa, despierta, recónchole de tu madre! ¡Esta maldita puta se está muriendo!

Clasiquita devolvió buches de espuma, los ojos virados en blanco. El hombre volvió a clamar por uno de los guardaespaldas apretando en un botón en la pared, encima de la mesita de noche. El tipo reapareció y acudió a auxiliar a la joven, hizo lo necesario para que vomitara hasta las bilis espachurrándole las costillas.

—Le sentará bien un duchazo, luego dormirá. Al despertar no recordará nada, sólo la abordará el deseo de cumplir mis órdenes infusas con ayuda del peyote y de los alucinógenos. Haz lo necesario, Filibustero. —El Filibustero siguió con mirada vacía el gesto despreciativo realizado con la mano del otro.

El hombre subió a una habitación en la segunda planta; calmado tomó un baño tibio, se cambió de ropa, y aguardó a que su violada despertara para conducirla a casa de Iris Arco.

Desde el exterior de la mansión enrejada a cal y canto Tierno Mesurado pudo recibir las energías negativas de lo que sucedía en el interior. Intentó sin éxito cruzar por encima del muro eléctrico. Esto eran los inconvenientes del oficio, a veces estaba en el sitio preciso pero no era el momento adecuado, intuyó que no debía arriesgar ser descubierto en esta oportunidad, aunque sospechaba que una víctima estaba sufriendo ahí dentro sin que él pudiera remediar nada. Ocurrió así de sencillo, en la mañana había salido a otear la ciudad; a medio camino sintió nostalgia de un juego de pelota. Averiguó allá a la altura de Hialeah dónde podía asistir a un encuentro beisbolero a esa hora.

—En ninguna parte, como no sea que vaya al entrenamiento de los Marlins. Ahí tengo a un sobrino que juega con ellos, dígale que va de parte de Error Fly, ése soy yo, el tío come cáscaras... El que metió en la lavadora el pantalón de mecánico a noventa grados, en un bolsillo se hallaba el billete ganador de la lotería, ¡cien millones! ¡Se dice y no se cree! —El sesentón sonrió mostrando dos dientes, el de arriba y el de abajo chocaban sus cuatro esquinas chispeadas de diamantes, más solitarios que un *center field*.

El reflejo del auto de Clasiquita le ganó al de los dientes de Error Fly. Distinguió a Ufano Querella aproximarse a la ventanilla, escuchó que ella le comunicaba a su padre que se dirigía a la playa, a casa de una amiga, seriecita, pipo, seriecita... insistió suspirando, extenuada, hasta las mismísimas tetas de dar explicaciones a ese padre tan atrasado, tan retrógrado, el detective copió su pensamiento. Tierno Mesurado olvidó al instante el entrenamiento de béisbol, el anhelado primer *inning* cargadito de sorpresas como le fascinaban a él, las tres bases llenas, el bateador en *home* esperando la curva del brazo adiestrado del *pitcher* contrincante; se metió en el jeep y se dispuso a espiar con la mayor discreción posible al auto color mandarina chillón. Hasta que ella y... ¡nada más y nada menos que Adefesio Mondongo en el casco y la mala idea se encontraron en las proximidades del campo de golf y luego se internaron en la mansión!

De súbito, el jardín se puso como una hoguera debajo de sus pies, el suelo ardía, los árboles chisporrotearon, relampagueó y arreciaron llamaradas desde el cielo crepitante. A esa pobre muchacha la estaban destrozando ahí dentro. Puso los pies en la verja para saltar del otro lado. Cerró los ojos, el mundo se derrumbaba y la reja traqueó rechazando sus pies. Al rato, un fulgor blanco y gélido congeló sus venas agrietándole la piel. Inmóvil, advirtió que se había convertido en estatua de hielo, el corazón inició un proceso lento de resquebrajadura, sin embargo el pavor hervía en su mente. Con una jeringuilla le estaban inoculando terror en las arterias. Sus ojos de cristal reflejaron las imágenes de dos figuras malvadas. Se presentaron como gárgolas provenientes de templos hechizados: la Maraca Terrorista y la Quimera Empanizada.

—Déjanos tranquilos, abandona la investigación. Si no lo haces te mataremos; aunque no nos agrada dejar huellas. Es poco profesional asesinar, te torturaremos primero, luego encontraremos la solución precisa, antes te alertamos: aléjate del circuito.

Hablaban a coro. Tierno Mesurado deseó indagar, conseguir mayor número de indicios, pero su lengua era un masacote de hielo. Percibió que de aquellas gárgolas emanaba el invierno más denso que se haya podido imaginar. De sólo aproximarse a él habían logrado transformarlo en una pirámide glacial de huesos.

OCTAVO *INNING*

LA LÍNEA FÉRREA

Es fácil tenderle trampas a una chiquita soñadora, basta con engañarla introduciéndole guayabitos en el tejado con aquello de que puede ascender al Teide del triunfo, a ser una actriz e inaugurar estrella en una acera de Beverly Hill, suficiente con hacerle creer que los sueños están al alcance de su mano y que ganará y manicherá burujón de dinero, y la criadita se transformará en princesa. Clasiquita volvió en sí, su cabeza daba vueltas y el cuerpo magullado le latía huesito a huesito. Sin embargo, aunque percibió que ardía su tota inflamada, solamente tuvo memoria para evocar instantes maravillosos de placer, no podía distinguir ni dónde, ni cuándo, ni con quién los había vivido. Tal vez soy una princesa y estoy despertando de una pesadilla. Estudió a su alrededor, ¿cuánto tiempo durmió en la casa del fotógrafo? ¿Horas, o la noche entera? Revisó su indumentaria, nada raro, como no fueran en sus músculos esos malditos calambres y las contracciones pélvicas, para colmo habría que añadir la extravagancia de sus partes hinchadas, y el erizamiento súbito ante una imprevista oleada de frío que invadió la habitación. Iba vestida con la misma ropa. Limpia, peinada. Parecía intacta, se dijo, poco probable que este señor le hubiera faltado el respeto, mucho menos toquetearla. Él abrió la puerta llevando un sobre en la mano engarrotada y bordada de ojos de pescado, extrajo un fajo de fotos y se las mostró; lucía seductora en los primeros planos de su rostro, pero las demás eran sumamente mejores. Nunca unas fotos de cuerpo entero la satisficieron al extremo de saltarle al cuello y besarle las mejillas al fotógrafo. Odiaba su físico, el padre no se cansaba de llamarla canillúa a causa de sus delgados tobillos; aunque alardeaba de una estatura de pasarela, por detrás era una tabla de planchar y las caderas lucían demasiado anchas y huesudas, los senos sumamente pechugones, una hipérbole ambulante.

—El día que seas madre tendrás que ir a cortarte un buen tramo de tetas con un cirujano estético, porque después de la lactancia los senos te darán a la rodilla —auguró Milagros Rubirosa.

Tan ensimismada andaba observando su propia imagen que cesó de temblar olvidando el frío y apenas advirtió el inusitado empujón del hombre botándola de la habitación, quien enseguida arrancó las fotos de sus manos.

—Las verás otro día, haré un juego para ti. Éstas las enviaré a Cayo Cruz mañana mismo.

—¿A Cayo Cruz, y eso para qué?

—Allá se encargarán de dárselas a cualquier artista de Hollywood que pase a darse en un chapuzón de las tres Pe: playa, política y pobreza.

—Ah, mira tú, que raro, mi madre me contó de otras tres Pe, de la Noche de las tres Pe. En los años sesenta, cuando los esbirros hicieron recogidas de gente en las calles juanabaneras. Se llevaron a muchos jóvenes de pelo largo, a artistas, homosexuales, religiosos. Quien que se atrevió a mencionar a los Beatles se las vio negras, cargaban con los *distintos,* y los metían en campos de concentración. No entiendo las tres Pes que tú mencionas, no están relacionadas con las que me contó mi mamá.

—No tenemos mucho tiempo para entender nada ahora. Regresamos a tu coche, una vez en él, iré delante en el mío guiándote hasta la casa de Iris Arco.

—No hace falta, sé dónde vive.

—Entonces llámala, avísale que vas retrasada.

Subieron al auto con toda rapidez, el hombre se comportaba de modo extraño; ya no era el metafórico seductor del inicio del mediodía.

—Hay varios asuntos que no comprendo. ¿Por qué me dormí? ¿Por qué al abrir los ojos me retorcía en tu cama, con este engurruñamiento y un malestar apabullante que me está aniquilando? ¿Por qué debo ser yo quien espíe a Iris Arco?

—Te desmayaste en medio de la sesión de fotos. Intenté reanimarte, imposible. Llamé a un doctor vecino mío, te dio unos masajes, diagnosticó fatiga. Debes reposar, debes tomar tus errores menos a pecho... No se saca nada de los espíritus pobres, hay que enfrentar la vida desde la perspectiva del vencedor. Odio a las personas sin carácter. Te elegimos, sin embargo, para que realices este trabajo porque eres una joven ilusionada con el éxito y nosotros te ofrecemos la única vía para obtenerlo.

—Es época de exámenes, eso me tiene mal. Otro tema que me tiene muy nerviosa es que mi padre está a punto de cometer una locura... Por favor, te ruego no se lo digas a nadie. No sé, no te conozco lo suficiente, pero intuyo que no me traicionarías. Mi padre anda de paluchero, anunciando que va a buscarse un avión y que se acercará a las costas cayocruceras para salvar balseros. ¡Está loco de remate con esa idea!

—No es mala opción. Todo lo contrario, justo lo que él debiera hacer, y lo que nosotros necesitamos como pretexto.

—¿Eh, qué andas secreteando? Yo creía que tú no pensabas igual que mi gente.

—Tienes razón; pero soy capaz de admirar el coraje, esté del lado del que esté.

Antes de que ella recuperara su coche, él la atrajo y la besó en los labios. Clasiquita esperaba ese gesto, a decir verdad, pero no tan pronto. Él colocó en su mano un sobre conteniendo quinientos dólares.

—Gánate la confianza de Iris Arco. Yo iré dándote las instrucciones a diario. ¡Talco, hay que hacerla talco!

Unió sus labios nuevamente a los de ella hasta que la joven se metió en el coche. Clasiquita tiró la portezuela, volteó la llave y el motor echó a andar. Las manos impregnaron el timón de un sudor cremoso. Nunca había transpirado de esa manera, una leche verdosa fluía de sus poros. Abrió la caja de toallitas perfumadas que guardaba en la guantera para asearse la cara y se secó con varias de ellas los brazos, el cuello, debajo de los senos, el ombligo. Clasiquita se dijo que era la emoción lo que la había puesto así, supurando pus, parecida a una guanábana podrida. Él había besado su boca fingiendo pasión, ahora agitaba su mano indicándole un adiós novelero, ella le sopló un beso a través el espejo del retrovisor. Con la mano libre abrió el sobre, ¡quinientas cañas! Se relamió ambiciosa. Clasiquita estaba dispuesta a hacer cualquier mariconada con tal de triunfar, de ganar sacos de plata, así tuviera que aplastar como una cucaracha a Mahoma o a Yvanna Trump. Pese a la honradez con la que sus padres la habían criado, Clasiquita Querella Rubirosa andaba en un instante muy confuso de su existencia, convirtiéndose en lo que se llama un pichón de trepadora. Abrió el celular y marcó el número de Iris Arco. Atendió al teléfono Alivia Martirio:

—¿Jeló?

—Buenas tardes, quisiera hablar con Iris Arco.

—Ella está en el jardín, dándole a la sin hueso con una virulilla, una raspiñanga, y uno rarito él que lleva en su alma la Bayamesa, bastante estrambóticos ellos; eso sí, ya se lo advertí, pero Iris Arco no hace caso de los consejos de su madre. ¿De parte de quién?

—De Clasiquita Querella Rubirosa.

—Ay, mi vida, ella me ha hablado de ti. Te esperábamos. Acabo de bañar a Cirilo, el ángel aindiadito este que pernocta ahora con nosotros; por cierto, que ésa será una de tus tareas, reemplazarme a mí, no es que no me guste bañar a un ángel taíno y tan majestuosamente dotado como él, todo lo contrario, pero ¿tú sabes lo que pesa un ángel? ¡No, cómo lo vas a saber si nunca has cargado a ninguno! Este ángel, Cirilo, él es amabilísimo y todo un caballero, nos cuida a Iris, vigila la casa, con tremenda dedicación, es un primor de querubín, pero no le gusta jugar agua, mi cielo, y mete para grajo debajo de las alas; yo lo baño y lo perfumo; después de la *tolete* se pone melancólico unos días pues los ángeles no aguantan la colonia, pero eso se le pasa, cuando se le secan las alas. Cambiando el tema, figúrate, a Apasionada Mía la tengo con diarreas, en lo que yo viré la espalda esta mañana para ver la publicidad ésa de los panteones (porque ando a la caza de un panteón digno, sí, cariño, debo comprar uno para el primero de nosotros que estire la pata), pues Apasionada Mía se zampó tres potes de compota de ciruela. Bueno, parece que anda medio enamorada de Amotinada Albricias Lévy; anoche las escuché a ambas en un cuchicheo, planeando casarse por el plan de matrimonio de tortilleras. ¡Jesús, María y José! Al paso que vamos, la primera que se ñampeará seré yo, con tanta gente a mi alrededor que cambia de palo p'a güayo, cualquier día menos pensado me viroteo de un infarto, y lo peor no es que me muera, es que me quede ñengueteá.

—Pero ¿la abuela no padece de Alzheimer?

—¿Y qué? Eso no le impide vivir la fantasía de que es Agustín Lara y que Amotinada Albricias Lévy es María Félix. No, si aquí el más cuerdo está de convocatoria para el *boarding home*, aspirando al loquero. Y mi marido navegando, pero no por el océano, pegado como un pez limpiapecera a la pantalla de la computadora, que le ocupa más tiempo que tres queridas juntas. De ahí se para nada más que para comentar lo mal que vamos, que si los mercados nos están envenenando poco a poco, que si los políticos son todos de la misma calaña; ahora se ha vuelto vegetariano, le da lástima que le tuerzan el pescuezo al guanajo el día de Dar Gracias, ni muerto quiere saber de carne. En Cayo Cruz se volvía loco por comer carne, y aquí es la carne la que está loca, con el enredo ese de vacas turulatas que dicen que hay por Europa. No usa ningún tipo de espréy para no abrirle un huraco al planeta. ¡Un cabrón pájaro de mal agüero! ¡Qué asco de pájaro!

—Señora, tengo que cortar, voy a coger el *expressway* y es peligroso manejar con la oreja pegada al móvil.

—Tienes razón, mi cielo, no vaya a ser que te espachurres; mira que hay un horror de accidentes en esos desgraciados puentes. Oye, momentico ahí, si por casualidad de la vida te tropiezas a la Maggie Carlés salúdala de mi parte; ella no me conoce, pero yo asistía a todos sus conciertos en Cayo Cruz, soy fan de la gordaza, ¿te acuerdas que mientras cantaba el *Ave María* no paraba de pestañear? ¡Qué fina! Te dejo porque tengo que darle el caldo de pollo a *Divo*, mi perro, que acaba de llegar de un psiquiátrico para caninos en Cancún, y se recupera lento, con sus purecitos de malanga que yo le hago, muy malito que está, atolondrado, el pobre. ¡Si ves a la Maggie le dices que la quiero y me quedo corta! ¿No te olvidarás?

La madre de Iris Arco tenía el hábito de creer que cualquiera podía acceder a los famosos, que cualquiera podía interponérsele en el camino y entablar una conversación amistosa. Porque Alivia Martirio vivía para los programas de cotilleos de celebridades; sus vidas eran como terrones de azúcar con los que endulzaba a toda hora su insípida existencia.

—No sé quién es, ni dónde vive —respondió Clasiquita a la demanda de la mujer.

—No importa, yo también ignoro su dirección; eso es si por un azar te la cruzas en uno de esos puentes degenerados, le das mi recado. Ella cantando el *Ave María* le gana al Papagoza italiano aquel de la ópera. ¡Es una cosa que yo no puedo ver a los italianos ni en pintura!

—Bye, bye, señora.

Puso el teléfono portátil encima de su muslo, sonrió mientras pensaba que con una aliada como Alivia Martirio no sería complicado obtener información de primera mano. El asfalto chispeó de mala manera; la climatización no remediaba el tremendo fogaje que ablandaba las gomas del auto color mandarina chillón. Se estaba haciendo tarde, dentro de poco anochecería, Milagros y Ufano estarían impacientes debido a su últimamente constante ausencia. Vibró el diminuto aparato en su muslo, lo abrió y comprobó que Milagros Rubirosa intentaba localizarla, cerró la tapa y contempló la reverberación que junto al vapor del río daba la impresión de un empalagoso verano, nubes de jejenes revoloteaban agrisando el paisaje. Se introdujo en el barrio residencial, jardines preciosos, portales en coralina; daba envidia de vivir en aquellas fabulosas joyas arquitecturales. Ramajes y voluptuosas orquídeas asomaban apenas escondidas en los sombreados portales de resplandecientes columnas marmóreas, nenúfares vadeaban en estanques artificiales. La brisa batía suavemente cortinas vaporosas de floreado delicado y mecía algún que otro columpio instalado en los patios cundidos de árboles frutales de un lado, y del otro de adornos forestales, árboles podados cuya esmerada monda había sido importada a la manera con que tiempo atrás se escamondaban los más bellos parques del Vedado o de Miramar.

Clasiquita dio un rodeo a uno de los lagos y se encontró frente a la casa de Iris Arco. No se trataba de una mansión imponente, más bien sencilla, pero elegante; sin el lujo desbordante que abofetea, opinó para sus adentros la condiscípula de Iris Arco. Sonó la campanilla y la atendió Alivia Martirio en persona.

—Te estaba esperando. Te caché por un filo de la ventana. ¿Viste a Maggie Carlés?

Alivia Martirio le estampó un beso de calcomanía en la mejilla. Oceanía se disponía a salir en ese momento, lo que liberó a Clasiquita de la presencia absorbente de la mujer, quien se dio a la tarea de perseguir a su segunda hija hasta el auto forzándola a que le dijera adónde iba, y con quién saldría.

—¡Mira a ver si llegas más temprano hoy! ¡Y no quiero sobadera con maleantes! ¡Que una no se jugó la vida cruzando el río mexicano ese para perderla de este lado, y tu padre se jacta con razón de que yo no te pongo carácter, de que él es quien mete en cintura a esta familia de tarados!

Oceanía le reviró los ojos, sin chistar desapareció en el auto levantando una polvareda en el atardecido camino. Clasiquita aprovechó el altercado para colarse apresuradamente en la casa, aunque Iris Arco se aproximaba a ella con su puntiagudo vientre, espectáculo que enterneció a la recién llegada. Sin embargo, Alivia Martirio entró como un bólido.

—Acuérdate que esta noche hay invitados, mi hijita, no te entretengas demasiado con esos envidiosos del patio. Déjame ir a planchar las servilletas de hilo, porque como plancho yo no hay quien planche. —Se viró para Clasiquita—. ¿Quieres quedarte a cenar? ¡Uy, qué fina, dije cenar! Te advierto que hoy la cosa es de «topete». —Por copete.

Iris Arco se interpuso entre su madre y su condiscípula y Alivia Martirio se esfumó carraspeando. La dueña de la casa rompió el hielo:

—Me alegra que te hayas decidido a venir. Sé que estás interesada en el trabajo que ofrezco de niñera, pero también me dijeron que te frenaba el que seamos compañeras de escuela... Yo estoy necesitada, y si a ti te viene bien, pues... No quiero que pienses que me gusta explotar a nadie...

—No digas más. Dime lo que tengo que hacer y basta, fue una estupidez mía no hablar directamente contigo antes, disculpa si se me fue la lengua con los chismosos del aula —dijo a modo de excusa Clasiquita mientras examinaba el estado de la mujer y se decía que así de soberbio tendría que estar el clavo ardiente que levantó semejante ampolla.

—Está bien, de acuerdo. Sin prisas, primero veamos si te interesa la remuneración que te propongo...

Interrumpió a Iris Arco una vez más:

—Me interesa, no digo yo si me interesa.

Iris Arco entendió que la muchacha atravesaba una mala racha, y aunque no apreció el brillo demasiado avaricioso de sus pupilas le explicó con extremada amabilidad lo normal que ella esperaba de una niñera, lo primordial en que debía ocuparse, para al final añadir:

—No me veas, por favor, como la señora de la casa; más que nada soy igual que tú, estudiante universitaria, quizás podamos llegar a ser amigas. Ven, tengo invitados y quiero presentártelos. Ellos son Falso Universo, una mujer que dice tener proyectos interesantes, Envidio A'Grio, quien la asiste en los mismos, y Latorta, una ejecutiva muy profesional. Merendábamos al borde de la piscina.

Falso Universo recibió a Clasiquita como a una contrincante, estudiándola de arriba abajo con enojo; por su parte, la joven despreció al punto su estalaje de bruja miserable. A los demás les prestó la importancia que se merecían, los de cómplices de una soberbia tenaz. Falso Universo se inquietó, ¿qué se habrá creído esa pendenciera pobretona de Hialeah que la miraba de reojo con semejante cara de bijirita tullida? Envidio A'Grio preparó el frasco de estricnina para volcarlo en el vaso de la recién llegada caso de que ésta fuera una espía de cualquiera de los bandos enemigos posibles, que eran absolutamente todos aquellos que se interpusieran en su proyecto de liquidar a Iris Arco para que Falso Universo ocupara su puesto; es decir, primero de amiga consoladora de viudo millonario, más tarde de esposa de Saúl Dressler y madrastra de los hijos de Iris Arco, ¿no era absolutamente roncanrol tumbarle el marido y hasta los críos a la pelúa de Iris Arco? Nauseabunda Latorta sospechó que Clasiquita amasaba intenciones muy parecidas a las suyas, las de hacer el daño por el daño, entonces sonrió a la muchacha con esperanzas de obtener información, y ¿por qué no también de echar una raspadita con ella por si alcanzaba a conquistarla?

Iris Arco se dirigió a la cocina para encargar más limonada y pastelitos de guayaba. En medio del salón no sólo se detuvo sorprendida por el incesante timbre del teléfono, además en sus tímpanos vibraron gemidos. Su cabeza se separó del tronco, las piernas también. Quedó cortada en tres partes, la sangre inundaba la visión de granito; temió por la criatura en su vientre. Cada parcela de su físico hormigueaba. La sangre alocada bullía en todas direcciones. El teléfono insistió, ella no podía avanzar a atender la llamada; Apasionada Mía acudió a todo meter en su silla de paralítica con motor turbo.

131

—Corazón, es el detective ese que se le cae la baba cada vez que te ve. ¿Eh, chica, qué te pasa? Estas alelada. ¿Iris Arco, te sientes bien? ¡Amotinada Albricias Lévy, Alivia Martirio, corran, Iris Arco se ha quedado petrificada! ¡De roca!

La cabeza volvió a ensamblarse con el cuello, las piernas se atornillaron a las ingles. Iris Arco se recompuso del vahído. Delante de ella, con las caras del color de la clara del huevo, balbuceaban su madre, su abuela mariachi y la futura esposa mexicana de esta última.

—¡Mamá, otra vez has amarrado a Cirilo! —protestó Iris Arco.

—¿Y qué iba a hacer? Mientras lo bañaba llegaron las amistades tuyas, y él se puso en un estado deplorable, a golpearse contra los azulejos, a arrancarse las plumas de las alas, desbordó el agua de la bañadera, me empapó de arriba abajo. Le dio por calumniar, dijo que esa gente te quería chapear la cabeza; no es que me agraden mucho, pero Cirilo exagera, y como te vi tan solícita con ellos pues lo amarré para que nos dejara en paz. Es muy majadero ese ángel tuyo. En los tiempos en que sólo tú le veías era más cómodo, pero ahora que se ha hecho visible para nosotros también pues empieza a fastidiar su poquito.

—¡Suéltalo inmediatamente! —ordenó Iris Arco.

Alivia Martirio se precipitó al armario de su cuarto donde había encarcelado al ángel mestizo, mientras Apasionada Mía entregaba el auricular a su nieta para enseguida perderse en uno de los corredores, de la mano de Amotinada Albricias Lévy, dispuesta a regalarle una serenata.

Del otro lado del cable, Tierno Mesurado jadeaba y un vaho de respiración nevada se coló en la oreja de Iris Arco:

—Iris Arco, siento informarte que Adefesio Mondongo está en Miami, y te ha enviado a una tal Clasiquita Querella Rubirosa; al menos la he visto salir en vuelta de tu casa. Ten mucho cuidado, intuyo que tampoco ella sabe lo que el italiano se trae entre manos.

—No te preocupes, Tierno, Clasiquita es incapaz de hacer daño a una mosca. En cuanto a Adefesio Mondongo, le conozco demasiado bien. Si algo está tramando, no será en contra mía. Querrá ganar dinero, eso sí; en algún bisne raro andará. Resulta extraña su presencia en Miami. A estos guerrilleros europeos les encanta la pilonancia de los millones, van disfrazados de churrosos para tumbarle la plata a Sansón Melena si se les para delante. Clasiquita acaba de llegar, es posible que le haya comido el coco, pero no es mala; de todos modos gracias por ponerme en aviso. ¿Te sientes mal? Te oigo respirar sobresaltado.

Respondió que no era nada, un repunte de asma, no debía preocuparse por él, más bien le recomendó insistente que pusiera especial atención a Clasiquita, que de lo demás se ocuparía él. Cerró el celular y llamó a Saúl Dressler, el marido aseguró que tomaría medidas, no consentiría que esa tal Clasiquita volviera a entrar en la casa, y se mostró muy inquieto con la presencia del fotógrafo en la ciudad.

Deambuló durante horas, buscando un vertedero de desperdicios. Halló una estación de trenes abandonada, se apoderó de un trozo de hierro y golpeó en los raíles antiguos. Acostado en cruz encima de la línea pegó la oreja a los rieles. El ferrocarril avanzaba quejumbroso, viajaba desde inicios del siglo pasado, conducido por una mujer desconocida, cuyo rostro de larva le enamoraba.

NOVENO *INNING*

—

EL CEMENTERIO DE RUBÍ

Hacía tres semanas del parto y su cuerpo lucía estupendo. El vestido rojo de lamé se le pegaba a las curvas, ni gota de grasa, tan sólo un vientre incipiente, redondeado, semejante a las Venus del Renacimiento italiano. Piel mate y acaramelada, ojos húmedos; había amoldado sus cabellos con papelillos para darle ondas apretadas a lo *hippy*, bien rizados, dos trencillas adornaban las sienes. No en balde al hacer su entrada en el restaurante todos los ojos se posaron en sus curvas esculturales, Iris Arco estaba más hermosa que nunca; aunque una mezcla de sensaciones presagiosas le alteraba los suaves rasgos del rostro frunciéndole el ceño, entristeciéndole la sonrisa con la que obsequió al detective. Tierno Mesurado la esperaba desde hacía sólo diez minutos solitario en una mesa para dos comensales; mientras recordaba la descripción del obstetra que había atendido el parto, Iris Arco se había iluminado desde adentro, rayos divinos perforaron su cuerpo, su sexo pujó un bulto similar a un huevo de cuatro quilos; al anochecer los dolores le aguijonaron la matriz, la criatura venía envuelta en un zurrón y asomó el pico del cráneo justo en las primeras horas de la madrugada, y tanta luz irradió Iris

Arco en cada pujo que durante el parto se hizo repentinamente de día. Tierno Mesurado interrumpió las reminiscencias, narradas por el doctor, para admirarla, sublime, lo que se confirmaba es que su belleza nacía en el esplendor que irradiaba desde su recóndita generosidad, enfatizó en su análisis. Arrellanada frente al hombre cruzó la larga y moldeada pierna encima de la rodilla izquierda, sólo el tiempo de dejarlo anonadado y de que él pudiera archivar que llevaba unos zapatos también rojos punzó. Enseguida volvió a sentarse correctamente y separó un tanto los cubiertos del plato, desdobló la servilleta y la colocó encima de sus muslos, hizo el paripé de estar calmada. Tierno Mesurado observó el cuello delgado de la mujer, el nacimiento voluptuoso de los senos, un lunar en forma de luna debajo del mentón. Los vellos de los brazos del detective se erizaron de goce oculto.

—¿Cómo está el bebé?

—Hermoso, divino. Duerme todo el bendito día, por la noche se despierta, es que tiene el horario al revés.

—Ilam, es un nombre muy original.

Ella asintió sosteniéndole la mirada.

—¿Estás satisfecha con el trabajo de Clasiquita? Te has encaprichado en que siga en la casa, pese a las exigencias de tu marido y las mías de que deberías despedirla cortésmente.

No pudo contenerse un instante más y vomitó sus angustias:

—Es cierto que espía, que se la pasa fotografiando los menores detalles de la casa. Pero es limpia, se ocupa sin que nadie se lo ordene de cosas que constituyen fardos pesados; los niños le han tomado cariño. Y yo siempre quise ayudarla económicamente, tiene ambiciones como cualquier persona, si por mí fuera la transformaría en una mujer exitosa, en estrella de cine, no sé. Ya sabemos que Clasiquita es un instrumento de Adefesio Mondongo, pero aún no hemos obtenido la verdad entera. ¿Qué hace el italiano en Miami, a qué ha venido?

—Adefesio Mondongo es miembro de una corporación llamada La Secta cuyos adeptos sospechan que tú has sido la elegida del Gran Misterio para desarticularlos, para descubrirle los planes y desbaratar sus creencias; es por esos motivos que piensan que tú presientes y eres testigo de aquello que los humanos comunes no pueden presentir ni ver, y tienen la convicción de que hay que eliminarte. El jefe es muy poderoso, DoblevedoblevedoblevepuntoHombreProfundamenteBestiapuntoCom, protege a Adefesio Mondongo. En realidad, el italiano es una pieza más del ensamblaje de pretendidos espías que se escudan en La Secta y que se han trazado el férreo propósito de robar información militar a Estados Unidos, y además de liquidar a exiliados cubanos bien situados, y de este modo provocar el caos, o la guerra, en terreno norteamericano. Tan simple como eso. A esto súmale que ustedes son en su mayoría videntes, médiums, espiritistas; y que a ti, en particular, te patina el coco. Estás demasiado obsesionada, y podrías enfermar de gravedad. Ellos quieren primero volverte loca, luego destruirte poco a poco, en pequeñas dosis, en crisis significativas. Y triunfarán si sigues como vas, confiando demasiado en los que te rodean. Tampoco aprecio la proximidad del equipo de Falso Universo.

—Quieres que me quede sola, igual que Saúl. Quieres que renuncie a las amistades, a relacionarme con ajenos a mi círculo más íntimo.

—No, quiero lo mejor para ti y para tu familia. Y lo mejor es que estés alerta y que te quites de encima a todos esos vampiruchos. No son tus amigos.

—No puede ser que todo el que se me acerque venga con afán de joderme.

—Yo estoy frente a ti, gracias por no tenerme en cuenta, y no es mi intención joderte. ¿Puedo considerarme tu amigo?

Ella frió un huevo en saliva, tomándolo por zanguango con grácil gesto de reproche. El camarero les aportó la carta y ellos se recostaron al respaldar de las sillas mientras elegían platos en el suculento menú: ensalada The Forge como entrante, colas de langosta de Sudáfrica como plato fuerte, fresas almibaradas para el postre. Una botella de Chianti.

—Es cierto que vivo obsesionada, cada día me levanto de la cama y lo primero que hago es ir directo a los periódicos para leer alguna noticia alentadora en relación a la isla. Nada de nada, nada positivo en ese sentido. Me consuela saber que no soy la única, conozco a muchos, pendientes igual que yo de la más mínima señal; no es un consuelo feliz. Mira, lee lo que me ha enviado mi primo desde Pennsylvania, ése está más psicópata que yo; decidió que se mudará otra vez para acá, cerca de nosotros.

El detective alcanzó el documento que Iris Arco le pitcheó con gesto cómicamente masculino.

—Se llama Crisantemo Culillo, y está más tosta'o que una cafetera. Frenético, como tantos de nosotros, vivimos con una sola idea fija: que pase algo grande, inusitado, salvador. ¡Qué ocurra algo, mi Dios!

En lo que esperaban ser servidos el detective devoró las páginas:

DIARIO DE CRISANTEMO CULILLO EN PENNSYLVANIA

Agosto, 12

Hoy me mudé a mi nueva residencia en el estado de Pennsylvania. Es una casa sencilla pero confortable, con una chimenea en cada cuarto. ¡Con lo románticas que son las chimeneas! Ansiaba un hogar romántico y pacífico. ¡Qué paz! Todo es tan bonito aquí, tan dulce e higienizado... Las montañas son tan majestuosas. Desespero, no puedo aguantar más el deseo que me roe los instintos de contemplar las cumbres cubiertas de nieve. ¡Qué bueno haber dejado atrás el calor, la humedad, el tráfico, los huracanes y el cubaneo de Miami! Esto sí que es vida. Una vida apacible, lejos del error.

Octubre, 14

Pennsylvania es el lugar más hermoso que he visto en mi vida. Las hojas han pasado por los tonos entre rojo y naranja, del dorado al plateado, me emociona oler el follaje. ¡Qué maravilla disfrutar de las cuatro estaciones! Salí a pasear por los bosques y por primera vez vi un ciervo. Son tan ágiles, tan elegantes... es uno de los animales más vistosos que Dios ha creado. Se le aguó el coco a Dios creando a esas criaturas espectaculares. No cabe duda, esto tiene que ser el paraíso. Espero que nieve pronto. Esto sí es vida. Una vida dulce y placentera.

Noviembre, 11

Pronto comenzará la temporada de caza de ciervos. No puedo imaginar a un ser humano que pretenda eliminar a una de esas espléndidas criaturas de Dios. Ya llegó el invierno. Semejante a una melodía de discreto adulterio. Espero que nieve pronto. Esto sí es vida. Vida de amor al prójimo. Sin envidias ni politiquerías.

Diciembre, 2

Anoche nevó. Desperté y hallé el paisaje cubierto de una capa blanca. Dijéramos una postal... ¡de película! Salí a quitar la nieve de los peldaños y a dar pala en la entrada. Me restregué excitado en la nieve pura, y luego tuve una riña poética de copos de nieve con los vecinos. Yo gané. Y cuando la niveladora de nieve pasó, tuve que volver a dar pala. ¡Qué preciosa nieve! Parecen motas de algodón esparcidas al viento, en libertad. ¡Qué lugar tan envidiable! Pennsylvania sí que es vida. Vida tal como la concebían los antiguos, los griegos. Ocio y arte.

Diciembre, 12

Anoche volvió a nevar. Me encanta. La niveladora me volvió a ensuciar la entrada, pero bueno... qué le vamos a hacer, de todas maneras tenía que barrer las cagadas de los únicos pájaros que no han emigrado porque no les ha salido de sus entrañas... Esto sí que es vida.

Diciembre, 19

Anoche nevó otra vez. No pude limpiar la entrada por completo porque antes que acabara ya había pasado la máquina quitanieves esa, así que hoy no pude ir al trabajo, la puerta no cede ante una pila de hielo. Estoy un poco cansado de dar pala en esta nieve que parece no acabará nunca. ¡Cabrona niveladora! ¡Qué vida!

Diciembre, 22

Anoche volvió a caer nieve, o mejor dicho... caca blanca. Tengo las manos hechas una pudrición, llenas de callos por culpa del mango de la pala. Creo que la niveladora me vigila desde la esquina y espera a que acabe con la jodida pala para pasar. ¡Putamadre que la parió! La vida en invierno no vale un cacahuete.

Diciembre, 25

Felices Navidades blancas, pero blancas de verdad, porque están llenas de mierda blanca, ¡coño, me cago en la pinga! Si pillo al hijo de la gran puta que maneja la niveladora, te juro que lo estrangulo. No entiendo por qué no usan más sal en las calles para que se derrita más pronto este cabrón burujón de hielo de mierda.

Diciembre, 27

Anoche todavía cayó más diarrea blanca de ésa. Ya llevo tres días prisionero a cal y canto. Salgo nada más cuando tengo que palear en la nieve, después de que pasa la niveladora. No puedo ir a ningún lugar, imposible con las nevadas que se están zumbando. El carro está enterrado bajo una montaña de nieve fangosa. El telediario anunció que esta noche van a caer diez pulgadas más de nieve. ¡No lo puedo creer!

Diciembre, 28

El energúmeno del noticiero se volvió a equivocar. No cayeron diez pulgadas de nieve... ¡Cayeron 34 pulgadas más de esa desgracia! ¡Me cago en el corazón de la mierda frappé! Como sigamos así, la nieve no se derretirá ni para el verano. Ahora resulta que la niveladora se rompió cerca de aquí y el mamalón del chofer vino a pedirme una pala prestada. ¡Qué descarado! Le dije que se me habían roto seis palas limpiando el fanguizal que él mismo me había dejado a diario. Así que le rompí la pala en la mollera. Se lo merece. ¡Por comepinga!

Enero, 4

Al fin hoy pude salir de la casa. Fui a comprar comida y un ciervo de mierda se metió delante del carro y lo maté. ¡Carajo! El arreglo del carro me va a costar como tres mil dólares. Estos animales de basura debían ser envenenados, inútiles que son. No sé por qué los cazadores no los exterminaron el año pasado. Yo hubiera acabado con ellos. La temporada de caza debería durar el año entero. ¡Futete accidente!

Marzo, 15

Me resbalé en el hielo que todavía hay en esta puta ciudad y me partí una pierna. Si tuviera una bazuka me apuntaba a los sesos. Sufro pesadillas con esquimales, aunque... ¡Anoche soñé que sembraba una palma real!

Mayo, 2

Aproveché que el ortopédico me quitó el yeso y llevé el carro al taller. El mecánico me previno de que estaba todo oxidado por debajo, culpa de la sal de la recontraeputísima de su abuela que echaron en la calle. ¿A quién coño se le ocurre? ¿Es que no hay otra forma más civilizada de derretir el hielo?

Mayo, 10

Me mudaré finalmente de nuevo para Miami. ¡Allí sí que es vida! ¡Qué delicia!... Calor, humedad, tráfico, huracanes, y cubaneo. La verdad es que a cualquiera que se le ocurra vivir en el Pennsylvania este del carajo y la vela, tan solitario y frío, es un energúmeno con las bases llenas, y tiene que estar, no sólo cagalitroso, sino que debe de tener el cerebro nevado. ¡Miami sí que es vida![1]

Levantó los ojos del papel y tuvo que hacer un esfuerzo por no desternillarse de la carcajada. Iris Arco comprendió y rió discreta. Cenaron lentamente, paladeando cada sabor, batuqueando el perfume del vino en las copas de bacará. Tierno Mesurado agudizó la vista en dirección a una mesa en una esquina; el patrón del restaurante, a quien apodaban El Mosquetero Shalnik, pues descendía de una parentela de mosqueteros, jaraneaba con Neno quien maniático sin contemplaciones se chupaba los dedos, ¿dónde dejó las buenas maneras? El ángel Cirilo acompañaba a su asistente y chupeteaba el hollejo de una nube. Se puede ser muy ángel y derrochar también pésimos modales.

—Cirilo ha devenido realmente tu ángel de la guarda. ¿Qué opina él de esas nuevas amistades; me refiero a Falso Universo y sus canchanchanes? ¿De Clasiquita?

—No las soporta, no les pierde pie ni pisada; gracias a Cirilo estoy viva. En dos ocasiones ha sorprendido a Falso Universo tratando de mezclar venenos en pociones que ella presume beberé. Tinta rápida, salfumán, ácido nítrico... Después ha embarajado como ha podido. En cuanto a Clasiquita, se siente perturbado, procura que ella no meta la pata, le cuenta argucias para que, por ejemplo, saque copia o fotografíe documentos banales de lo que ella supone de importancia capital. Simpatiza con ella, en resumen.

—Eso no es vida —soltó irónico.

1. Nota de la autora: basado en un chiste cubano.

Ambos rieron desenfrenados. El *sommelier* o botillero los interrumpió susurrándoles un mensaje al oído de Tierno Mesurado y la sonrisa trocó por una máscara nublada de seriedad. Pidió disculpas, debía ausentarse por unos minutos, le aguardaban en la bodega soterraña del restaurante. Hizo señas a Neno de que le precediera, y Cirilo ocupó su puesto frente a su madona.

—¿Es muy urgente? ¿No puedes posponer la cita? —interrogó Iris Arco mientras limpiaba las comisuras de sus labios con la servilleta.

Tierno Mesurado negó con la cabeza, y de un guiño la tranquilizó.

La bodega de vinos era una de las más grandes y antiguas de Estados Unidos, así lo explicó el *sommelier*, sin desdorar a los presentes, y la más grande de la Florida. El botillero, un argentino de pelo castaño y encrespado, simpático, se sentía orgulloso de mostrar los tesoros del sótano. Vinos añejados desde 1800, botellas cuyos precios podían calcularse en doscientos mil dólares. Neno pensó que este argentino era de los que miraba sonriendo al cielo cuando relampagueaba creyendo que Dios le estaba fotografiando. En la bodega hacía una temperatura sumamente fría, alrededor de cero grados Celsius, igual que en el apartamento del Lince.

De detrás de uno de los estantes de caoba surgió un achinado gordito calvo y bajitico, lo más parecido a un gnomo. Tierno Mesurado se le abalanzó y debió agacharse para fundirse en un abrazo con él. Neno suspiró, pensando en voz baja:

—Éramos pocos y parió Catana.

El enano vestía amplia y vaporosa sotana amarilla

tirando a lo naranja, se trataba del padre Fontiglioni, de la Orden de los Hermanos Alquimistas y Budistas.

—No están todos los que son, ni son todos los que están. Pero reclamaste nuestra presencia y aquí estamos para auxiliarte. Por lo pronto he podido averiguar que los presuntos espías se reunirán esta noche en el cementerio de Byscaine y la Treinta y dos, en una aparente cripta, nido de desmadrados de esta especie; acudirá el despreciable Adefesio Mondongo. Planean también echarse al pico a Clasiquita Querella Rubirosa. Aunque la chiquita no les ha servido de mucho, alguna información han obtenido. Esta noche conoceremos el resto. ¿El señor es...? —indicó a Neno.

—Mi ayudante, es Neno. Hace tres semanas que ambos perseguimos al fotógrafo italiano. Sólo ejecuta maniobras que tienen que ver con la secta, ordenadas por Facho Berreao, la equis que aún no hemos despejado.

—Atención, nos enfrentamos a varios enemigos muy peligrosos: Facho Berreao, la Maraca Terrorista y la Quimera Empanizada, creaciones estelares de la mente más podrida en toda esta historia: DoblevedoblevedoblevepuntoHombreProfundamenteBestiapuntoCom.

—¿Sospechas de alguien en particular que los apoye de este lado? —El detective observó en derredor. El *sommelier* argentino, instigado por Neno, se había escurrido por uno de los pasadizos.

El monje movió la cabeza en negación rotunda.

—A menos que...

—A menos que la amante de Facho Berreao asista esta noche al cementerio. Intuyo que celebrarán ceremonia maléfica, ya sea antes o al final de la reunión —acertó el detective.

—¿Y quién es la amante? —indagó el monje.

—¿Cómo enterarnos? Sólo mensajes entrecortados en llamadas misteriosas, y la comunicación es de pésima calidad.

—Facho Berreao no vive en esta ciudad. Viene de noventa millas, directo de Cayo Cruz, se aprovecha de los balseros para penetrar cada cierto tiempo de manera clandestina en este país. Tiene mucho poder aquí, inclusive puede que hasta en la política... Estoy mareado a causa del olor tan potente —comentó Fontiglioni.

—¿Los demás hermanos descansan en el hotel?

—Oh, Tierno Mesurado, tú siempre tan tierno y tan mesurado. ¿Aún no te has percatado de los ronquidos? Los demás hermanos duermen la mona del otro lado de este fabuloso armario de cedro. ¿Cómo se te ocurre citar a una cofradía de budistas y alquimistas en una de las bodegas más tentadoras del mundo? Les picó la curiosidad. El vino más joven que han liquidado databa de 1902. Yo no, ya sabes que me volví abstemio después de aquella complicación horrenda de vesícula en Urbino. ¡Ajumados es lo que están nuestros fraternales!

El detective viró los ojos en blanco al tiempo que se golpeó la frente con la palma de la mano en gesto de broma. Neno tuvo que cargar uno por uno a los monjes, sacarlos de a poco por la trastienda del restaurante y apilonarlos en un molote dentro de una camioneta. Luego de abrazar y pellizcar los cachetes efusivamente a Neno el padre Fontiglioni comentó admirado:

—Guardas parecido insólito con Brad Pitt, aunque tú tienes los ojos mucho más enigmáticos.

Neno no supo distinguir si aquello era camaradería sacrílega o mariconería sagrada.

Horas más tarde no fue fácil hallar la cripta de marras en medio de tanta penumbra y con un salto permanente en el simpático. ¡Le ronca la malanga tener que sorprender a esta gentuza en el cementerio!, se dijo Tierno Mesurado moviendo la cabeza mientras para colmo plantaba su zapato derecho marca Mansfield en un mojón de asno. Se limpió como pudo, arrastrando el zapato en la hierba húmeda, y siguió adelante conteniendo maldiciones. A pocos metros de la cripta dio un brinco, alguien le había pellizcado una nalga, se volteó y descubrió al patato Fontiglioni. Suspiró aliviado. El otro le hizo señas de que se inclinara, y murmuró en su oreja:

—Será mejor no desesperarnos, oigamos y veamos, démosle cordel, así veremos de dónde vienen y hasta dónde quieren llegar...

—Ni hablar, en cuanto tenga la primera evidencia los detenemos. Tengo a Neno apostado en la salida del cementerio. A una indicación mía vía móvil avisará al EF-VI-AY!

—Deliras, aquí todo el mundo está embarrado en esta cagazón. El EF-VI-AY! los detendrá y luego una mano siniestra que descenderá del más arriba firmará la liberación, los soltarán. Escuchemos primero, hazme caso, ¿cuándo te he embarcado yo en una pesquisa?

El detective se dejó convencer. Por fin estaban muy cerca del lugar. El gnomo volvió a halar por la chaqueta al detective, éste se agachó y pegó el oído a la boca maloliente a Münster.

—No me has preguntado cómo descubrí lo del cementerio. Muy fácil, engañé al italiano, envié a Lucas, uno de los monjes nuevos, trajeado de Saint-Laurent. Dijo que lo enviaba un millonario que aportaría (de incógnito) una espléndida donación a la causa de La Secta. De imbécil que es, se arrebató de contento y citó a Lucas una hora después de la reunión con el Facho Berreao. Lucas pidió nombres de los asistentes, chico listo, asegurando que no podía presentarse en un lugar con semejante cantidad de plata ignorando la identidad de los asistentes. Cada nombre que facilitó es falso, y los mismos se corresponden con algunas características de probables espías que el EF-VI-AY! guarda celosamente. Puse a mis hombres a trabajar, no cabe duda, las coincidencias son sorprendentemente exactas. Pero nadie quiere enterarse. No hay confusión, sino ofuscación, o empecinamiento, por no decir complicidad y maldad.

En eso vieron pasar una sombra no muy distante de ellos y optaron por callar y acostarse en el suelo escondiéndose detrás de un sepulcro.

—La gente va llegando al bochinche —musitó Tierno Mesurado.

Esperaron que arribara el último de los invitados, en total dieciséis personas, entre ellas una figura encapuchada con una capa de terciopelo color obispo. Tierno Mesurado y el hermano Fontiglioni se precipitaron junto a una de las paredes de la cripta; allí adhirieron sus cuerpos a la humedad musgosa del muro, concentraron sus mentes, y poco a poco la pared fue absorbiéndolos hasta asimilar sus células vivas al resistente mármol. De ese modo, incrustados literalmente en la pared se transformaron en testigos excepcionales. Dentro de la cripta repararan en tumbas tapiadas, y un estrado con una cortina negra detrás. En el centro de la mesa reinaba un falo de porcelana. Sin asientos, la reunión se desarrollaría con los participantes parados. Por supuesto, Facho

Berreao hizo rocambolesca aparición y encaramado en la tribuna tomó la palabra sin vacilar. Su rostro repugnante impresionaba, redondo y peludo, ojos desorbitados, la boca se abría en un agujero prieto en medio de un mogollón de pelo gris, aunque corpulento y de músculos soberbiamente delineados. Entre los presentes, el detective pudo reconocer a la Maraca Terrorista y la Quimera Empanizada; también se hallaba en posición de absoluta devoción Adefesio Mondongo. Por otra parte, el gnomo alquimista comprobó una por una las identidades de los infiltrados en la lista del EF-VI-AY! Sólo faltaba que el encapuchado develara su rostro. A los pocos minutos lo hizo, se trataba nada más y nada menos que de una mujer: Falso Universo, quien recibió la sonrisa aprobatoria en forma de mueca truculenta de Facho Berreao.

—No voy a demorarme mucho en explicarles las próximas fechorías. Lo primero: necesitamos dinero. Debemos involucrar en un negocio sucio a Saúl Dressler, el marido de esa bruja maldita de Iris Arco. Pero también nos urge información precisa. La información es tanto, o mejor, que el oro: información de aeropuertos militares estadounidenses, movimientos militares, movimientos bancarios, movimientos de la PEA. Todo tipo de movimiento. Mantendremos la estrategia de culpabilizar al enemigo, y en cuanto pretenda disculparse crearemos un conflicto para evitar el acercamiento amistoso. Matar, nos urge la sangre. ¡Sacrificios demandan los brujos, sangre, una guerra donde mueran miles y miles de inocentes! La sangre tierna es la que renueva a los poderosos. En cuanto a ti —y señaló a Adefesio Mondongo—, te advierto que estás en el pico de la piragua de Guillermo Trujillo, te queda una oportunidad; no has conseguido nada de lo que te encargué. Esa Clasiquita, o como se llame, admito que es tronco de estúpida que no acaba de pasar a la acción. Todo el tiempo se está dejando engañar por el cacho de ángel negro ese que cuida a la otra anormal. Pero tú la recomendaste. Deberás eliminar a Clasiquita, jorobarle el cuello. Y acabar de una vez con Iris Arco. No puede existir nadie más poderoso que el Gran Fatídico, el DoblevedoblevedoblevepuntoHombreProfundamenteBestiapuntoCom. Y ella ve demasiado lo que sólo él tiene derecho a ver. Y para más mariconá, después consigue que los demás vean también. ¿No es para reventarla como a una cucaracha?

FU, o Falso Universo, vio llegado su gran momento, sonrió maligna, hizo ademán de pedir la palabra, pero Facho Berreao la calló de un gesto nazi.

—Es por esos fallos que he contratado los servicios de Falso Universo. Esta amiga reciente que tanto apoyo nos ha dado corregirá los errores. Ella borrará el impedimiento representado por Iris Arco. Al menos, espero que así sea. Y deberá ser bien sonado.

Todos acribillaron con la vista el semblante amarillento. Falso Universo pestañeó fingiendo humildad, e ignoró a los demás; sólo propinó una sonrisa de agradecimiento para Facho Berreao, jurándole fidelidad permanente.

—No es para tanto —pronunció el monstruo pasando a otra cosa—. Hoy he tirado al mar a varios balseros. La noche entera navegando, el motor se averió, y a mí me da placer contemplar el banquete de los tiburones. El negocio no marcha mal, estamos levantando presión. A ocho mil fulas por persona y el gobierno asegura el transporte. Bueno, eso de «asegurar» es una exageración —se carcajeó estruendosamente—. Los motores están fundidos en su mayoría, y las embarcaciones son cascos podridos; de ahí el inmenso número de víctimas. Pero eso se ha convertido en una buena entrada de divisas. ¡Y hasta es legal! Por debajo del tapete, claro. Hay que meter su embaraje. Así que además de todo lo que les pedí deben darse a la tarea de buscarse clientes. Gentes desesperadas que quieran traer a sus parientes por la vía que sea. Ocho mil baros por persona y el gallo está mata'o y adobado, listo p'a la cazuela. Si logran llegar deberán bajarse a medio kilómetro de la orilla y nadar como unos condenados. No nos conviene que nos cojan los guardacostas americanos en el brinco. Aquel que me traiga clientes será remunerado con el diez por ciento, yo debo pagar el cincuenta por ciento al gobierno de allá. Pero eso es cosa mía. En fin, que esto es una contienda militar, y se acabó, no daré explicaciones. Me quedo dos días más aquí. Si desean contactarme antes de mi partida, ya saben, a la misma hora de siempre, en el túnel que vamos cavando en los Everglades. Lo último más importante, y lo que siempre les recomiendo, que es una arma lenta pero letal: divide y vencerás. Cuélense en todas partes, y allí donde haya el más mínimo detalle de conspiración, de amistad, de felicidad, cualquier rollo, lo mínimo, hagan estallar la bomba del chisme, de la envidia. La consigna es: en cada cuadra un mitin de repudio. Así tengan que poner bombas a la gente nuestra. A todos estos artistejos que se hacen invitar por acá, ¡a cóctel molotov limpio con ellos!, ya le echaremos la culpa al enemigo y a la mafia local.

En más de una ocasión el detective quiso emerger del mármol y atrapar al Facho Berreao, pero un pellizco de Fontiglioni detuvo sus impulsos.

—¿Alguien pensó en ofrendar una prenda a Facho Berreao? —adoptó una voz remolona y ñoña, hablando de sí en tercera persona.

En ese instante, Adefesio Mondongo sintió que debía darse un enjuague y quitarse un poco de la mierda que Facho Berreao le había paleado encima. Se apartó y arrastró de lo profundo de la cripta un saco muy pesado. Al abrirlo descubrió el cuerpo inconsciente de Oceanía, con un golpe tremendo en la sien.

—Tómala, es tuya.

—¿La hermana de la Iris Arco? No está mal, nada mal.

El detective reaccionó al empujón que le dio Fontiglioni, pero no hacia el interior del recinto, sino extrayéndolo del muro otra vez hacia el descampado cementerio.

—No te me enajenes. Tengo una idea. —De un silbido empezaron a surgir monjes de detrás de las tumbas.

Los rezos en latín y los cantos are krishna coparon el mutismo sepulcral. Los monjes se dirigían directamente a la entrada de la cripta. Facho Berreao y sus secuaces aguzaron los tímpanos.

—Un traidor. Entre nosotros hay un chivatón —masculló Facho Berreao antes de diluirse por una puerta camuflada en un bloque de piedra—. ¡A correr, liberales del Perico, huyamos!

El resto escapó como pudo en medio de fuegos artificiales provocados por los sacerdotes budistas y alquimistas. Oceanía, abandonada en la cripta, gemía a punto de morir asfixiada por el azufre regado por Falso Universo antes de perderse a toda prisa. Tierno Mesurado salvó las lenguas de fuego y humareda que servían de cortinas y se introdujo mutando en lámina de acero para rescatarla. Volvió a la normalidad de su persona y cargándola en brazos se abalanzó hacia la salida, donde se impacientaba Neno. Sabía que los sacerdotes salvarían el pellejo con facilidad. Entretanto pidió a Neno que avisara a Saúl Dressler, al Lince; pero antes que los condujera al hospital Monte Sinaí, aunque debía pasar por el Dauntaun a toda velocidad a comprar una arma. Echaron a andar, en la parte de atrás del auto el detective auxiliaba con el boca a boca a Oceanía, agotando el máximo esfuerzo con tal de que volviera a respirar a ritmo normal, su pulso latía lejano. Temió una desgracia. A lo lejos, el cementerio chisporroteaba dando la impresión de una piedra de rubí que estallaba en millones de fragmentos, o de un enorme pino navideño electrocutado. Reflexionó con la mente refrescada, y arrepentido de adquirir un revólver desvió el trayecto, directo al hospital.

EXTRA Y DÉCIMO *INNING*
—
DESEQUILIBRIO Y APARICIÓN

Si todos se habían largado, ¿por qué no ella también? ¿Quién pagaría por sacarla del infierno? Nadie abonaría ni diez centavos por salvarla, y ella no pediría nada a nadie. Aunque el Lince si quería podía, y la Gusana, por muy campestre que se hubiera vuelto, también. Pero ella no iba a ponerse a mendigar, y mucho menos a molestar a sus amigos. Aquella noche se tiró en la desconchinflada cama luego de haberse zampado cuatro fenobarbitales, cinco valiums, diez trifluoperacinas, machacadas y diluidas en el último trago de ron. La imagen del Malecón cayocrucero que visualizaba desde su refugio hexagonal, el mar hundido en la penumbra la había deprimido hasta las ganas de arrancarse la vida. Cerró los ojos y evocó a la Pelona. Pero lo que le vino fue una arcada y vomitó los intestinos. Sólo atinó a lamentar el desperdicio de pastillas y de ron, esta vez tampoco se moriría. Luego de asearse se sentó en el sillón situado en el cuarto hexagonal a observar de nuevo el mar oscuro; intentó leer Bouvard y Pécuchet, de Gustave Flaubert, jineteada edición de bolsillo, y no lo consiguió, tiró el libro a un lado para enseguida volver a tomarlo y desdoblar la carta que servía de marcador, la letra era grande, escrita por aquel amigo, el abogado que se había janeado dos años de presidio precisamente por escribir y enviar otra carta comprometedora al Comité Central. Una carta que poco tenía que ver con ésta:

Después del noveno inning (si el juego está empatado a lo que sea: cero a cero por ejemplo) habrá que seguir jugando hasta que haya un ganador. El equipo que es home club (Los Industriales y El Habana tenían El Latino como su home park o stadium para recibir a los equipos de otras provincias) tiene la posibilidad, si está perdiendo, de batear en la «parte baja» del inning que venga después del noveno (el décimo por ejemplo), y si se va arriba en carreras, dejar «al campo» al otro equipo. Siempre es mejor ser «homeclub» que «visitador». Después del noveno inning —volviendo al asunto de mi obsesión—, los inning se siguen contando consecutivamente: décimo, onceno, doceavo... Y así hasta el infinito, pues «la pelota es redonda pero viene en caja cuadrada». Dicho con las palabras de ese «monster» que fue el catcher de los yankees, Jogi Berra, y que ha quedado p'a la history (todo el mundo y a todas las horas repiten aquí esas sabias palabras cuando quieren decir que la situación no está terminada: «El juego no se acaba hasta que no se haya acabado.» No se acaba hasta que no se acabó. Olvídate de la mayéutica, de la semiótica, de la semántica y de las entelequias mojoneras. Lo dicho por Berra es más verdad que la Fenomenología del espíritu *de Hegel, o* El fin de la historia *de Fukuyama.*

¿Y si hacía trizas la botella de ron, si la rompía y se clavaba el pico en la yugular? Regresó a la cocina, envolvió el recipiente vacío en un trapo para no hacer ruido y lo escachó contra la meseta. Cerró los párpados y recordó a su madre: a ella le pareció hermosa, dulce y joven, entonces ella se aproximó tan pequeñita a sus piernas perfectas; la bata color celeste del cumpleaños desgarrada.

—¡Miren eso, mírenme ese pregenio! ¿De dónde sale esta niñita tan desarbolada?

Balbuceó, pero sin éxito, aún no había aprendido a emitir palabra. La bestia estaba cerca, la había olisqueado, le dentelló el vestido, la tironeó amenazándola con que la raptaría más adelante. Esperaría a que estuviera más llenita, a que le echaran maíz y creciera. La madre no pudo entenderla, pero adivinó el terror en la carita ovalada de su hija.

—No es nada, ven. Te cambiaré de ropa.

Abrió los ojos y encajó la punta de la botella en el cuello, sin hundirla demasiado, sin embargo sangró en abundancia. Interrumpieron unos toques insistentes en la puerta. Desencajó la botella de la carne y llorando fue a abrir. Allí estaban sus vecinos, los gemelos Ñeco y Mañungo, los lunares en los mechones enhiestos, canosos de nacimiento y las verrugas del tamaño de dos garbanzos, idénticas, coronándoles las frentes; las sonrisas triunfantes se transformaron en muecas de mimos al sorprender a la mujer hecha un mar de lágrimas, la blusa chorreada de sangre y la piel moreteada.

—Ven con nosotros, ¡la partiremos! ¡Esta vez sí! En la Yuma pagaron por el viaje, pero hay una plaza libre y el tipo dice que no arranca hasta que no la ocupe, allá arreglamos lo del pago tuyo. Haremos una ponina, yo qué sé... Coge lo que te sea imprescindible y arranca; ¡pronto, mi vida!

Ella cerró la puerta sin chistar, sin siquiera echar una última ojeada a sus pertenencias, y olvidando adrede la llave adentro. Vivió el trayecto en auto hacia la playa como si dos locos la endujeran amarrada en una camilla dando trastazos contra las paredes de un corredor del Siquiátrico. La estridente música, la ventanilla bajada al máximo, el aire batiendo con fuerza en su cara. Ñeco manejaba, Mañungo se desgañitaba en canciones. Exaltados ambos, lo que se dice desorbitados, contentos a más no poder.

Se dio cuenta de que había dejado los zapatos al contacto de sus pies con la arena mojada. Al hombre que se hacía llamar Facho Berreao y que aparentemente dirigía la estampida no le hizo ninguna gracia cobrarle a ella más tarde, una vez en Miami. Ella no pronunció palabra, dejó que Ñeco y Mañungo respondieran en su lugar, tal como habían convenido. La cosa se puso dura cuando Facho Berreao anunció que partirían en dos embarcaciones, y a ella le tocó en la otra, separada de sus vecinos. Facho Berreao la empujó dentro sin hacer caso de su súplica:

—Por favor, póngame con ellos, debemos viajar juntos.

—Allá se encontrarán, ¡dale, chica, no te me hagas la muerta!

Los botes se perdieron de vista a la altura de unas nueve millas. A la mujer la tranquilizaba el hecho de que Facho Berreao los acompañaba; pero el resto del mejunje que había quedado en su estómago, del brebaje preparado para envenenarse, empezó a surtir, no el efecto anhelado, pero sí se durmió profundamente.

Esto sucedía la noche antes del encuentro de Tierno Mesurado y del monje Fontiglioni en el cementerio.

El segundo bote, en donde temblaban cegados y cagados del miedo los gemelos Ñeco y Mañungo y doce personas más, tomó rumbo equivocado; al mediodía siguiente fueron a varar a una playa de Cancún, medio muertos de sed y hambrientos. Ellos habían sido los únicos sobrevivientes y eso porque a último momento, delirando alucinados se lanzaron al mar y nadaron reguindados de un tronco hasta tragar caracoles en una orilla soleada. Allí se derrumbaron recuperando energías. Antes de alejarse de las costas cayocruceras hacía una semana que no comían, sólo bebían agua con azúcar prieta y pan con intriga, ¡vaya usted a saber lo que la cachanchana mujer del carnicero metía en los panes que vendía a voz en cuello! Testículos, culos, tripas de pollo y de toro. Inclusive se decía que hasta hígados robados de la morgue. Ñeco y Mañungo pensaron que continuaban viendo estrellitas y aros multicolores debido a las alucinaciones provocadas por el oleaje, además habían vomitado la vida misma durante el trayecto. Al rato, Ñeco se irguió y ayudó a su hermano a levantarse, avanzaron tambaleándose, los estómagos exprimidos, pegados al espinazo, las bocas resecas. Mañungo se sentía más débil, apenas enfocaba el paisaje, la cabeza le hormigueaba y de repente se le enfrió hasta invalidarle la vista. Ñeco distinguió, medio emborronado, un timbiriche que daba la impresión de vender comida. Se fueron acercando temerosos. Mañungo recuperó un filo de visión. Se trataba de una cafetería pequeña improvisada en un tráiler. El olor a maíz puso a funcionar los salivares de los gemelos. Un padre compraba tacos y tortillas, Coca-colas heladas a sus pequeños. Ñeco hizo un esfuerzo para no arrebatarle el manjar de las manos y echarse a correr. Cuando el padre de familia se marchó guiando a la prole en dirección a una tienda de campaña adornada con paragüitas, Ñeco aprovechó para interrogar al vendedor.

—Señor, perdone, somos extranjeros. —Como si ser extranjeros en otra parte fuera gran cosa—. ¿Dónde nos hallamos exactamente?

El hombre rechoncho y grasiento los estudió jacarandoso para enseguida responder:

—¡Virgen de la Guadalupe, jimaguas, con la suerte que me dan los mellizos a mí! ¡Bien venidos a Cancún, no más!

Mañungo se desplomó en el suelo, no podía ser, no podía creerlo. ¡En México los deportarían en cuanto supieran de su existencia! Ñeco lo tiró de la camisa obligándolo a que se parara correctamente.

—Amigo, estamos muy débiles. Andábamos de pesquería, sabe, y naufragamos. Tenemos una sed terrible, y hambre, ¡hambre! ¡Un hambre que le ronca los timbales! Desfallecidos, hechos leña —rogó Ñeco al dependiente.

—Hombre, faltaría más. Ahoritita mismo llamo a una ambulancia.

—¡No, no! Mire, si de verdad quiere sernos útil lo único que le pido es agua y un bocado de comida.

—En primera instancia no veo problemas para eso si me pagan; pero después avisaré a las urgencias, que los veo enfermos a ustedes, verdad, paliduchos. Para que vean que soy un cuate de buena fe, vean, aquí tienen agua fría, de vaso sudado y todo cuento. ¡Ah, y en lo que les preparo unos tacos, aquí tienen, galleticas de la marca nueva que anuncia un concurso, y hasta otorga premios!

Ñeco y Mañungo bebieron el agua como viajeros extraviados en el desierto frente al espejismo de un oasis, desperdiciándola por las comisuras de los labios. Ñeco fue a arrebatarle el paquete de galletas de las manos del cuate mexicano, y éste advirtiendo que dentro brillaba una esfera transparente se resistió a entregársela.

—¡Pos mire usted qué dicha, hombre! Hasta se han ganado una sorpresa, a ver si trae premio; venga, anímese.

El hombre abrió el paquete y pescó con dos dedos la pelotica de plástico, se la llevó a la boca y la partió con los dientes. Abrió el papelito que contenía la sorpresa. Ñeco y Mañungo contemplaban ansiosos.

—¡Esto sí que es suerte! ¡Increíble! ¿A que no adivinan lo que acaban de ganarse, mis cuates? Virgencita de la Guadalupe, el sueño de mi vida. Un viaje para dos personas con todos los gastos pagados a ¡Cayo Cruz!

De la ansiedad pasaron al anonadamiento. El vendedor no comprendía por qué rayos le observaban con esas caras de malagradecidos.

—Te cambio el viaje por dos paquetes de galleticas, dos tacos bien rellenitos de carne, dos Coca-colas y una llamada telefónica —propuso ágil Mañungo, la voz en un silbido asmático.

—¡Qué va a ser, no, mi cuate, no soy un aprovechado! ¡A ustedes les ha tocado el loto y no soy quién para robárselo! ¡Páguenme no más, y estamos empatados!

—O hacemos el maldito negocio ahora mismo o te hago picadillo, cacho e' cabrón. —Mañungo saltó del otro lado del mostrador y se apoderó de un cuchillo.

—Tranquilo, tranquilo. ¿Verdad, me cambian el billete por semejante pendejada? Primera vez que hago un negocio redondo, mi mujer se pondrá que no le cabrá un alpiste en sus santas partes.

Unas horas más tarde, alrededor de las nueve de la noche de aquel mismo día, el Lince conducía un pisicorre bordeando la playa. Llevaba los muebles de Nina, quien una vez más había tenido que mudarse a un *efichiensi*, así le llamaban a un *efficiency housing*. Nina estaba justo instalándose, acababa de desembarcar en Miami proveniente de una gira, Estambul, Túnez, Marruecos, el Sudeste Asiático y Beirut, en todos esos sitios había sobrevivido de la danza del vientre. Nina era una atractiva y seductora mujer de treinta y siete años, «ojos azules, pelo negro», igual que el título de la novela de Marguerite Duras. En Miami imaginaba Nina sería más fácil, la gente entendería mejor su arte. La amistad del Lince y de Nina databa de la misma época en que había él intimado con Yocandra y con la Gusana, aunque Nina espantó la mula del panorama metropolitano antes que ellos, yéndose a Caracas con un contrato de actriz y de bailarina. El Lince pensó que debía telefonear a Yocandra adelantándose a otro corte de las llamadas a la isla; y que habiéndole dejado varios mensajes en el contestador automático de la Gusana no había recibido respuesta de su parte.

Se sentía furiosamente cansado, apretó el timón con sus manos para evitar dormirse en el camino. La noche anterior no había pegado un ojo, pues tuvo que aguantar que Neno, el ayudante de Tierno Mesurado, en ausencia de éste y en el cuarto contiguo, se pusiera a ver un pellejo donde Ronco Silfredo entubaba a una flaca desencolada por todos los agujeros imaginables. No soportaba las películas de relajo, por lo tanto se destapó decidido y se apeó de la cama a decirle cuatro barbaridades al Neno, pero se arrepintió cuando descubrió al ayudante botándose una paja que casi se sacaba chispas del rabo. Ronco Silfredo abrió el fambeco de la flaca a todo lo que daba y escupió dentro un gargajo espumoso después de haberle filtrado mermelada de guayaba, sin parar de darle nalgadas siempre en la misma nalga, por lo que la piel borboteaba de verdugones, después cambiaron la posición y le apretujó los pezones con sus llantas, el cuarenta y cinco mínimo, un once y medio y cuida'o, mientras ella le chupaba el dedo gordo embadurnado en mayonesa y le lamía el calcañal calloso. ¡Qué bajo hemos caído, qué distancia entre Buñuel y este asco!, exclamó el Lince. Neno continuó absorto en su masturbación a todo tren. Después, Ronco Silfredo introdujo el dedo gordo del pie coronado con un crespo de leche condensada en el ano del Pestillo. El Fleco malencaba'o aceptó que le entrara a galletas mientras se la echaba por detrás. Al final volvió a metérsela siempre en el ojete, esparramándoselo y escupiendo puré de habichuelas dentro. Se vino en los lagrimales de la Tísica, de dos lechazos le ponchó los dos ojos. Un verdadero desprestigio, concluyó el Lince, quien sin embargo estaba más allá del bien y del mal, y cuya divisa era que cada cual hiciera de su culo un tambor y se lo diera a quien se lo tocase mejor. Neno se limpió las manos en el sofá de terciopelo, y enseguida se dirigió al refrigerador a buscar algo de comer.

—¡Que sea la última vez que te limpias el embarrotiño pegajoso en mi sofá, y cuidadito con tocar los alimentos antes de asearte!

—Ah, ahora me vigilas, ¿te hace cráneo? —ironizó Neno mientras se servía batido de mamey.

El Lince no le sonó un trompón para no armarla a esas horas de la madrugada, se tomó dos Donormyl a ver si podía conciliar el sueño. Resultado: había amanecido como si le hubieran dado una mano de palos, y además totalmente mareado, en absoluta borrachera de calmantes. Aferrado el timón, recitó de memoria la traducción del poema «El ídolo», «Soneto del ojo del culo», de Arthur Rimbaud y Paul Verlaine; se lo había regalado precisamente Nina, quien admiraba tremendamente al pintor Jorge Camacho, el traductor del soneto, a quien había conocido en El Cairo.

Oscuro y fruncido como un ojal violeta
Él respira, humilde agazapado entre el musgo
Húmedo aún de amor que sigue la suave curva
De las blancas Nalgas hasta el centro de su orla.

Filamentos semejantes a lágrimas de leche
Lloraron, bajo el viento cruel que los rechaza.
A través de coágulos pequeños de marga roja
Que se pierden donde la cuesta los reclama.

Mi sueño se abocó a menudo en su ventosa;
Y mi alma, del coito material celosa,
Hizo su lagrimal salvaje y su nido de sollozos.

Es la oliva pasmada, y el flautín mimoso;
El tubo donde baja la celeste garrapiñada:
¡Canaán femenino en las humedades cercadas!

Amedrentado, escuchó un eco a su voz que repetía cada estrofa del soneto. Tengo que reponerme, oí ecos y voces, se previno. Encendió la radio, los Yanquees de Nueva York ya tenían al Duque y al Duquecito Hernández, dos perlas refinadas, dos lanzadores de vámonos, Berta. Se cayó la alcancía con semejante par; la segunda noticia se refería a los Marlins. El Lince se fijó en que el contador de gasolina estaba casi en cero. No le daría para llegar a Key Biscayne Boulevard. Se detuvo en el primer garaje.

Tres tipos conversaban animadamente.

—*His cables are crossed* —dijo el primero chupando una cachimba.

—Dice que tu socio tiene los cables cruzados —tradujo el segundo.

—Ya, ya, yo le entiendo, compay —replicó el tercero.

—*He's confused, man.*

—¿Necesitas *trasleichon*?

—No, compay, yo creo que entiendo.

—Okéy, bárbaro.

—Mira, p'a colmo, *he threw the house out the window* —insistió el primero.

—¡Qué tu socio botó el gao por la ventana!

—Ah, eso no lo sabía. Me desayuno con la noticia.

—*He's a postcard, asere!*

—Que además es un postalita, el socito tuyo.

—Y yo qué culpa tengo, tú, p'a qué él me echa toda esa descarga en inglés.

—Un sinvergüenza es lo que es, y se va a buscar un *problem with me. Not even a goat can jump it.*

—Dice que tu ambia se va a buscar un lío con él que no lo brinca un chivo.

—Aparte, *he sandpapers himself,* se da tronco e'lija, y conmigo eso no va —descargó el primero.

—Ven acá, ecobio, ¿éste habla o no habla cubano? —preguntó desconfiado el tercero.

—Ni él mismo se entiende —se burló el segundo.

—Y si no se tranquiliza, le va a pasar lo que a Cara e' Tornillón, *he sang the peanut vendor.*

—Un equivocado que cantó el *Manisero.* Yo traduzco por si las moscas. Vamos a cambiarle el *play* a éste, que es monotemático, recibe y transmite por un solo canal. Oye, y ¿qué es de la vida de la jebita aquella, la hermana de Iris Arco?

—*She's very fine. She's very much a monkey.*

—Oceanía, que qué mona.

—*She's a piece of bread. But a veces she plays dead fly.*

—Que ella es un pan, pero a veces se hace la mosquita muerta.

—*She's the devil's leg.*

—Que es la pata del diablo.

—Deja, consorte, deja, me está mareando la traducidera esta. El inglés de mi andova está macarrónico con cojones.

El Lince llenó el tanque de gasolina y pagó al tercero, quien ya venía a proponerle estampitas de vírgenes, santos y de Jennifer López delante de un ventilador para que el pelo batiera a lo revoltoso, Ricky Martin remeneando el culo que le hacía los mandados al de Jennifer López, Enrique Iglesias con el lunar acentuado al carbón, Madonna y su niña Lourdes, cual reina y princesa, de compras en París, y la Madre Santa Teresa de Calcuta envidiando con disimulo el *tailleur* Chanel de Lady Di.

—Yo conozco a ese tipo de alguna parte, *men* —dijo pensativo el vendedor de iconos.

—¿De aquí o de allá? —se interesó el segundo.

—De allá, de allá. Sabes qué me pasa, que tengo más memoria para la gente que conocí allá que la que me

presentan acá. Aquí las caras se me borran enseguida...
¿Dónde, de dónde?

—De Kilómetro Siete, de la cárcel.

—No, p'a que tú veas, pero me acabas de dar la pista. ¡Del Kilómetro Dieciocho, de la zafra, compay! El Lince, le decían el Lince, y lo habían trona'o por mentecato, a quien se le podía ocurrir ponerse a oír la *doblesquiú* en pleno cañaveral y en un radiecito de onda corta. ¡Y a los Beatles, *The Fool on the Hill*!

Sospechó que se habían quedado despellejándolo, lo que no era exactamente cierto. Pero él también había presentido la familiaridad del rostro del tercer hombre. Quiso tomar otra vía, desistir de rodar por el cinturón de la playa, y no halló salida, raro. Tal parecía que manejaba por una carretera montada en el aire, aunque casi podía tocar el mar con las yemas de los dedos. Si sacaba la mano por la ventanilla rozaría el oleaje espumoso. Nina estaría encabronada, poniendo en duda su puntualidad y el grito en el cielo; hundió el pie en el acelerador. Sin embargo, la velocidad no le impidió distinguir un bulto humano al borde de la cuneta. Un rostro en la muchedumbre, una aparición, rió para enseguida culpabilizarse. Siguió de largo, no tan indiferente. ¿Y si se trataba de un accidentado? ¿Y si por culpa suya, por negar auxilio a tiempo, una persona perdía la última esperanza? Volteó la cabeza y estudió con cuidado que no rodara ningún automóvil detrás del suyo, metió el pie en el pedal, y dio marcha atrás hasta donde había creído vislumbrar una figura. Al parecer nadie, seguro un animal se había cruzado en el camino, ¡qué peligro! Echó a andar avanzando hacia adelante, no tuvo que volver a detenerse para adivinar la silueta. Esta vez alumbró hacia la sombra con los faros puestos en la luz larga. Así y todo enfangada, y desfigurada por el terror, se dio cuenta de que estaba frente a ella, sin embargo dudó. Por favor, no juegues con los fantasmas, espabílate, son puras visiones. No es bueno esto de no dormir, le subía la tensión, aunque la moral andaba arrastrada por el piso. Arrancó el auto de nuevo, el móvil timbró desde el asiento contiguo. Era Neno, Tierno Mesurado lo reclamaba con urgencia en el hospital Monte Sinaí.

—No me vengas a correr máquina, mira que cuando tú ibas ya yo venía.

—No, *chen,* por la Pura que es verdolaga. No puedo explicarte mucho, pero se trata de Oceanía. Le han dado una mano de palo, ven pronto, bróder.

—Voy p'allá.

¿Y si era ella? ¿Y si no eran visiones y esta llamada recién recibida le estaba alertando que debía retroceder, apearse del carro, verificar que no había nadie por los alrededores como sospechaba? O que sí, que se hallaba allí, entre los matorrales, y que no se trataba de una fantasía virtual. Repitió la operación. Tuvo que frenar violentamente; el cuerpo yacía en el asfalto, por nada la hace papilla. Descendió y mirando a todos lados acudió al quejido. Agachado sostuvo la desmadejada cabeza con una mano y con la otra extrajo una fosforera del bolsillo. La candelada iluminó el rostro.

—¡Yocandra!

No respondió, la voz del Lince le sonó muy lejana, como cuando él la llamaba a Juanabana y el eco del satélite más el pinchón que le daba el esbirro de guardia en el Gedós al teléfono apenas permitía descifrar sus palabras.

No había tiempo que perder. Cargó con ella entripada en agua y la subió al auto, sangraba. El Lince lloraba de pena, pero también de alegría, de una alegría que no podía comprender; tal vez de tenerla, por fin, de este lado, viva. ¡Yocandra! Mencionaba su nombre cada vez más alto, para que ella se sintiera protegida, para que tuviera la certeza de su salvación. ¿Reconocería su voz después de tanto tiempo sin los ruidos artificiales del teléfono? Encendió la radio, manipuló el dial y buscó una emisora de música:

Imagine all the people
living in peace...

ONCENO *INNING*

VIDAS SIN MILAGROS

"Si yo pudiera hacer un milagro, no cambiaría en nada mi vida, pero desde luego que unas cuantas desgracias sí me gustaría solucionarlas y que quienes sufren puedan sentirse felices, ¡no digo yo que transformaría otras existencias! Si es que la felicidad existe, al menos pediría que pudieran soñar mejor." Una vez más la cabeza de Iris Arco se fue por pasadizos que nada tenían que ver con los habituales y se imaginó en una tribu abandonada entre niños africanos que la apuntaban con armas reales. No, no era metralletas de palo. Eran armas verdaderas. Mientras esperaba en la consulta del ginecólogo pensaba así, en el terrible futuro de los pobres críos que están obligados a jugar a la guerra como si echaran un partido de bolos. Así mantuvo su pensamiento durante un rato, una chispa egoísta la hizo cambiar a una impresión mezquina y así decirse que la gente es como es y no como una quisiera, y que al diablo los sufrimientos ajenos, que nadie se ocupaba de sus problemas. A ver. ¿Por qué Clasiquita Querella Rubirosa se portaba tan mal con ella que tanto bien le había proporcionado? A ver. ¿Por qué a la gente le da lo mismo lo que pasaba en Cayo Cruz? Vayan p'al carajo.

El médico la invitó a pasar, y la mujer tomó asiento frente a él. Pese al intenso frío del aire acondicionado el doctor Songes comenzó a sudar escandalosamente, del cráneo le fluía una grasa, la bata impecablemente blanca se le había enchumbado en pocos segundos, los pies nadaban en charcos de talco grumoso dentro de los zapatos de charol. Sacó un pañuelo y cuando lo pasó por el cogote tuvo que exprimirlo, se levantó avergonzado y, manipulando un botón bajó todavía más la temperatura en el aparato de climatización. Iris Arco empezó a inquietarse. El doctor no supo ocultar el nerviosismo.

—¡Alabao, qué clase de calor del recoñísimo de su madre! Disculpe, ¿qué la trae a la consulta? ¿Qué dolencia padece?

—La menopausia.

—Es muy joven todavía.

—Leí que el proceso puede desencadenarse a cualquier edad a partir de los veintisiete años.

—¿Dónde lo leyó, en una revistica de quincalla? Falso, puerilidades. Dígame los síntomas que la aquejan.

—Calor.

—¿Quién carajo no se muere de calor en esta bendita ciudad?

—Es que desde hace meses y por períodos distintos me sube alarmantemente la temperatura. Explotan los termómetros. Ayer en la tarde, mi marido fue a tocarme y se le ampolló un dedo. No puedo darle el pecho a Ilam, el chorro de leche brota que trina, como si en lugar de pezón tuviera un jarro al fogón. Mi familia tuvo que dormir en las casetas junto a la piscina, y no se fueron a Los Everglades de puro sacrificio, fíjense que anoche calenté la casa a tal punto que el piso de granito se resquebrajó como un barro de Chalula en una parrillada. No dudo que desde que entré en su gabinete he puesto a bullir la atmósfera.

Abrió la cartera y sacó un abanico sevillano; al abanicarse del interior revoloteó Cirilo reducido a las dimensiones de Campanilla, la de Peter Pan. Pese a su extremada pequeñez, el doctor pudo percibir sus alas chamuscadas.

—¿Todavía con el ángel Cirilo a cuestas? Si persiste en escoltarla, se engurruñará como un chicharrón, si es cierto lo que cuenta. Le tomaré la presión y estudiaremos lo de la subida de temperatura.

Nada más aproximarse para colocar el medidor de tensión, el aliento de su paciente le levantó un tumor en el cachete, reventó el medidor y el termómetro saltó en añicos. Cirilo se tragó la bolita de azogue en lo que ensanchaba la boca en un bostezo exagerado.

—¡No es normal! —exclamó el doctor.

Iris Arco asintió.

—¡Qué va a serlo!

—Venga, permítame; no piense que es frescura. La enfermera la acompañará a que se dé un baño helado.

—Si usted lo aconseja. —Iris Arco aceptó con cara de esto es irremediable.

En efecto, Mildred, la enfermera que hasta ese instante bordaba desocupada un paisaje irlandés para enmarcarlo y enviarlo a su sobrina como reconocimiento por haber aprobado el tercer año de piano, llenó la bañadera de agua a menos quince grados. Iris Arco hundió el pie y el agua se puso a hervir burbujeante hasta consumirse en un minuto. Trajeron trozos de hielo de varios bares y cuando Iris Arco se sumergió los hielos se derritieron e incluso ahumó y tiznó la pieza de porcelana con su cuerpo carbonizante. El doctor Songes recetó un escáner, pero en cuanto se acostó en la camilla de metal y su cabeza fue introducida la espantosa canícula que irradiaba convirtió en un garabato la camilla y en un amasijo jorobeteado el instrumental médico. Los cristales de las ventanas estallaron y el doctor y la enfermera, junto a otros pacientes, tuvieron que espantar la mula despavoridos.

Saúl Dressler fue reclamado por los gendarmes. Urgente, su esposa le estaba dando candela a La Sagüesera, ¡y arrasando con Miami! A su paso cualquier objeto devenía humo y tizones. Saúl Dressler debió mandar a buscar a una fábrica de refrigeradores gigantes un General Eléctrico del tamaño de una habitación de treinta metros cuadrados. Una vez que consiguieron ubicar a Iris Arco y atraparla atrayéndola con dos imanes gigantes pues ella corría como un venado al comprobar que tanta gente temía de su candente presencia, Saúl la convenció de que lo más conveniente tendría que ser —si deseaba seguir viviendo y dejar con vida a los demás— encerrarse en la jaula que competía en frío con la Siberia. Iris Arco cayó en una profunda depresión, y acurrucada en un rincón dentro del refrigerador cerró los ojos y se dejó vencer por el sueño. Durmió cuarenta y ocho horas, al despertar la única buena noticia que recibió fue que desde el Polo Norte estaban analizando importarla y soltarla por aquellas latitudes para promocionar y vender un inaudito verano cinco estrellas en Alaska. Desde luego que marido y demás parientes se negaron a especular con la desgracia de Iris Arco. Lo trágico fue que los científicos que estudiaron el caso reconocieron que iría de mal en peor, su cuerpo alcanzaría tal presión que rompería su cárcel frigorífica, y entonces la ciudad de Miami quedaría reducida a un puñado de escombros y cenizas.

—E ignoramos si el fenómeno irá *in crescendo.*

—¿La causa? —preguntó Tierno Mesurado.

—La maldición se está cebando en ella; está siendo utilizada para exterminarnos. Un enemigo que aún insatisfecho con el mal que ha realizado en otros sitios ahora se vuelca en nosotros.

Así hablaron los teólogos y diletantes de Zarrapastrusta.

—¿Qué hacer? No contamos con mucho tiempo —respondió al alterado marido.

—Actuar enseguida, no hay un segundo que perder, construiremos una capilla, refrigerada al máximo inimaginable, totalmente transparente, detrás agregaremos cuartos también congelados a lo más bajo insospechable. Si tenemos que inventar el agua caliente, digo no, el agua fría, o trasladar Alaska hacia acá, lo haremos. La urgencia es sencilla: salvarnos.

Pusieron manos a la obra. En una semana estuvo listo el templo gélido, translúcido y geométrico, recargado y ecléctico: el frente era *art-déco,* una parte del techo neoclásico, una azotea futurista, por un costado semejaba una pagoda, por otra esquina cualquiera hubiera jurado una mezquita, detrás lucía la sencillez de las ermitas abandonadas en medio del camino, y en otro lado, pues era poliforme, reproducía una catedral del barroco mexicano, aunque toda construida en metálico, que no era más que plata y vidrio, o sea, cristal de Murano. Sobresalían las gárgolas y los vitrales góticos también, más acá imperaba la Bauhaus. El templo fue situado en medio de un campo de fresa, tan empinado que casi rozaba el cielo azul y los rayos del sol por encima, por debajo fue sembrado en la hierba verde pimentada con copos rojos. Aquel recinto metálico y acristalado semejaba una nave espacial, o un altar marciano. Era una obra *exquisifor*, o sea, exquisita, al gusto miamense, de Frank Israel y Serge Robin; un portento de arcanidad que mostraba sin tapiñajos el interior como efecto consecutivo del exterior, decorado al estilo zen.

Iris Arco acercó el rostro al vidrio para cerciorarse, como había encargado, que la vista del paisaje la animaría imbuyéndola a atraer mensajes positivos. Suspiró y la humedad afiebrada de su respiración manchó el cristal. En la mancha, su abuela, Apasionada Mía, y la compromiso de ésta, Amotinada Albricias Lévy, adivinaron la silueta de la Virgen de los cañeros Santa Rica Capicúa del Caramelo a Quilo. Sucedió lo que Saúl Dressler supuso y temía desde el inicio que acontecería, la gente fue asomándose primero tímidamente a la descomunal vidriera empotrada en balaustradas doradas y sembradas en la tierra perfumada a la fresa. Iris Arco se hallaba hecha un ovillo en un rincón tejiendo un suéter de estambre a dos agujas para su bebé Ilam; gruesas gotas en ebullición corrían por su rostro, al desocupar la zona de su piel las lágrimas se convertían en estalactitas pendientes del vacío. La mancha que delineaba una silueta parecida a la cabeza bajo el manto de la Virgen seguía allí, y por más que lustraron con *Bounty* enchumbado en Windex no pudieron borrar la misteriosa aparición.

Esta imagen conmovió a los curiosos, quienes rápidamente fueron a buscar a otros, y así hasta que aquello se repletó de personas. Molotes y molotes peregrinaban de todos los rincones hacia la nueva morada de quien ya habían rebautizado como Iris Arco, la santa del Arco Iris. Gemían mesándose los cabellos, flagelaban sus cuerpos con látigos o mazos de cujes espinosos, cargaban piedras encima de los cráneos, las sienes sangraban a causa de las coronas cristianas, algunos dejaban retazos ripiados de piel de las rodillas en el asfalto, se arrastraban en el hueso pelado, la llaga purulenta. Todos traían una ofrenda a la santa Iris Arco, en dependencia del milagro que deseaban que ella les concediera: un cornudo se apresuró a agitar la sayuela de su ex esposa implorándole que la engañadora regresara arrepentida a su lado, una ciega pidió aunque sea un filo de luz para ver caer al Maligno, un inválido reclamó dos prótesis para sus piernas y que liquidaran de una vez las minas antipersonales. Pero la mayoría pedía en un rezo el mismo anhelo: ¡que cayera el Maligno! Hasta ella se acercaron los fieles más auténticos, pero también los más inesperados; por ejemplo, uno que agitaba frenético el boleto de la lotería en dirección a los ojos incrédulos de la muchacha, o aquel nuevo rico que rezaba que sus millones le duraran toda la vida, y ganar más y más para que sus herederos se beneficiasen. Y todos culminaban sus rezos pidiendo: ¡que caiga el Maligno! De la noche a la mañana se corrió la bola de que aquella santa, Iris Arco, de un momento a otro haría milagros. Y la gente se congregaba con fe y amor suplicando que se acabaran las dictaduras, los abusos, la miseria. ¡Que caiga el Maligno!

Los políticos incrédulos de todos modos conspiraban: ¡ya se curarán de toda esa sonsera! Pero al comprobar que mientras más días transcurrían más gente acudía de todas partes del planeta, los políticos organizaron un congreso a puertas cerradas y fingieron que cogitaban, analizaron aquí y acullá. Un sesudo expresó su inquietud, pues cuando la gente empieza a creer en la posibilidad de los milagros:

—Caballeros, hay dos opciones, o todas las vías para ellos han sido agotadas y nosotros no tenemos ningún sentido de existir, o de verdad la solución está en los milagros; lo cual confirma lo segundo, o sea, que nosotros y caca es lo mismo, habrá que reprimir, encarcelar, asesinar, si es necesario.

—No, asesinar no, lo menos que nos hace falta ahora son mártires, ya que con la santa Iris Arco es suficiente y sobrado —opinó un senador.

Por más que Saúl Dressler emitió varios comunicados de que su mujer jamás iría a satisfacer el gran número de demandas planteadas por la multitud, y que aquel hecho transitorio nada tenía que ver con un fenómeno sobrenatural, nadie le hizo caso. Ninguno leyó los boletines emitidos por su oficina, una vez que deletreaban el encabezamiento donde se rectificaba el malentendido, redactado por el esposo, ripiaban los papeles y continuaban en sus oraciones fervorosas. Los medios de comunicación se burlaban insensibles, no sin cierto resquemor, aunque cada media hora echaban a rodar un nuevo imposible esclarecido por Iris Arco para hacer el pan con la noticia: Que si señalando con el dedo a la colina el diablo mostró su identidad: barbas canas, las cejas peludas, las uñas largas y sucias, los dientes postizos ennegrecidos de sarro, vestido de caqui verde olivo. Que si señalando a otro mujeriego canoso había detectado al traidor. Que si acribillando con su mirada en un calvo de ojos purulentos, éste había terminado por rendirse y confesó el robo de las ovejas y el atraco en los bancos. Así desenmascaró al pederasta, al violador, a la estafadora, entre otras calumnias regadas por el *New Timbaguayabaimes* y demás medios de comunicación. La cosa se estaba poniendo realmente desesperante, lo que se dice gris con pespuntes negros. Y la temperatura aumentaba de modo alarmante.

A Falso Universo la embargó la envidia y el resentimiento. ¿Por qué estos energúmenes veneraban a Iris Arco y no a ella? ¿Cómo era posible que el nombre de su enemiga saliera en todos los periódicos y a ella la ignoraran olímpicamente? Para colmo, Saúl Dressler no deseaba verla ni en pintura y se lo hacía sentir, huyendo de su presencia como bola poltronera; ante sus ñoñerías y arrumacos zalameros recibía el rechazo más desconcertante como toda respuesta. Entonces profundizó su relación con La Secta, en uno de sus viajes Facho Berreao la contactó; su jefe, el Tenebroso Poder, DoblevedoblevedoblevepuntoHombreProfundamenteBestiapuntoCom, la había visto actuar malvadamente y se sentiría muy orgulloso de contar con ella para sus acciones en Miami. Ella asumió de inmediato, con tal de hacer daño, y además aceptó ser la amante de Facho Berreao. Éste insistió en que ella jugaría el papel de flautista de Hammelin, dirigiría la atención de todos aquellos fieles de Iris Arco hacia la cueva de La Secta; como ratas los conduciría a la gruta encantada y allí los liquidarían en masa, pues necesitaban alimentar con sangre al Tenebroso Poder. Falso Universo se interesó en qué forma sería remunerada.

—Un premio en metálico, una placa y una escultura. Un disco de Comay Terceta. O un pedo mío enlatado, en estos momentos está muy cotizado en la Bolsa de Rufianes. Elige tú que pujo yo —expresó sangrón, parodiando el son del Benny Moré.

—Quiero ser famosa. ¡Coño! ¡Famosísima!

—Te confundiste de *marketing*, mi china. Tienes que esperar cumplir noventa años y que Ry Cooder dure de aquí allá.

La FU rechinó los dientes con tal ira que erizó los pendejos del culampio de Facho Berreao. Aceptó el premio en metálico, la placa y la escultura; con lo cual desilusionó a Facho Berreao, quien se craneaba ilusionado con que ella escogería la flatulencia suya encurtido.

—Déjate de comer tanta cáscara de catibia garrapiñada con la celebridad. Acaba de echarte al pico a esta chiquita que me tiene los cojones llenos ya con esta resingapinga que está armando de la milagrería —espetó salpicándole de saliva las tres capas de maquillaje a la FU—. Aniquílala, si no quieres que se vire la tortilla, y todo el mal caiga sobre ti; y que yo te reviente a patadas.

Rabiosa, dejó al hombre con la palabra en la boca. Desde el portable contactó a Envidio A'Grio y a Nauseabunda Latorta. También concertó cita con La Maraca Terrorista y La Quimera Empanizada. En dicha reunión debía quedar claro que hacían falta cientos de quilos de pólvora, cuatro bazucas y cinturones de balas para acabar con el templo de Iris Arco. Nauseabunda Latorta jerimiquiaba a escondidas, a fuerza de recibir trompones de su amiga, no toleraba más su altísima vehemencia por el castigo, y el corazón blindado de la gorda había empezado a ablandarse.

—¿Qué repinga te pasa? ¿Lloras o moqueas? —se le encaró Falso Universo.

—No, cielo mío, me ha atacado una corisa desde esta madrugada que no veo para cuándo acabará.

—Componte; en nombre de este amor y por tu bien... —ripostó la otra.

Envidio A'Grio parecía una estatua, más que callado, patitieso, bordando el ensimismamiento con hilo fino.

—¡Espabílate, pedazo de carne con ojos! —vociferó la FU.

El secretario pestañeó.

—Óyeme, esta niña, no te permito más esos fueras de caja tuyos. Entra en talla que aquí uno vive muy entubado con los *bilis* que hay que pagar para que tú pretendas venir a apretar la tuerca con tus espontaneidades. Y a mí me entuba quien puede, no quien quiere.

—¿Tú estás quendi, o te fumaste una mazorca de maíz?

Los seguidores de Adefesio Mondongo y La Maraca Terrorista y La Quimera Empanizada contemplaban la escena entre divertidos e irónicos.

—Ninguna de las dos cosas. Estoy harto de que me trates como un trapo de cocina, cuando yo soy un pañuelo Hérmès de seda. Terminaré esta última misión contigo porque me considero un pájaro de palabra, y en lo que me comprometo lo cumplo, pero hasta aquí llegamos.

—Voy a tomar toda esta imperfectá tuya como un exceso de trabajo; debe ser que estás estresado, histérico, ya se te pasará. ¡Falto de tranca! —y fingió dudar la indómita.

—Tómalo como te salga de los ovarios, cariño, pero *c'est fini.*

—¿Preparamos el exterminio, sí o sí? —interrumpió La Maraca Terrorista.

Entonces la atmósfera se puso muy pesada, espesa, debido al descenso de nubarrones grises. El bochorno insoportable se apoderó del atardecer.

Los aglomerados alrededor de la mansión glacial de Iris Arco multiplicaron los rezos con tal de que lloviera, de que arreciara agua, por tu madre, ¿habrase visto tal castigo, es que no caerá ni una gotiquita de H_2O, o un chorrito de orine, un gargajito, vaya? Manda cabilla la sequía esta, ¡nos tocó bailar con la más fea! Perecerían de sed e inquina, entrampados entre el polvo de la calle y el vaho infernal que provocaban la presencia pesarosa de las nubes. Así susurraban angustiados. Alivia Martirio, vistiendo escafandra y traje de astronauta, se deslizaba a diario en el interior de la capilla congelada llevando a Zilef, David e Ilam, igualmente protegidos, para que su madre pudiera al menos darle un poco —no mucho— de calor a su cría.

Clasiquita Querella Rubirosa adquirió de repente un poder desmedido dentro de la casona en la ausencia de su dueña. Ella se ocupaba de lo mínimo y de lo máximo; pero para esa fecha había iniciado un proceso de venganza en relación al turbio Adefesio Mondongo, y de sincero encariñamiento con la familia de Iris Arco. Engañaba al fotógrafo entregándole falsos documentos, fotos trucadas, y equivocándolo por pistas que lo alejaban de la verdad. En más de una ocasión sintió deseos de confesar a Saúl Dressler su deslealtad, pero prefirió callar porque presentía que mientras más supiera de los entresijos y maniobras del italiano más provecho sacaría de la información en un futuro. Las broncas con el italiano se sucedían, aunque luego de golpearla salvajemente descorchaba una botella de champán, y después de beber un montón de copas terminaban invariablemente en la cama, haciendo cochinadas, pues aquellas escenas sadomasoquistas no podían llamarse de ninguna manera hacer el amor.

Adefesio Mondongo no había cumplido su promesa de llevarla a Los Ángeles para que ella descubriera y fuera descubierta por Hollywood. Sin embargo, un día, endrogada, maniatada, y con los ojos vendados, había desembarcado en Cayo Cruz, en una casa de protocolo de un general, enfermo no, tostado sexual, de manicomio, que la obligó a hacer cualquier tipo de porquerías —siempre con una Beretta apuntándole la sien— con cuanto animal se le antojó; exceptuando las jirafas, elefantes y rinocerontes, pues esas especies había que tratarlas con extrema delicadeza ya que estaban en vías de extinción y sólo quedaban unas pocas en el zoológico particular del militar. Abusó de ella hasta que le salieron escamas de vicio, cuando no dio más y la dejó hecha una piltrafa la tiraron en un montón de basura enfangado y empapado en meados y cubierto de excrementos, en la calle Maloja; al día siguiente la recogió Tropas Especiales y la metieron en una celda a patadas por las tetas y galúas por las orejas.

Por supuesto que fue Adefesio Mondongo quien la liberó de detrás de las rejas, amenazándola con que si contaba una sola palabra de su experiencia cayocrucera no vería nunca más la luz del sol y ninguna luz. Todo eso había ocurrido en una semana. Sólo pudo consumir dos días de recorrido incesante en el *jeep* de Adefesio Mondongo por barrios marginales, cual de ellos más pobres, y por campos cuyos nombres resonaban en sus oídos como ecos de puntos guajiros escuchados en la voz de Ufano Querella. Era evidente que Adefesio Mondongo intercambiaba información por productos, o productos por información; en una empresa bastante enredada y provechosa se encontraba enfrascado; pero ella apenas entendía, medio baldada como había quedado del maltrato a su columna vertebral, por causa de las torturas en las glándulas mamarias, y de los constantes silbidos en los tímpanos, debido a los trompones propinados por los policías.

—Esto es sólo una mínima prueba, un castigo, para que te enmiendes, y que sepas que con La Secta no se juega. Prometiste eliminar a la Iris Arco, cobraste por darnos información sobre los negocios de Saúl Dressler, y no has cumplido en nada de lo estipulado. Además, sabemos que tu padre ha entrado en actividad, y que se la pasa alardeando con que se colará en una avioneta aquí, ¡en esta cabrona isla nada menos! ¡Ah, y bembetea con que reclutará a unos cuantos para que se levanten en armas! Pero, ven acá, ¿quién se cree ese viejo chocho que es, el Terminator de Hialeah? Mira a ver si lo calmas, o el chinchal del que es propietario explotará como un siquitraqui.

Clasiquita ni chistó, empequeñecida de pánico, en la duda de si la traería de vuelta a Miami, o la dejaría tirada como un guiñapo en otro basurero menos frecuentado por Tropas Especiales, con dos balas en forma de crucifijo en el cráneo, a que se pudriera como un desperdicio más.

Al regreso no podía creer que se hallara sana y salva en Hialeah, aprovechó que sus padres estaban ausentes en los respectivos trabajos para buscar consuelo en la rutina. Procurando deshacerse de las reiteraciones de imágenes violentas, se metió en el baño y evitó regodearse en los verdugones de las torturas, mientras se duchaba rascándose con rabia la piel, a llanto puro, más puro y abundante que el agua que goteaba de la ducha.

A Ufano Querella y a Milagros Rubirosa les había llamado desde la mansión del general en Juanabana, obligada a mentir de que se iba de vacaciones con su amiga Iris Arco a Los Cayos. A casa de Iris Arco también telefoneó argumentando que debía tomarse una semana de descanso pues debía verse con un especialista de la piel ya que le habían brotado por doquier unos extraños herpes contagiosos.

—¿Te encuentras en Miami? —preguntó intrigada Iris Arco.

—Sí, ¿por qué?

—La pizarra de mi teléfono indica *out of* área —respondió Iris Arco.

—Debe de ser una equivocación.

Con esa tajante afirmación convenció a Iris Arco y más tarde a sus padres, pero Ufano Querella y Milagros Rubirosa no se dejaban engañar así como así. No, señor, su hija se comportaba demasiado raro; dudaron, sus pasos no eran claros. Decidieron comunicarse con Iris Arco, pero con tan mala pata que los atendió Apasionada Mía en uno de sus peores trafucones de mente. Venía de ver su película preferida por ciento dos veces, *Never in Sunday*, con Melina Mercouri. Y cuando Milagros Rubirosa quiso saber por dónde andaba su nieta, Iris Arco, si era cierto que se había ido a la playa con Clasiquita, Apasionada Mía contestó sin remilgos:

—En efecto, señora, como en *Nunca en domingo*, igualitico. Es que las tragedias deben dejar de serlo y terminar muy felices en la playa.

Y Milagros Rubirosa colgó luego de una breve conversación incoherente con la esclerótica abuela de cables sulfatados, convencida de que Clasiquita no les había mentido. Entonces coló café en una tetera de yute, pues ella todavía no había aprendido a manejar las cafeteras italianas de rosca, mientras escuchaba los comentarios de Armando Pérez Roura y de Agustín Tamargo. Si de algo estaba orgullosa era de no haber asimilado el café aguado de los americanos, ni tampoco los últimos inventos de la tecnología. Como mismo Ufano Querella podía llenarse la boca con que ni siquiera conseguía hilvanar un párrafo en inglés, jamás de los jamases. Apagó la radio. Ella volvió con el estimulante tinto humeando en dos jicaritas de barro. Ambos se soldaron a los sillones de mimbre, meciéndose frente al televisor; ella a la espera de «Sábado Fascinante» (emisión de variedades a la cual por motivo del intenso calor que se estaba mandando habían temporalmente transfigurado el nombre por «Sábado Calcinante»), y él, modoso, queriendo embullarla a cambiar de canal para disfrutar de un magnífico partido de béisbol. Pero antes tocó el turno de Walter Mercado, quien estrenaba capa dorada de poplín, mejor dicho, de *popeline*, rematada en pompones de piel de zorro; al cuello lucía una gruesa cadena de oro adquirida en un reciente periplo por El Cairo, así como los anillos de cristales falsos que colmaban todos los dedos de sus manos.

—Taaauuuro. Da gracias al Señor por las lecciones aprendidas. Pide que te ayude a ser más flexible al cambio, a corregir malos hábitos y a mejorar tu autoestima. Demanda que la prosperidad llegue a tu vida en abundancia, como tú te la mereces, Taaauuuro, y que te ayude a concentrarte en la persona que tú deseas ser, un ser humano sensible y espiritual. Tu afirmación para hoy: «Mi fe me hace cada día más fuerte.» Números de suerte: 37, 32, 24.

En ese instante a Milagros Rubirosa la punzó una corazonada, apagó el televisor con el telecomando y se puso a llorar compulsiva ante el rostro perplejo de Ufano Querella.

—Pero, ¿a qué viene ese ataque, mujer?

—¡Ay, Ufano, viejo, es que por más que trate de ocupar mi mente en otra cosa, por más que quiera, no puedo olvidar a nuestros seres queridos muertos, que en gloria estén! ¡Y más miedo me da por Clasiquita! ¡Dios mío, que no le suceda nada! ¡Me moriría, no aguantaría si algo malo le pasa a esa chiquita cabezona!

—Mujer, cálmate, Clasiquita sabe lo que hace. Es una muchacha de su casa. Está trabajando para ayudarnos, y salir adelante en su majomía esa de actriz, o de lo que sea. Vamos, anímate, mira que esta noche debo salir a explorar el mar, y no quiero irme y dejarte disgustada.

A ella tampoco le agradaba la idea de que Ufano se metiera en la avioneta, pero comprendía que era una forma de salvar vidas para un ex cirujano obligado por las circunstancias a ser bodeguero, una justa manera de ser útil. Aquella noche, mientras Ufano sobrevolaba la guarida de tiburones, no podía sospechar la agonía de su hija, su existencia en un hilo, ahí enfrente, de donde mismo él había conseguido escapar para instalarse en Hialeah, y conocer a su segunda mujer en Miracle Mile, en el cine Miracle, viendo *Milagro en Milán,* de Vittorio De Sica, preñarla varias horas después, o sea concebir una hija con Milagros Rubirosa, a la que le pusieron Clásica Querella Rubirosa, nacida un 4 de julio, libre y distante del peligro.

Pero Clasiquita no sólo se despetroncó en el peligro, sino que se salvó en un pelo. Terminó la ducha bañada en lágrimas; vestida para desquitarse y salió dispuesta a contar la verdad a Iris Arco y a Saúl Dressler. Tomó el auto color mandarina chillón, pensó antes pasar por la bodega, abrazar muy fuerte a su padre, lo mismo con su madre, visitarla en la factoría, besuquearla y pedirle perdón en silencio, para sus adentros; pero no tuvo fuerzas para enfrentarlos. Iris Arco ya para entonces era considerada una santa, y ¿cómo podía molestar la paz de una santa con semejantes percances? Después de ver a sus padres fue directo a hablar con Saúl Dressler, quien conmovido por la sinceridad y la pena de Clasiquita la alentó a que continuara trabajando con ellos, aunque se percató que la joven rehuía mirarle mientras hilvanaba su discurso. Él aún desconfiaba.

Al salir del despacho del marido de su compañera de clases se topó con Cirilo. Los ojos se le humedecieron y el corazón le palpitó dislocado, pues si un milagro había ocurrido para que Clasiquita se convirtiera en una persona bondadosa, sin las ambiciones desmedidas que antes roían su alma, había sido el milagro del amor. No podía evitar que su piel se electrizara ante la fabulosa cercanía del ángel, soñaba con que él besaba dulcemente sus labios, y que Cirilo la cortejaba con buenas intenciones. Y que ella se transformaba en una estatua danzarina, girando en la punta del pie izquierdo, con el derecho impulsaba los giros de su cuerpo siempre en constante danza y repetía igual a una muñeca de cuerda:

—Quiero bailar por la ciudad. Quiero bailar por la ciudad.

Y dando *fouettés* de bailarina clásica por toda La Sagüesera iba a parar a los brazos de Cirilo y se amaban hasta la muerte, aunque los ángeles no estiran la pata, pero los mortales sí, y ella lo era. Y no andaba equivocada, Cirilo no sólo sentía atracción por Clasiquita, sino que estaba desplumándose las alas de pasión por la mujer que había ansiado hacer daño a Iris Arco. Lo cual infundía en él desavenencias consigo mismo y le exarcebaba un insoportable sentimiento de culpa. Los ángeles, sin embargo, solían devenir mortales a causa de esos padecimientos del alma.

DOCEAVO *INNING*

NOCTURNOS FOGOSOS

El mundo es curioso, todos los días pasa exactamente lo mismo, pensó Tierno Mesurado mientras ojeaba el diario *El Nuevo Mundito* repantigado en un cómodo sofá de la oficina de Saúl Dressler. Oceanía mejoraba, en realidad no había sido nada más grave que un susto serio, eso sí. Saliendo de la discoteca, aquella noche de intrigas, Adefesio Mondongo y sus mastodontes cayeron sobre ella, golpeándola, en un intento de secuestro frustrado gracias a la intervención del propio detective y del sacerdote Fontiglioni enmascarados, pero sobre todo de los hermanos budistas y alquimistas con sus cantos y oraciones. En cuanto a Iris Arco, había que tener paciencia, era indudable que el mal se había desatado, y hasta que no ocurriera lo que tendría que ocurrir, un milagro, no sería posible liberarla de su encierro de hielo. Entretanto, multitudes continuaban venerándola, y claro que los segundos se hacían infernales para ella y sus allegados. Fontiglioni, los demás monjes, Neno y Saúl Dressler habían preparado varias estrategias para en el instante oportuno dar caza a Adefesio Mondongo, a La Maraca Terrorista, a La Quimera Empanizada, a Facho Berreao y a Falso Universo; pero debían reunir pruebas contundentes en su contra. Atraparlos con la mano en la maza, en el brinco, lo cual no era nada simple, no sonaba a cascabel de villancico navideño.

Tierno Mesurado fue a descolgar el teléfono de la oficina para llamar al Lince, en busca de noticias de Yocandra. La había conocido la misma noche en que acompañaba a Oceanía en el hospital Monte Sinaí, pues al poco rato de ingresar a la hermana de Iris Arco, también el Lince acudía, sosteniendo a Yocandra, malherida. Después arribó la Gusana, y todas aquellas escenas confusas de reencuentros inesperados en una sala de urgencias le obligaron a jugar el papel de maestro de ceremonias y catalizador de emociones. Nadie podía pensar diáfano, salvo él. Yocandra abrió los ojos, fijos en el abismo, y no reconoció a ninguno de sus amigos, su mente vaciada, extraída la memoria, inició un viaje cuyo retorno ignoraba fecha exacta. El médico dictaminó que probablemente se estacionaría en esa fase un tiempo. Poco a poco recuperaría, se acordaría de la infancia, gracias a canciones pueriles, o evocando recovecos de su embrollo personal, de pasajes de libros, fragmentos de películas, trozos de caras, timbres de voces, sensaciones de caricias; o sea, que la vía hacia el presente sería impredecible. Tierno Mesurado vislumbró que para que la reversibilidad sucediera ella debía acotejar su pasado dentro de su cuerpo, fundir ambos.

Trasladada al tren, la ubicaría en uno de los vagones, tal como la imaginó antes de que él predibujara nociones exactas de su rostro.

Tocó el auricular y el aparato vibró en un timbrazo sin levantarlo. Quien llamaba hablaba con marcado acento mexicano, aclaró que sólo era el intermediario entre dos cubanos y usted, señor mío. Ñeco y Mañungo, primos de Iris Arco y de Oceanía por la línea paterna, necesitaban que les tiraran un cabo, buscaban la manera de cruzar a territorio americano. En eso entró Saúl Dressler, el detective le pasó el teléfono, y el desconocido repitió las mismas locuciones entrecortadas. Saúl Dressler se ofreció para socorrerlos, apuntó ciertos datos, dio un teléfono y nombres, enviaría dinero para adquirir la embarcación. Hombre, enseguida resolvería la situación, faltaba más, contestó. Tierno Mesurado observó cómo Saúl Dressler colocaba el auricular lentamente, hundió su cabeza entre las manos, y se tiró agotado en el canapé Chesterfield.

—No estás obligado a auxiliar a nadie más. Ya bastante has hecho por tu familia.

—Es mi familia. Debo admitirlo, no puedo dejarlos así, a la merced de la migra. ¡Mira, quién habla! —se burló Saúl Dressler—. No paras de enredarte en estos líos.

—Llevas razón, y ahora más que nunca, pero constituye un reto personal, además de que tú me lo has pedido. Mira —calzó sus zapatillas de cabritilla—, en lo que le cuentas a Iris Arco y a Oceanía de sus primos náufragos voy a verme con el Lince.

—No, no diré nada de esto a mi mujer. Para no sumarle preocupaciones. Por el contrario, debo avisar a Oceanía y a Amado Tuyo —aseguró el marido de Iris Arco.

—Antes de marcharme, siento comunicarte que Facho Berreao se nos ha escapado de nuevo, pero recurvará con órdenes precisas, a cumplir en esta misma semana. Hemos conseguido direcciones de los supuestos espías. Triunfaron en lo que se proponían, crear un conflicto aparatoso, cosa de mantener distraída a la gente. Lo han logrado con tu esposa, que ella se convirtiera en una especie de santa venerada es precisamente el conflicto; en medio de este barullo introducirán un virus terrible que acabará con la esperanza y con el prestigio de media población. La gente caerá como moscas, boronillados de pesimismo y de vergüenza. Si nos apresuramos, sucederá exactamente lo contrario, serán ellos los humillados ante una certidumbre que no podrán ocultar por más tiempo: la maldad y el engaño de La Secta.

Saúl Dressler apretó los labios hasta empalidecérselos. Veía a Iris Arco más fantasmagórica, menos mujer justamente, más inexistente. Apenas se movía los labios rígidos, inerte, los brazos cruzados encima del busto, pálida, casi translúcida; aunque la piel quemante. Alivia Martirio había desistido de visitar a su hija acompañada de los niños, imposible ante tan excesivo fogaje que desprendía el cuerpo de la infortunada: Pese a los atuendos de astronautas y a que habían aumentado la cantidad de hielo, bajado los grados Celsius a menos cincuenta, así y todo Iris Arco derretía cualquier objeto que se aproximaba a ella. La dilatación del ardor se filtraba a la ciudad, decenas de personas se desvanecían como pollos desnucados, víctimas de preinfartos en las calles, achicharrados por oleadas de vapor insoportable. Saúl Dressler parpadeó reprimiendo que se le aguaran los ojos, entonces despidió amablemente al detective; debía consultar algunos papeles para esa misma tarde, y darse a la tarea de rescatar a Ñeco y Mañungo. Tierno Mesurado cerró la puerta dejando detrás de sí a un hombre excesivamente abrumado.

En la entrada del edificio chocó con Neno. No había sido fácil trabar la información, pero un socio de los viejos tiempos le aseguraba de que Facho Berreao llegaría pasado mañana, esta vez con bultos de obras de arte robadas, con intenciones de venderlas; y lo que resultaba más complicado, con un tremendo cargamento de armas, órganos humanos y cocaína. Junto a ellos pasó el abogado amigo de Yocandra, chorreando sudor, sin enterarse todavía que ella se encontraba en Miami, el mismo que le había enviado aquella carta irracional donde insistía en que el destino de los cubanos dependía de la pelota que es redonda pero viene en caja cuadrada; despistado, chachareando con un vistoso actor de teatro; el abogado iba inmerso en uno de sus temas predilectos, un recuento de las mejores épocas del béisbol cubano:

—Wilfredo Sánchez, zurdo y jabao, un monstruazo que hay que decirle usted, el mejor primer bate. Armando Capiró, sin duda, un cuarto bate de alquilar palco. Eulogio Osorio, bateador zurdo y negro; un vola'o, y de los Industriales. Changa Mederos, zurdo, pítcher, blanco; fue estrella en los equipos donde jugó (Industriales y La Habana). Urbano González, segunda base, blanco y bateaba a la zurda; también jugó p'a La Habana e Industriales. Pedro Chávez, blanco y tremendo pelotero, jugó primera base. Manolo Hurtado, pítcher derecho y blanco; huesanga. Germán Aguilera, tercera base y negro, ¡mortalísimo! José Antonio Huelga, jabaón y pítcher estelar. Braudilio Vinent, negro como un teléfono Kellog, tremendo toletero, *pitcher* derecho y jugador de los *files*. Andrés Telémaco, tronco de fildeador del jardín central, mulatón y derecho. Lafitta, derecho, blanco, jugador de los *files* y un bateador de los que ya no se fabrican. El jabao Puente, tremendo *short stop* y bateador derecho. Son sólo algunos nombres, de los que me acuerdo, de peloteros que marcaron mis años de chamaco. Omar Linares vino años después. Okey, aserongo, no te entretengo más con la muela —se despidió el abogado—. Me voy a dar un salto por la Universal a ver si han editado un libro sobre Cayo Cruz que me interesa, titulado *El basurero de la historia*.

—Ñooo, debe de estar sopla'o, ¡con ese título! —comentó el actor—. Oye, salúdame a la andavia.

Neno sacudió por los hombros al detective, estaba ido; como de costumbre, pensó. Le comunicó que el padre Fontiglioni y los monjes elaboraban distintas estrategias. Sólo aguardaban sus instrucciones.

—Esperar. Sólo esperar.

—¡No podemos esperar más, Tierno, bróder! ¡La gente está que no aguanta más, se ahogan, locos con el infernal calor, la cabeza llena de marabú calcinado! ¡La misma Iris Arco está en una situación lamentable!

—Bien, empieza por calmarte. Estrategia número uno: dejarlos hacer, que se embarquen. Entonces les caeremos encima.

—Estás flipando, asere; bueno, tú mandas, es más, mira, se me fundió el móvil, en lo que consigo otro, bipéame si hay una urgencia, ¿okéy?

Neno meneó la cabeza disgustado, se refugió en la atmósfera invernal del auto y partió perdiéndose en la reverberación del mediodía.

En el apartamento de Indian Creek, la Gusana descansó la cabeza en el regazo de Yocandra, besó sus manos delgadas y marcadas de postillas purulentas.

Yocandra incrustaba la vista en el falso artesonado del techo, o en el cielo tachonado de estrellas, o más que nunca en el retroceso de la nada. El Lince había pegado su mejilla a la de ella. Escuchaban embebidos en la melodía de *La mer* y *Nocturnes* de Claude Debussy. Ella no entendía por qué aquellos dos seres acostados a ambos lados respiraban tan intenso, quiso empujarlos, expulsarlos de sus visiones, pero no tuvo fuerzas, y entonces hundió los dedos en la cicatriz del cuello. El Lince le apartó la mano.

Nina preguntó desde la cocina si le echaba el frasco entero de alcaparras al arroz con pollo. Entonces el Lince se apresuró a salvar el arroz con pollo de la debacle. Esta chiquita sabrá mucho de baile de vientre y de actuación, pero lo que es de arroz amarillo con lo que sea, está embarcada, comentó.

La actriz se aproximó a la cama y posó su penetrante mirada azul en las pupilas extraviadas de Yocandra. Ella sintió un flechazo índigo, una especie de mensaje, aún indescifrable. Pese a que el oleaje sonaba borroso, y los coros que simulaban el sabor de las ambrosías y la melodía de las sirenas la colmaban de una paz nunca antes barruntada. A la Gusana le dio ganas de reírse de lo que había dicho. Sin embargo se puso a lloriquear, últimamente cuando sentía impulsos de reír entonces lloraba, y a la inversa. Nina expresó una idea, ¿por qué no la llevamos a consultar a Iris Arco? ¿No hace milagros? Quién quita que va y la cura. Desvariaba. ¿Con lo rejodida que se sentía la pobre Iris Arco? Está en idéntica condición que Yocandra, o peor, porque ésta al menos recuperará la memoria, pero aquélla tendrá que hacer un milagro, y si no lo hace guindará el piojo. Se rumora que todos estiraremos la pata detrás de ella, terminaremos en parejos y alineados montoncitos de cenizas, agregó Nina.

Hacía un frío siberiano. A su alrededor todos se quejaban del calor asfixiante, pero Yocandra percibía lo contrario, ese frío fragmentado por capítulos, que le cortaba la cabeza en láminas muy finas.

El Lince fue a prender el televisor para ponerse al tanto de las informaciones y el aparato se incendió formando una hoguera del color de la puesta de sol. Yocandra sólo atinó a divisar el flechazo rojizo y dos letreros que pasaban constantemente: Ñeco. Mañungo. La Gusana se incorporó, debía regresar a trabajar en sus sembradíos de Homestead, y no creía que pudiera remediar demasiado el estar pegada a Yocandra como un moco. Vaciló encasquillada en un sentimiento de culpa por irse del lado de su amiga, prometió que regresaría al anochecer. Pegó sus ojos a los de la impasible Yocandra. Segundo flechazo, esta vez verde. La Gusana puso sus labios en la frente de la enferma cubierta de una capa granizada. Después se dirigió a la sala y allí abrazó al Lince. Volteó su rostro hacia la cama, Yocandra ni siquiera reaccionó, ningún detalle que indicara que reconocía a sus amigos. Nina la acompañó hasta la puerta. El arroz olía divino, pero el huerto necesitaba de sus cuidados, y llevaba varios días sin agua, estaría reseco; se reprochó, pues no era razonable la obsesión que se traía con aquel huerto. En lugar de pensar en otra cosa más importante. Por ejemplo, la exasperante canícula. ¡Con esta candela que está cayendo, como si estuviésemos con el culo achantado encima de un volcán! Pero su huerto constituía su obra mayor, no se imaginaba fuera de allí.

Nina la miró de reojo, temerosa de que estuviera resbalando hacia la demencia, ésta también.

Pidió a Nina que no la hiciera sentir culpable. Nina le frotó la mejilla con el dorso de la mano.

—Ve tranquila. La agricultura te reclama. Yo sí que no, el campo no se hizo para mí. Babay, china.

Tierno Mesurado entró en el elevador e intuyó que hacía pocos minutos acababa de bajar una mujer perfumada al jazmín ligado con violetas y vicaria blanca. Era mujer, de eso estaba seguro porque aún se podían apreciar marcados en la alfombra gris del suelo las huellas de sus altos y afilados tacones. Probable que sea la misma persona con la que casi se cruzó una tarde en los primeros días de su estancia en Miami. Al salir del ascensor en el piso once olió a comino, a bijol, a laurel, a arroz con pollo. Manipuló la llave en la cerradura, abrió la puerta y halló al Lince y a Nina asombrados de sorprender a Yocandra levitando hacia la cazuela en un silencio teatral, demudados, como si estuvieran en la Ópera Garnier, repleta de espectadores fanáticos de *La flauta mágica*.

—¡No digo yo, es que éste bota unos *rissottos* con pollos que levantan la pata de un muerto! —suspiró Nina.

Yocandra se sentó en la silla que le acomodó el Lince detrás de sus corvas, pero sólo se atrevió a aspirar el perfume que emanaba de la fuente, no probó bocado. Tierno Mesurado ocupó el asiento enfrente de ella; el detective apenas comió, absorto en el inanimado pero atractivo rostro de la mujer. Ella aceptó el vaso alto sudado de guarapo que el Lince le brindó, bebió unos sorbos, se saboreó recogiendo con la punta de la lengua la espuma almibarada. Aquel sabor lo tenía inscrito, tallado en el hipotálamo, henchido como un tatuaje fresco. Limpió además su boca con la servilleta de puntas tejidas, después se inclinó con serenidad y estampó un beso en la mejilla de su anfitrión.

—Ñeco y Mañungo —pronunció.

El detective interrumpió el tenedor con un platanito maduro pinchado en el trayecto del plato a su paladar.

—¿Los conoces? —indagó.

—Anjá —afirmó con un sonido onomatopéyico.

—Están a salvo. En México. Si Dios quiere, pronto vendrán hacia acá. —Miró a Nina y al Lince—. Son primos de Iris Arco y de Oceanía. Saúl está moviendo cielo y tierra para resolver traerlos.

—Ese marido de Iris Arco es una joyita —comentó Nina.

Yocandra sonrió tímida mientras paladeaba una cucharada de arroz. El Lince terminó el último bocado y fue a cambiar el disco, *Poème de l'amour et de la mer,* de Ernest Chausson. Un médico le había recomendado que permitiera que Yocandra escuchara sinfonías que le recordaran su pasaje traumático por el mar; en lugar de olvidar la tragedia debía asimilarla, así el camino a la recuperación sería menos escabroso e incoherente.

Nina recogió el resto de la vajilla y los cubiertos; mientras limpiaba de migajas el mantel, Yocandra le tomó la mano y se la llevó a la mejilla. Nina estaba caliente, y ella congelada.

—Lince, te lo digo, está muy, pero que muy fría. No, mentira. No te puedo contar lo fría que está —dijo entre dientes soportando aquel cachete apoyado en su tibieza como un trozo de nieve desprendido de un alud.

La mujer soltó su mano y se dirigió a la terraza, inició unos extraños paseos nerviosos de una punta a la otra encaramada en la balaustrada, en equilibrio como en una cuerda floja. El detective comprendió que el espacio le era insuficiente para continuar el camino que su mente disociada había iniciado en algún punto secreto de la ausencia. Conteniendo la respiración, entre los dos amigos consiguieron apearla, y sacarla de tan peligrosa situación, mientras Nina se tapaba los ojos vuelta a la pared. El Lince aceptó la proposición de que el detective la condujera a dar un rodeo por la playa, para que respirara en una zona despejada; y se relacionara de nuevo en armonía con el horizonte.

El corto tramo de asfalto entre el edificio y la capa de arena le resultó una distancia interminable, como si batallara con una tormenta en el desierto y sus pies se hundieran en chapapote derretido, en un lodazal insondable. El hombre percibió el esfuerzo y la halaba cuidadoso por la punta de sus dedos ateridos. Nina no se equivocaba, la temperatura de Yocandra se asemejaba a la de un témpano.

En la orilla de la playa ella vio aproximarse una ola descomunal que amenazaba con arrastrarlos y engullirlos en un remolino espumeante, pero de inmediato el hombre fabricó auxiliado por su poderosa imaginación un muro delgado aunque de firme azogue, y la cresta del oleaje rompió violentamente contra la barrera. Entonces avanzaron contorneando la pared transparente; el océano había crecido hasta el mismo borde, sin embargo era sabroso sentir que palpitaban a un milímetro del peligro; si el vidrio se resquebrajaba, el agua inundaría Miami Beach completa. A lo lejos ella divisó la locomotora mohosa y lo comentó con él. Es un espejismo, no cabía duda, no había remedio, dependía de los espejismos, pensó él. Es el tren. La locomotora que ella conducía en una de sus recientes ensoñaciones.

De súbito, Yocandra echó a correr, sus piernas marcaban la velocidad y el ritmo de pantera hambrienta; con el objetivo de cazar la sombra proyectada por el armatoste de la locomotora. El detective acudió detrás de ella. La locomotora se hallaba varada en un cayo, y el resto del tren se perdía en el agua, cual la cola interminable de un cocodrilo. Sentada en una de las viejas butacas del centro, aparentó creer esperanzada en que el vehículo se movería. Arrellanado en el puesto contiguo, él sacó un pañuelo blanco y enjugó la capa nevada en la sien de ella. Los labios femeninos balbucearon una pregunta. ¿De qué lado había naufragado? Del lado de Miami, susurró él en su oído, estás en Miami. ¿Es esto un tren de verdad? Si ella lo decía, si ella aseguraba que era un tren de verdad, pues con toda certeza lo sería. Limpió sus ojos con el dorso de ambas manos, el pulso restregando sus pómulos; llevaba tanto tiempo muda y aburrida. Él intuyó su soledad, admitió que también se sentía solitario y vacío, viviendo allá en Europa, donde quiera que estuviera; menos en Miami, donde tanta gente lo quería y lo entendía sin regodeos ni timos. Inclinó la cabeza y plantó un beso en los labios escarchados. Suave, acariciando con su lengua sin estropearle la piel, sin mordiscos bestiales. Cariñoso. ¿Cuánto tiempo hacía que un tipo no se comportaba civilizadamente con ella? Desde los tiempos del Nihilista. ¿No correspondería él a una de las múltiples visitaciones de Gnossis, el Nihilista? Amasó sus senos, y delicado los recorrió con sus labios, y ahí se detuvo. No lo harían en el tren, no; él prefería la orilla de la playa, o en un mullido colchón. Se sentían demasiado cansados ambos para aceptar maltratos también en los sueños. Bastaba ya de incomodidades y de improvisaciones. Mejor se consentían, buscarían la armonía para saborear mimos y jadeos en la confortabilidad de una habitación limpia y decorosa.

Pero sin gran habilidad, sin pensarlo dos veces, pusieron la sábana en la arena. Accidental, ella exclamó de triunfo y su punta la iluminó por dentro. Advirtió que como cualquier muñeca de porcelana podía rajarse mañana, trabársele la cuerda y conectar la soga de la ahorcada. No bromees, no seas injusta, reprobó. Aunque no todo sucedió de pronto, al rato ella sintió presagiosas ganas de tararear *tú me acostumbraste, a todas esas cosas...* Sin embargo, asustada ante la caricia de su mano cuidada de detective se contuvo, esperaba un latigazo. Tú nunca dejarás de criticar mis disparates cultos, se burló confundiéndolo con aquél. Además, estoy convencida de que el amor del uno para el otro son sólo orgasmos de celuloide, nada más ocurren en el cine, y no soy de las que pone la vida encima de la coqueta. Entre eso y fingir, soplaría sobre tu pinga un pétalo de rosa, mientras conduces el auto hacia lo efímero. ¿No existe una palabra menos vulgar para denominar mi pene? ¿Qué opinas de pirinola? Demasiado culta. *Móntate en la gurupela, de este animal desangrado, que te huele y que te come todo tu olor sagrado,* escucharon a lo lejos que alguien cantaba. Me gustan tus ancas de yegua. Es raro, dijo, hasta ayer me creía extraordinaria, y hoy supe que soy gravemente bella. Ya sé, no lo repitas, insistió confundiéndolo por segunda vez con el Nihilista, tu concepto de hermosura es oponente al mío. Esa equivocación es la base principal de nuestro extinguidor de sueños. ¿Podré resistirlo si en pleno esplendor nos separamos? Ya estoy con lo mismo, ya vuelvo con las maniáticas consideraciones de hembra, las de provocar la hecatombe en lo más alto del vuelo. Te prevengo, no quiero prometer que besaré tu pecho a la mitad del camino, porque los tiros al blanco estrujan toda eternidad. Y la pedrada no deberá ser ni temprana ni tardía. Y, por favor, que no haya descalabros en tus excesos masculinos. Es sólo el día de hoy. ¡Y tantos argumentos a favor de nuestro fuego! Yo había perdido la capacidad de apasionarme. Apreció la disponibilidad de sonreír juntos. Enamorarse y lamentarlo es un lujo del porvenir, un mínimo arte de salón. Despidámonos exclusivamente para el regreso. Fíjate, no exagero, no me acumulo en penas, aunque tampoco me dosifico. Por primera vez aspiro a ser linda y exacta, no digamos ya irresistible. Pero sólo por hoy, no te apures.

El océano había recobrado su nivel, y Yocandra se atrevió en mojarse hasta las rodillas.

—¡Mira, ya le perdí el miedo al mar! —voceó recogiéndose el vestido guarapeado de florecillas marronas para evitar las salpicaduras de los juegos del agua.

Corrió hacia aquel hombre, o fantasma, o visitante, y refugió su rostro en el hueco de en medio de su pecho. Enseguida elevó la barbilla y casi alegre contó:

—Anoche soñé que a un hombre lo perseguían bombines, ese tipo de sombreros antiguos, ¿sabes? ¿No es raro? ¿Qué clase de mensaje traerá ese sueño? —Aferrada a su mano prosiguió—: Vamos, ven, quiero andar por la ciudad. Ansío conocer por fin un lugar donde los buenos días quieran decir sencillamente buenos días.

La habitación del hotel olía a limpio, los espacios estaban cómodamente repartidos, y la cubrecama terminaba en un festón rematado en encaje blanco, similar al de los almohadones. Las pinturas abstractas demostraban la calidad del buen gusto, y no la banalidad de colgar un cuadro gracioso e ininteligible en la mampostería con el afán de subir los precios a los huéspedes. La pared veteada en un color mamey intenso evocaba callejuelas venecianas. Allí, Tierno Mesurado y Yocandra se besaron dulces y durables, extendiéndose a las caricias. Los dedos masculinos recorrían la carne de la mujer demorándose, por su parte ella dibujaba los músculos de sus omóplatos con las uñas. Hicieron el amor sin apuros, prodigándose besos como bálsamos, regalándose susurros que apaciguaban la inquietud del alma, ensartados uno en otro concebían olores telúricos, paradisíacos, como sólo se les puede antojar a los recién enamorados a un pelo de la despedida fatal.

Sin embargo, al rato ella se irguió arrodillada encima del colchón, asomada al espejo de enfrente no distinguió a nadie más que sí misma. Solitaria en la habitación con el ombligo abierto y en forma de orquídea. Allí la habían conducido el Lince y la Gusana, Nina los acompañaba, era lo último que recordaba luego de haber devorado un plato de suculento arroz con pollo. El Lince le había aconsejado que durmiera lo más que pudiera, que descansara las horas, o los días que deseara, así recopilaría energías. En el espejo no hubo más rostro que el suyo, en fin de cuentas la única que había demostrado ser realmente tierna y mesurada hasta el último minuto había sido ella, y ninguno más. ¿Por qué tanto invento con un amante inexistente? Un hombre imaginario, destinado lentamente. Cuando llegue, ¿estaré vieja y aburrida? Se preguntó de nuevo con la mirada empañada.

Hundió el dedo en el botón junto a la lucecita parpadeante. La Gusana había dejado dos mensajes en el contestador. El Lince también pedía que lo llamara en cuanto se despertara, si se sentía con ganas de hablar. Nina se ofrecía para lo que ella pudiera solucionar, cualquier contratiempo, servirle de guía para donde fuera, en fin, lo más mínimo que se presentara. Ñeco y Mañungo también habían telefoneado. Se hallaban a salvo, en México. Saúl Dressler, el marido de una prima suya les enviaría a un amigo que resolvería su inminente traslado a la Yuma. Nerviosos, insistían en averiguar qué había ocurrido con ella, ¿por qué se le había derramado la mente al abismo? ¿Era cierto que Facho Berreao había abusado de ella?

El airado Facho Berreao no sólo le había cruzado el rostro con un gaznatón lanzándola al mar, además tiraba a los niños y a la familias a las fauces de los tiburones. Inició el tétrico banquete con las criaturas, los agarraba por los puños y los tobillos y los echaba como piedras al fondo, vociferando que cumplía órdenes del Gran Fatídico, DoblevedoblevedoblevepuntoHombreProfundamenteBestiapuntoCom, el Tenebroso Poder de La Secta. Ella no olvidaría jamás el desgarramiento en los rostros de aquellos padres y parientes que se zambullían detrás para intentar salvar a los inocentes; enseguida les tocó a los demás, a golpe de manguerazos, Facho Berreao y los suyos los fueron tumbando por montones. Al rato de presenciar aquella matanza y de agitar angustiosamente sus piernas acalambradas, a punto de hundirse, divisó a Facho Berreao darse a la fuga en un catamarán propulsado a motor, en dirección a las costas miamenses. Ella se salvó en tablitas, nunca una frase del argot había sido más exacta, a último minuto se agarró a un cacho de palo flotante. ¡Un puro milagro que estuviese viva! Aún le costaba trabajo abrir y cerrar las manos, inmovilizadas a causa de la congelación le traqueaban los huesos y las articulaciones se le inflamaban artríticas.

La mirada hundida y blanca como su mente la instigó a abrir la ventana de par en par, deseaba contemplar la noche. Una oleada de látigo fogoso abofeteó su cara, ardieron sus mejillas arreboladas, y el cuerpo dilatado protestó en una contracción espasmódica muy aguda. Sin embargo el corazón tiritaba, paralizado en su costra cristalina, fragmentado en trozos toscos de hielo macizo. Así cayó de bruces babeando el suelo de madera pulida.

«Cuando la furia de los Placatanes impera sobre la faz de la tierra, los Cromañones...»

TRECEAVO *INNING*

DIURNOS MALABARES

El amor por Clasiquita Querella Rubirosa terminó por dominar al rencor en el corazón derrengado de Cirilo, el ángel amazónico. Aquella mañana, Cirilo había acudido desangelado a la pagoda de vidrio y metal, con las alas abatidas de la tristeza que le causaba haberse enamorado de una mujer que había planeado traicionar a la criatura de su cuidado, o sea, a Iris Arco. Sumido en la melancolía que le culpabilizaba y le hacía sentirse un cobarde cómplice por el simple acontecimiento de amar a quien no debía. Travestido en paloma blanca se acurrucó en la cada vez más abundante y hermosa cabellera de Iris Arco. Mostrándole su devoción con delicados picotazos en el cráneo. Del otro lado de la vitrina molotes de gente, en esta ocasión mejor organizada, en filas laterales, rezaban con las manos juntas, elevadas a la «santísima», portando crucifijos y rosarios de nácar, de perlas, o de frijoles, y semillas.

Cirilo musitó un perdón avergonzado en el oído de la joven. Iris Arco se estremeció; reposaba en una cama cubierta de pétalos de rosas, su piel resplandecía del color del mármol blanco, entreabiertos los ojos verdes empañados de lágrimas chispeantes, la boca ligeramente húmeda —aunque roja como una cereza— gracias al sistema de humidificación recién instalado. El pelo le había crecido de tal modo que entre Alivia Martirio, Apasionada Mía, Amotinada Albricias Lévy, Oceanía —recién curada— y su padre, que desistió de la computadora con tal de atender a su hija mayor, pasaban el día y la noche entretejiendo los cabellos de Iris Arco en el cuarto contiguo, donde se amontonaban a diario pilas de trenzas provenientes del cuero cabelludo de la infeliz. Y mientras más se lo cortaban más ganaba en grosor y en longitud. Cirilo pidió sinceramente disculpas una segunda vez, por no haber sido más enérgico, y por despreocuparse, aunque en realidad siempre había estado muy pendiente de su Madona, de su Reinona, así llamaba a Iris Arco. Además le contó en voz baja, esperanzado de que ella pudiera escucharlo, de su profundo amor por Clasiquita, quien también le correspondía con toneladas de cariño. Iris Arco parpadeó, en su boca se esbozó una sonrisa que podía confundirse con una mueca desastrosa, pues su debilidad le truncaba cualquier gesto alegre.

—No, Cirilo, ángel mío, no eres tú quien debe ser perdonado. Es ella, y no por mí, por sus padres. Yo siempre quise ayudarla y ya la disculpé. No debemos conjeturar un rollo más a partir de esa insignificancia, ¿quién no ha sido frívolo por una vez? —suspiró en pausas consecutivas.

El ángel retornó a su figura original y batiendo las alas refrescó a la joven, depositó un beso fraternal en sus labios. Curioso, tuvo la sensación de que la temperatura había disminuido en la carne de Iris Arco. Y eufórico voló a avisar a Saúl Dressler de este detalle, después buscaría a Clasiquita para comunicarle que Iris Arco no le guardaba rencor.

En la oficina de Saúl Dressler conversaban éste, Clasiquita y Ufano Querella. Sí, su padre estaría muy honrado de cooperar con él, afirmó la joven. Y Ufano Querella interrumpió argumentando que él podría interceptar a los mellizos en el Estrecho de la Muerte, si salían de las costas de Cancún. A la pregunta de por qué no cruzaban el río, menos riesgoso que el mar, aunque igual podía resultar mortal, el señor Dressler contestó que ya había quemado todos sus contactos por aquella zona, y que resultaba demasiado complejo preparar un cruce de la frontera vía terrestre, contaban con poco tiempo para organizar el itinerario. Oceanía, apartada del grupo, fingía distracción mientras contemplaba el paisaje de espléndidos edificios bancarios, fulminantes en sus armaduras plateadas.

El ángel esperó a que terminaran de planear el rescate por mar de Ñeco y Mañungo que llevaría a cabo Ufano Querella. Aprovechó para hablar con su novia en el momento en que Clasiquita se ausentó para echar una ojeada a los niños que jugaban en el cubículo de al lado con pegatinas y potes de acuarela. Sintió una caricia que humedeció su cuello, advirtió los labios del amante, al punto la inundó un bienestar, flotaba, y era mecida en un tapiz de damasco, llevada hacia un cojín inmenso aún más mullido, de algodón, o de plumas de ganso. Allí depositó a la muchacha, embelesada con la esencia oriental que emanaba del torso masculino, y la besó nuevamente, esta vez en la boca, el sabor de su saliva se concentró en sus sentidos. Le habló como un caballero, de lo más decentico, pensó ella, era la primera vez que la trataban así, sus alas despedían efluvios como a pasteles de hojaldre acabados de hornear. Cirilo le pidió que se hiciera perdonar por su padre lo más pronto posible, que acabara de explicarle los suplicios inflingidos por el infame Adefesio Mondongo. De su parte, Iris Arco le enviaba un mensaje amistoso, pero era cierto que Clasiquita estaba en deuda con Ufano Querella y con Milagros Rubirosa.

La nana enredó los dedos crispados en la punta de una cortina de gasa opalina, frunció el ceño, se pellizcó el labio inferior. Una oleada de vaho candente penetró de pronto en el salón emborrachándolos de un sopor hipnotizante. No, respondió parando en seco a Cirilo, ella no podía hablar de esos temas con Ufano Querella precisamente ahí; tendría que dejarlo para después del salvamento, una vez que su padre hubiese rescatado a Ñeco y Mañungo. Cirilo se empingó, porque los ángeles también se empingan cuando se les contradice muy a menudo, entonces se marchó atravesando la ventana, donde abrió un agujero perfecto en el vitral, afanoso por licuarse en el frenesí de la calle.

Ufano Querella le tomó la mano temblorosa. Se despidió como era habitual en él, melodramático, si acaso le sucedía lo peor ya ella sabía lo que debería hacer; con los ahorros que tenía en el banco y la venta de la bodega debería comprar un apartamento a su madre en Coral Gables... Ella selló sus labios con la punta de los dedos, el pulso le latía como un rehilete, no pasaría nada. El padre se excusó, previno que antes se daría un salto por el Asilo, o más tarde por la factoría, a explicar su nueva misión a Milagros Rubirosa. Clasiquita aconsejó que no lo hiciera, mejor evitar que su madre se asustara sin motivos reales todavía. Él asintió de mala gana.

Su hija dio la espalda y se dedicó a arreglar el reguero armado por los niños; les devolvería a la casa pues aún no habían almorzado.

Frente al elevador, Ufano Querella tuvo otro mal presagio, nada del otro jueves, él vivía azotado por las corazonadas, buenas, malas y regulares. Oceanía se paró detrás de él, descansó su mano en el hombro en gesto afectuoso, él giró y ella se le colgó al cuello, entonces susurró un secreto que nadie debería saber. Su padre y ella le acompañarían. Él se negó al principio, pero ella fijó los ojos llorosos en los suyos, y entonces aceptó que Oceanía y su padre subieran más tarde en la avioneta.

En uno de esos centros comerciales, laberintos del gastar más conocidos como Mall, Falso Universo iba de portal en portal entretenida en adquirir los productos que cuanta publicidad predicaba la televisión: desde un enjuague bucal hasta un discreto aunque picante desodorante vaginal, curitas teñidas con mercurocromo para aliviar el suplicio de los callos, tinte de Boréal, *porque ella lo valía bien* —sin embargo, era una fan de los champús Mirta De Perales—, galletas para aflojar el bolo intestinal, echarpes de cachemira, un abrigo de piel de zorro para la ocasión en que visitara a sus colegas, las brujas europeas, soanclerinas de seda de todos los colores habidos y por haber —aunque ella no usaba otro color que el negro—, esta vez se decidió a combinar con los tonos de la lana o del lino, en dependencia de las estaciones, porque hasta en el verano más recalcitrante usaba panty medias, peinetas altas de carey para añadir a la coba de flamenca mala leche que se había ella misma diseñado y cosido últimamente, capas de D'Artagnan y de toreros, según la ocasión podía disfrazarse de mosquetera o de matadora. FU gastaba y gastaba; derrochar dinero era lo que más adoraba; aunque su mínima cuota de celebridad había alcanzado relevancia entre otras canalladas por su tacañería, a ella lo que le encantaba era echárselo todo encima. Lucir, especular, cegar con las lentejuelas del lujo, que no son en nada las suntuosidades de la elegancia. Falso Universo campeaba por sus respetos en las *boutiques* de moda, comprando a diestra y siniestra, pero en cuanto una empleada se despreocupaba robaba lo que podía; ella era manigüetera nata, cleptómana de alquilar palco, allí donde metía la mano se llevaba un puñado de cualquier cantidad de lo que fuera, ya sea de piedras preciosas, o de alfileres, como cagarrutas de chivo. Con tal de hacer el daño.

Trastabilló cargada de paquetes, entonces decidió ir a guardarlos en el cofre del auto; así lo hizo, tiró el capó y se aseguró de que quedaba bien cerrado, no fuera a ser que ladrones más expertos que ella le dieran con manigüiti un peo al duro y sin guante. Se dispuso a internarse de nuevo en el centro comercial cuando divisó a Nauseabunda Latorta en compañía de tres patéticas brujas arrepentidas, oriundas de Salem. Le costó trabajo reconocer a su subordinada, lo logró gracias a la cicatriz de un tijeretazo que ella le había propinado en el entrecejo durante su última bronca, donde había deseado explotarle un ojo; del hueco abierto en la frente causado por su pésima puntería había surgido un tarro de unicornio; pero Nauseabunda Latorta simulaba ahora ser una chiquilla fina, cerquillo diferente, vientre plano de estreno, envuelta en celofán, delgadísima, la piel pulcra y mate, esbelta encaramada en unas puyas Manolo Blahnik, entisada en el escotado modelito verde Versace con el que Jennifer López dio el escandalazo. A ver, reflexionó al vuelo la FU, me cogió la delantera esta torta caníbal y envidiosa, no hace ni cuarenta y ocho horas que había dejado de ver a Nauseabunda Latorta hecha una bola de sebo, y no a la manera de Guy de Maupassant, por cierto. Corrió detrás de ella, y ante el asombro de las ex brujas sindicalistas de Salem, tiró del brazo a la gorda que en ese instante era flaca, devenida en el increíble espacio de tiempo de menos de un día y medio.

—¿Eres tú? No es posible que seas tú, tan deforme, chea y cochina que te dejé hace pocas horas —preguntó indignada la FU.

—Pues sí, la misma que viste y calza. Nauseabunda Latorta en carne y hueso, mi hijita. Es probable que no hayas abierto el correo de esta mañana, te puse en negro sobre blanco mi dimisión. Hasta la sobaquera de trabajar para ti, arpía. Voy a ser más malísima que tú, mil veces más eficaz que tú en este negocio de maleficios y traspiés, y con oficina propia. Quien me conoció no podrá ubicarme. En menos de veinticuatro horas seguí un régimen ñángara, y mírame lo que he adelgazado, ¡envidiosa! Y eso no es nada, deja que me ponga para la infamia con las bases llenas.

No podía concebir que alguien deviniera más despreciable que ella, y menos que ese alguien se llamara Nauseabunda Latorta, la insignificante raspiñanga que ahora se confesaba comuñanga. Pero poco duraría el nuevo proyecto de intoxicación de la infortunada. Después de aquel encuentro en el centro comercial, la flaca que antes fue gorda sobreviviría setenta y ocho horas solamente, sucumbiría de una obstrucción intestinal; eso tienen los regímenes ñángaras, aspiran la materia gris del cerebro y vierten en el molde tanquetas de excrementos, luego continúan en el proceso de absorbencia y chupan el resto de lo poco que queda, dejando a sus víctimas en el casco y la mala idea, hasta hacerlas invisibles por completo, ni rastro de ellas, ni un polvillo, ni un humillo, ni una sola prueba que sirva de testimonio. Cero.

—Te deseo lo mejor, mucha fama y salud. Ambas cosas obtendrás. —Con este vaticinio Falso Universo firmó la defunción de Nauseabunda Latorta, era suficiente que soplara esta predicción de sus oscurantísimos labios, nada más cabía esperar que sucediera lo contrario, así sucedió. —Te lo juro de verdad, te ves muy linda —dijo la FU a modo de despedida. —Virando la espalda rechinó entre dientes—: ¡Refeísima y apestosísima a *camembert* rancio, yo diría un escarabajo con nariz de garfio!

Azuzada por la duda, voceó en dirección de Nauseabunda Latorta desde la escalera mecánica que ascendía hacia otro piso atiborrado de tiendas:

—¡Eh!, ¿qué te hizo evolucionar de manera tan drástica respecto a mí?

—¡Me injerté una perilla, cariño, o sea un clítoris, y tengo que darle uso porque si no se me atrofia! ¡No iba a estar esperando a que tú te cansaras de babosearte con Facho Berreao, mi cielo, qué va, de eso nada, monada! ¡Y para hijaeputa yo! O sea que... —La escalera automática le cortó la cabeza, mejor dicho, la visión de su cabeza.

Horas más tarde Nauseabunda Latorta expiró aspirando éxtasis en el cuenco de una inmadura papaya.

Hurgó en lo profundo de su bolsa de cuero negro y pescó el móvil, llamó a Envidio A'Grio con la esperanza de que la consolara, la aplacara jalándole la leva diciéndole que aquella frustración recién vivida no era cierta, que sólo se trataba de una broma mediocre de la cretina de su cómplice. La voz grabada en el contestador del muchacho se dirigía a ella directamente:

—Revulsiva Falso Universo, ha sido un imborrable asco colaborar contigo. Me marcho bien lejos, a formar parte de una hermandad en un distante e intrincado poblado italiano. Aclaro, las sotanas han sido diseñadas por Armani. Sí, me volví religioso; budista, y comunitario europeo, que está muy en los cánones de la última moda; total, la religión será igual a la de todas partes, con lo cual poseo sobrada experiencia. Quiero que sepas que no siento ningún tipo de remordimiento al dejarte en la calle y sin llavín, como quien dice. Sí, mi corazón, porque analiza con lo lista que eres, ¿quién te proporcionará las estrategias para acabar a golpe de envidia y pellizcos de odio contra le gente, quién se arriesgará en los laboratorios robando los venenos que no dejan rastro, quién organizará los proyectos de los distintos tipos de avaricias con los que hay que desafiar el porvenir? ¿A quién confiarás tus rutinarias depresiones, producto de tus continuas frustraciones sexuales? ¿Quién te servirá de bastón en tus largas horas de abrumadora soledad? Me harté de ser el cote que contenga tus hemorragias uterinas. Adiós, miserable embajadora del infierno. ¿Es mucho pedir que taches mi nombre de tu agenda lo más pronto posible? Ciao, bella. *Bella, ciao, bella ciao, bella ciao, ciao, ciao* —canturreó doblado de luciferina carcajada.

Todos la traicionaban, pensó moqueando, entonces decidió ir a La Paquetera a zamparse un aporreado de puerco con tamal en cazuela, y beberse unas cuantas cervezas que llevaban el nombre del maldito indio quemado, Hatuey, se animó. Cambió de idea, pues en una de sus visitas Facho Berreao le había prohibido que comiera en ese antro de mafiosos.

—¿Qué mafiosos de qué, Facho Berreao, si ahí solo reservan vistosas señoras de peinados batidos y enlacados, reguindadas del brazo de generales y doctores enguayaberados calzando zapatos a dos tonos, o abogadas y abogados de posteriores generaciones, periodistas de *El Nuevo Mundito*, camioneros por la democracia, plantados por la libertad, sin olvidar las viudas y las ex presas políticas, los perseguidos religiosos y sexuales; ah, y también mucha picuencia literaria y tracatana de Cayo Cruz, de paso por Miami, quienes se indultan aquí de la hambruna de allá, destripando a dentelladas lechoncitos asados mientras citan fragmentos de *La luna y la fogata* de Cesare Pavese?

Pero Facho Berreao insistía al borde del ataque epiléptico que toda esa gentuza eran pura mafia.

—¿Y tú qué carajo eres, si se puede saber? —le había espetado ella a boca de jarro.

Ahí le calcó el primer bofetón, que fue un preámbulo de lo que él pronosticó sería su fin, desnucarla. Esfuerzo sangriento y varios pomos de purgante le costó expulsar los molares que se le clavaron en el intestino con el impulso del galletazo. La FU se aconsejó y optó por devorar una medianoche y beber un guarapo en una cafetería de parados. En lo que masticaba se sintió observada, oteó en todas direcciones para desenmascarar a su perseguidor. Al fin descubrió a Adefesio Mondongo, tan chambón, se dirigía hacia ella montado en una de esas carriolas platinadas de moda, el asfalto trinaba de resolana y las desgastadas ruedas chisporroteaban. Escoltado por la Maraca Terrorista y la Quimera Empanizada pirueteando también subidos a sendas carriolas.

—¿Qué traman ustedes por aquí? ¿No vendrán a informarme que me la dejan en los callos igual que los demás? —FU colocó los brazos en jarra y se paró con las piernas encarranchadas, la luz incandescente refulgió a través de las anchas mangas de seda negra y de la falda de idéntico tejido.

—La Maraca Terrorista acaba de colocar un explosivo en La Paquetera, sólo para amedrentar, y como estaba almorzando una cantante famosa de la otra orilla le podremos echar la culpa a los de aquí —respondió Adefesio Mondongo macabramente divertido.

Los que le secundaban rieron como hienas mostrando los dientes afilados en picos disparejos.

—No le veo la gracia, por nada voy a almorzar hace un momento allí, ¿no se dan cuenta del riesgo que hubiera podido correr?

Los tres hombres movieron la cabeza en señal negativa, encogiéndose de hombros y dando a entender que les daba igual que ella explotara como un preservativo con sabor a limonada.

—Acabo de comunicarme con Facho Berreao. El Gran Fatídico, DoblevedoblevedoblevepuntoHombreProfundamenteBestiapuntoCom se halla muy grave. Padece esa enfermedad que no quiero mencionar su nombre por superstición.

—Cáncer —soltó La Quimera Empanizada, por lo que se granjeó un yiti de Adefesio Mondongo.

—En la próstata, en la garganta, en los pulmones; está minado. Se partirá de un momento a otro. Mañana por la noche debemos eliminar a Iris Arco, antes de que ocurra lo peor. Matarla a ella sería un sacrificio importante que alargaría la vida de La Maruga Quisquillosa, es como único podríamos salvar La Secta de su disolución repentina —ordenó Adefesio Mondongo.

—A mí tú no me mandas, esperaré a que sea Facho Berreao quien me contacte y me diga lo que tengo que hacer —protestó la FU.

—Mira, tú, sosa, que sudas meados de ostras, pórtate tranquilita, ¿me copias? Facho está más berreao contigo que con el coño de la madre que le puso el apellido que lleva. Se ha enterado de que tus colaboradores te la dejaron en la uña. Así que asumes sola el ataque a la ermita de Iris Arco, o la Maruga Tenebrosa te desconchinfla los huesos de un escupitajo. Yo y los míos —señaló a los facinerosos junto a él— nos ocuparemos de liquidar al ángel Cirilo y a la puta Clasiquita; entre otros pormenores, como el secuestro de Saúl Dressler y sus malcriados monstruos de hijos. Sólo tienes que colarte en el recinto, apuñalar o ametrallar a Iris Arco, lo que más placer disfrutas, luego haces desaparecer el templo de un bombazo.

—¿Y los inocentes que se hallen alrededor?

—¿Y cuándo cabilla te han importado a ti los inocentes? ¿No es acaso la propia Iris Arco una estúpida inocentona muy creída de santurrona? ¿O es que estamos a punto de presenciar un milagro y te volverás piadosa de la noche a la mañana?

A Adefesio Mondongo le picó el cogote sintiéndose clavado por numerosos pares de ojos insolentes. De súbito empezó a caer una boronilla del restallante cielo, puñaditos de cenizas, esquirlas de crepitantes trocillos de carbón. El italiano se restregó las pestañas, aclarando las pupilas con saliva; no podía ser cierto, hacia ellos se aproximaba alrededor de una veintena de sacerdotes encabezados por el padre Fontiglioni. Las sotanas bamboleándose en ralentí provocaron alborozo entre los transeúntes. ¿Quiénes eran, a qué venían? ¿Había empezado ya el carnaval? Enseriado, Adefesio Mondongo propuso a Falso Universo una cita para más tarde. Opinó que se escondiera lo más rápido que pudiera. Perderse entre los compradores del centro comercial. Falso Universo obedeció y con paso más que apresurado, casi corriendo, entró a toda prisa en el Mall. Adefesio Mondongo no pudo evitar a los esotéricos alquimistas y budistas, se vió en la precisa de hacer frente al patato Fontiglioni, mientras La Maraca Terrorista y La Quimera Empanizada se fugaban en un *jeep* montañero parqueado a poca distancia de allí.

—¡Hola, lo menos que pensaba era tropezarme con ustedes nada más y nada menos que aquí! —exclamó el fotógrafo en alarde amistoso.

—Pues, yo sí presuponía que nuestras vidas se cruzarían algún día. Te dije que cobraría lo que nos debes así tuviera que localizarte en el infierno. Sé que vives en Cayo Cruz, o sea en Aquella Isla. Pero ya que me has facilitado el camino viniendo a Miami, aquí estamos.

Palideció, la deuda era consistente y remontaba a mucho antes de haber conocido a Iris Arco. De cuando se había retirado con los alquimistas y budistas bajo el pretexto de que anhelaba convertirse en uno de ellos; en verdad preparaba un reportaje fotográfico sobre la cofradía y la búsqueda de la piedra filosofal. Al cabo de varios meses de ser vestido, alimentado, mantenido y tratado como un sacerdote más, sacó en cuenta de que aquella gente sólo se dedicaba al estudio, a la lectura, a la pintura, a la escultura, a la investigación de metales y sus aleaciones, un aburrimiento que no llamaría la atención de un solo lector ávido de chismorreos: nada repudiante que pudiera escandalizar al ser publicado en papel cuché; entonces ideó trucar escenas, inventar orgías, hacer de las suyas retratando aquí y allá. Así fue como escapó de la abadía con un paco de fotos mostrando a budistas y alquimistas desnudos restregándose unos a otros en el baño, relajados y divertidos; y no mucho más. Como intuyó que ninguna revista del corazón le remuneraría bastante por aquel desparpajo montado, aprovechó y se robó los ahorros de los monjes, dejándolos con una mano delante y una detrás como quien dice, en la prángana total.

—No sé de qué me habla, don Fontiglioni, digo, entonces, bueno —titubeó—. Si se trata de aquel dinerito que tomé prestado, sepa que la putica ladillosa aquella que llevé de Cayo Cruz hacia Milán me desbancó. Todo se lo entregué a esa desvergonzada...

—Cacho de cabrón, sé perfectamente lo que hiciste con Iris Arco, explotarla y calumniarla. Me devolverás el dinero más temprano que tarde. Sé lo que estás tramando aquí, colaborando con espías, sembrando la desconfianza y ofuscando a la gente. Eso te costará caro, muy caro.

Una nube destapó el sol y los rayos cegaron al especulador; achicó aún más los ojos, pestañeó, volvió a abrirlos: no había nadie frente a él. Como si hubiera vivido despierto una pesadilla. Oteó los alrededores, el garaje estaba vacío, ni un samaritano; ¿serán las píldoras para la depresión, el Prozac, el Xanax, entre otras drogas más consistentes, que acabarían por arrebatarlo en una demencia brutal y fulminante? Se halló solo, ni un alma a su alrededor, y su piel se ampollaba a causa del exuberante calor, dobló en dos la carriola. Buscó su auto, abriéndolo desde lejos con el telecomando, se internó como un bólido en el aire acondicionado, y luego de dar vuelta a la llave de arranque, pisó el acelerador, chirriando gomas.

La cafetería estaba abarrotada de impacientes consumidores, bambolleras cargados de paquetes cuyos logotipos de marcas conocidas restregaban en las jetas de los demás para sentirse envidiados. ¡Qué cantidad de plata hay en Miami, caballero! ¡Mira que la gente compra! Empezando por ella, se dijo Falso Universo mientras saboreaba un batido de guanábana y recordaba que su primera salida en Miami luego de haberse exiliado había sido a un Mall, lo que más encantaba a sus primas eran los *moles*. Cuando sus sobrinos sacaban buenas notas y se portaban correctamente en la escuela sus madres los premiaban con paseos por los *moles,* también ésas eran las invariables salidas dominicales. A través de la ventana refulgía la incandescencia del maldito verano. Qué no daría ella por una refrescante llovizna, por esa razón tenía que exterminar a Iris Arco y a toda su descendencia, para que Miami no fuera reducida a humo, y no estallaran ellos también en el acabose calenturiento. Aunque Facho Berreao le había prometido el regreso por todo lo alto a la isla, un gran homenaje, hasta una condecoración que llevaría su nombre, y que sería dada al más destacado en la incultura y en la producción haraganera, artista advenedizo y obrero vago. Aunque no podía existir nadie mejor que ella, no lo permitiría. Facho Berreao quería destruir Miami a bombazos, y ella no apreciaba esa barbaridad. No estaba de acuerdo con semejante estupidez. Castigarlos sí, incluso liquidar a Iris Arco, la muchacha más bella del mundo. No, la más bella tenía que ser forzosamente ella. Pero jamás desintegrar Miami, su parentela también vivía allí; la furia extremista de su amante Facho Berreao la aterraba.

La dependienta de la cafetería se irguió en puntas de pie y puso en marcha el televisor que reinaba en lo alto de un estante. La imagen de Selena, la cantante tejana, osciló en la pantalla; se conmemoraba un aniversario de su muerte. Otra que se creía que era coquito rallado con mortadela, suspiró Falso Universo envidiosa, sin reprimir el desprecio. Después de la noticia referente a Selena, el comentarista meteorológico precisó que repasarían diferentes sitios del planeta, en Europa nevaba, en New York nevaba, en Sudamérica la brisa acariciaba los rostros suaves de los veraneantes, el mar bañaba las orillas en oleajes donde los bañistas refocilaban sus cuerpos grasientos para gozar de la cálida temperatura. En Galicia caía esa llovizna imperceptible...

—Orballo. —Antes de halar la silla de la mesa de al lado el hombre pidió permiso con un gesto caballeroso.

Ella consintió bajando la guardia. Cerrada en negro parecía un personaje salido de Bernarda Alba, y esas ojeras verdosas acentuadas con kohl le sentaban fatal, una pinta de vampiresa siciliana, o de aura tiñosa que le hacía resurgir toda su no muy oculta perversidad. Él no pudo impedir un ligero temblor aprehensivo cuando Falso Universo le clavó los aros amarillos de sus lentes de contacto.

—Le decía que esa llovizna por la que tanta nostalgia usted siente, en Galicia, se llama orballo.

—Es una palabra ridícula y feísima —respondió sin molestarse en disimular su odio.

—Para mí es una de las más poéticas, or-ba-llo, ¡es maravillosa! Es llovizna con melancolía, con *saudade*, parece también el nombre de un animal gótico, de un misterio celta. Es palabra gallega.

—¿Y a mí qué carajo me importa? ¿Con quién tengo el gusto de hablar, si se puede saber? —rezongó disfrazando el goce de la seducción emanada de la presencia del visitante.

—Tierno Mesurado, para servirle.

Ella tendió su mano huesuda y de vetas violáceas, él estrechó aquel esqueleto disimulando la arcada; de la mujer emanaba un olor penetrante a semen reseco estampado en tela teñida con té. Las imágenes de Selena volvieron a ondular en el televisor. La cantante cerró los ojos entonando *Como una flor*, uno de sus exitazos. El público la aclamaba; pasaron a su último concierto en Huston, llevaba el traje ceñido y escotado, que le resaltaba su perfecta monumentalidad, el fondillo respingón, la espalda lisa, la sensualidad de los senos brincándolos dentro del escote cuando bailaba para sus admiradores.

—¡Qué manera absurda de admirar a esa! ¡Cómo la querían! —acentuó cacafuaca con la barbilla apuntando a la pantalla.

—Y la siguen queriendo, la prueba es que aún la estamos disfrutando.

—Sí, pero la mataron. ¿Y sabe por qué la liquidaron a balazos? Pues porque... —vaciló antes de esculpir la frase— era una de las mejores.

—La envidia es fatal, peor que la tiña. Mortal. Pero ahí está ella, invencible en la memoria. Mientras su asesina se pudre en la cárcel.

—¿Y qué? La asesina sigue viva. Y si espera un poco ya verá cómo hablarán de ella también. —En ese mismo instante apareció la cara regordeta de la estafadora—. Ahí la tiene, ahora es famosa. Siempre que hablen de Selena mencionarán a su desmondingadora.

—Eso no sirve de nada, ella nunca podrá ser Selena —ironizó el detective.

—Usted me saca de quicio, mejor márchese, o le rompo un diente, y además lo descalabro.

—No, no me voy porque he venido a hablar con usted. Escuche mis consejos. Retírese a tiempo, no intente hacer mal contra Iris Arco; por su propio bien.

—Desde niña me entrenaron para hacer el mal, en las becas donde estudié debía denunciar a mis amigas, reducirlas a lo más bajo y humillante, llevarlas a juicios públicos, conseguir que las violaran en las duchas; si no lo hacía perdía. Y yo siempre he querido ganar.

—¿Y qué ha ganado?

—¿Cómo que qué he ganado? ¡Estoy en Miami, usted sabe la cantidad de maleficios que tuve que hacer allí para conseguirlo! En Cayo Cruz, o sea, Aquella Isla, fui un personaje importante, me invitaban a los programas de televisión. Pero el terruño me quedó chico. Fallo mío al exiliarme. Aquí no he logrado aún cumplir mis ambiciones, he comprobado que no da nada bueno desgastarse en el exilio. Habrá que regresar y desde allí engatusar a los magnates. Encontraré a alguien pudiente, adinerado, que se case conmigo e invierta en hacerme célebre.

Se percató de que la mujer no patinaba en sus cabales. Estuvo a punto de partirse de la risa con sus sandeces. Ella no cesó:

—Así que usted conoce a doña Iris Arco, y además parece estar al tanto de mis trajines. No me extraña, con la cantidad de chivatones que nos rodean en esta ciudad.

—Soy amigo de la familia Dressler desde hace muchos años.

—Le he dado varias oportunidades a Saúl para que escape de la hecatombe que se avecina casándose conmigo; se empeña en demostrar que no le caigo nada bien. Tal vez pudiera usted ayudar a granjearme su simpatía.

—¿A qué hecatombe se refiere?

—¿No se ha enterado de que la Iris Arco está al borde de mutar en pira carbonizante? Si no hace un milagro, se achicharrará aliñada con los sudores de su fiebre. Y con ella arderá Miami completo. Luego, cuando las cenizas se hayan refrescado, el Fatídico DoblevedoblevedobevepuntoHombreProfundamenteBestiapuntoCom y demás secuaces de La Secta se instalarán aquí. Con todo el dinero que han robado, reconstruirán encima de las ruinas y manejarán este país a su antojo.

—¡Qué bellaquería! ¿Y usted se jama el millo de que todo eso se hará así como así, tan regalado?

—Por el camino que vamos, no lo dudo. En cualquier parte reina la mediocridad. Que un cretino como él se haga dueño del mundo no me extrañaría. Además, el Gran Fatídico sabe persuadir, lleva dormida a media población planetaria con la misma candanga hace un retongonal de tiempo: La utopía terrorista.

—¿Y por qué tomarla contra Iris Arco?

—Ella es la sinceridad. Adivina, presiente; es sensible, inteligente, hermosa. Todos esos poderes se juntarían y formarían el milagro. Y lo que hay que impedir es el milagro.

—¿Qué milagro?

—El de la memoria. La alegría. La unión, el amor, la fuerza. La sencillez.

—¿Por qué te has metido en esa secta? Antes eras autónoma, incluso tenías dos subordinados.

—Se largaron, me dejaron por cobardes y avariciosos, lo cual es válido. La Secta me protegerá, me he unido a ellos porque soy más mala de lo que yo misma estaba convencida. Por envidiosa. Necesito ser famosa antes de llenarme de arrugas. Ambiciono dinero y poder. No tengo ningún complejo con eso. ¿No son siempre los despreciables, los indeseables, quienes se llevan la mejor parte?

Nunca Falso Universo había descargado con tanta carencia de sutileza su recóndito odio, su malvado interés; pero esa tarde se sentía sumamente nerviosa, debilitada en todos los sentidos; y por primera vez un hombre le buscaba la mirada y hurgaba en su interior sin aparentes prejuicios, más bien con piedad. ¿Qué extraña sensación la invadía aflojándole las piernas? ¿Ella que no consentía sentimientos piadosos cómo podía enternecerse ante la demostración de confianza de este individuo, un desconocido para mayor complicación? ¿La habría hipnotizado?

—Ya he hablado suficiente. —Hizo ademán de levantarse de la silla.

—Arrepiéntase —ordenó él.

—No, ¿por qué habría de hacerlo? No hice nada, no puede probar absolutamente nada que me perjudique.

Él la detuvo por la muñeca con mano firme. Le confesó que sabía de la existencia del mal, que le temía inclusive, pero no dudaría en enfrentarse cuantas veces fuese necesario. A ella le quedó una huella imborrable del apretón en la carne magenta, sin embargo sonrió enseñando sus colmillos afilados y amarillentos. Lo había visto antes, masculló, de eso estaba segura ahora que podía recorrer el secreto de la profundidad de su mirada con la suya destilando ácido.

—He sido de todo en esta vida. Pero lo que más satisfacción me ha producido ha sido el oficio de carcelera, ser verdugo resultó un placer incomparable. Me fascinaba torturar mujeres; sé perfectamente en el sitio donde hay que pinchar para dejarlas estériles. El espectáculo de contemplar esqueletos vivientes agonizando en cuartos fríos es delicioso, sólo comparable a una violación llevada a cabo por cinco o seis salvajes. No temblé cuando hube de disparar en la nuca de una presa. Figúrate, en la cárcel le dio por tocar el piano, ¡porque se atrevió a pedir un piano! Y como había sido la única presa que exigía un piano, pues desconcertó a todos y allá fueron (yo no estuve de acuerdo) y le prestaron el instrumento, mis colegas opinaban que la música favorecería la disciplina. Todo lo contrario, empeoró; unas se pusieron a cantar óperas italianas, otras escribían poesías en diminutos papeles, fabricaron libros del tamaño de un dedal, aquello se fue transformando en un desbarajuste sentimental inaguantable. Recurrimos primero al castigo y a la tortura; no funcionó aunque cortáramos lenguas y astilláramos dedos, la fuerza había crecido en ellas y se volvieron incontrolables; perdieron el miedo, o podían asimilarlo sin la más mínima contrariedad, o lo padecían y lo ocultaban con una dignidad peligrosa y humillante para nosotras. Desenfundé la pistola, y a la vista de las demás, mientras la número 1 023 interpretaba a Chopin le reventé los sesos de un tiro. Nunca me he sentido mejor que en aquel minuto en que su cabeza se abrió como una magnolia.

Falso Universo acudió al mostrador, pagó lo que había consumido, pasó junto al detective y abandonó la cafetería, él la persiguió con la vista hasta que se evaporó multiplicándose en un corredor decorado con espejos crujientes. Antes de esfumarse, ella se giró de perfil.

—Babay, *looser*. ¡Ojalá que te caiga un balsero! —Echó la maldición de moda entre los truhanes, y el eco repicó en los pisos encerados y en los peldaños mecánicos.

CATORCEAVO *INNING*
—

PERDÓN, CARIÑO SANTO

El abatimiento causado por tantas horas de discusión con su hija lo derrumbó, las varicosas piernas se le doblaron y se tumbó sentado en el quicio de la acera, a la entrada de la bodega; decidió con los labios apretados que no regresaría a molestar con la mala noticia a Milagros Rubirosa, quien en esos instantes estaría embullada, y en una cutícula, con el capítulo quinientos treinta y dos de la *telenoverla* «Pobre, idiota y fea», la cual narraba los turbulentos avatares de una muchacha que —según la trama— terminaría millonaria, con un coeficiente de inteligencia para los negocios superior al de Bill Gates y tan o más preciosa que Penélope Cruz en *La niña de mis ojos,* lo cual es obtener demasiados favores de la vida. Para colmo, al rato de estar apolismado de medio lado, pues las almorranas le hacían pucheros al haber estropeado la noche y la madrugada encaramado en la avioneta de rescate, y más tarde, desde la mañana hasta la hora en que se suponía mataron a Lola, o sea las tres de la tarde, discutiendo con Clasiquita; para peor suerte, a los pocos minutos dobló por la esquina Fernán manejando un soberbio perol, de esos que lo ponían al partirse de un *bonderlain* de nada más escuchar el precio.

Fernán iba airoso, escoltado por los bulliciosos del barrio, niños y jóvenes gritones y contentos, mujeres, hombres y ancianos eufóricos y orgullosos de codearse con el tipo que acababa de enganchar la pelota en la luna con un jonrón de recoge los cheles, Migdalia. Fernán celebraba a todo meter el triunfo en su barrio; Suzano el Venezolano salió a la terraza ubicada encima de la marquesina de la barbería y le voceó a Ufano Querella que, ahí, donde usted lo ve, firmó un contrato de medio millón; una bestia es lo que es, para adobarlo con sal, pimienta, orégano, una hojita de laurel, apurruñarlo y comérselo vivo, un animalotote. ¿Por qué Clasiquita en vez de enamorarse de Fernán lo había hecho de un ángel como acababa de confesarle? ¿Sería su culpa que esa tonta perdiera los estribos y renunciase a semejante oportunidad? En la tarde del día anterior Clasiquita había dejado de ser para él una jovencita rara, casi apocada, para revelarse en una desconocida, tarada y peligrosa. Pero él era su padre y eso lo colocaba en la irrevocable posición de la indulgencia. Y aunque Clasiquita pactó con Cirilo de que no contaría de inmediato a Ufano Querella lo de las violaciones y humillaciones de las cuales había sido víctima, la pareja había quedado en que ella comunicaría de una vez a su padre que, engañada por un perverso italiano, había sido embarcada a la isla. Ufano Querella preguntó si celebraban el día de los inocentes, o lo estaban cogiendo para el trajín; con los cachetes crispados, observó el calendario de su reloj; no, no era veintiocho de diciembre. ¿Qué significaba ese bonche con su persona? Él estaba muy mayor para bromitas pujonas. Entonces, su hija expulsó el cuento a lo chapucera, cual barro apretado en la punta de la nariz supuró la morralla, sin mucho lujo de detalles: soltó lo de la estafa del fotógrafo que prometiéndole conectarla con Hollywood le mintió y se burló de su inocencia, y también de su ambición, porque no obviar de que ella tenía mucha culpa, la de haber anidado inquina como nadie, la verdad ante todo. Ufano Querella pasó con tosquedad su mano por la cara, rayándose la piel y sacándose sangre con las uñas desde la frente hasta el cuello. Después de aguantar como un machito el rescate de los gemelos Ñeco y Mañungo ahora su hija le salía con semejante charranada. ¿Dónde pernoctaba el singao italiano muy hijo de la gran *putana* para deshilacharlo a puñaladas como se merecía? Ella procuró amansarlo y convencerlo de que no reaccionara con violencia, afirmó que el malvado andaba en malos pasos, y que caería en las garras de los federales más temprano que tarde; así logró que su padre jurara que se quedaría quieto en base.

¡Era una traidora, su propia hija, con todo lo que hicieron su madre y él para evitarle los horrores de crecer y criarse en Cayo Cruz, con lo que habían sacrificado para que ella supiera que tenía todo resuelto bajo la protección de ambos, en Miami, en Hialeah! Clasiquita se atrevió a acariciar con dulzura el rostro envejecido y maltratado; a Ufano las lágrimas le ardieron en los arañazos y rechazó agobiado el contacto con los dedos de su hija. Exigió que le dejara en paz, pero no pudo seguir hablando, porque la lengua se le trabó en la garganta, inflada, tosió y escupió espumarajos; por suerte en el bar sólo un hombre y una mujer muy acaramelados se besuqueaban distantes, y el barman preparaba entretenido una copa de vino blanco batido con agua gaseosa que había encargado Cirilo, quien los observaba desde otra mesa, dispuesto a interrumpir si la situación lo exigía. Ufano tosió aún más morado, la lengua como una pelota de jugar al tenis; Clasiquita le golpeó la espalda, le levantó los brazos con el objetivo de liberar espacio en el tórax, tomando su barbilla acercó a sus labios un vaso conteniendo agua helada y hielo machacado, le animó a tragarse un antihistamínico para contrarrestar la alergia emotiva que padecía su padre. En la vieja victrola sonó:

> *Envidia,*
> *siento envidia del pañuelo*
> *que una vez secó tu llanto,*
> *y es que yo te quiero tanto...*

Él se lamentó diciendo que lo único que le quedaba era matarse, ahorcarse de una palma real. ¿Por qué de una palma real y no de otro árbol cualquiera? Hasta para suicidarse los cubanos son de una comicidad fuera de lo común. Pero ni Clasiquita ni su novio, Cirilo, el ángel indio, se rieron; no, todo lo contrario, lloraron desconsolados.

—Me has demolido, chiquita —balbuceó Ufano Querella—. Tráeme un trato de aguardiente, mayeya, p'a que me dé la suerte.

Su enemigo dormía bajo su propio techo, movió la cabeza negativamente, desilusionado. Él lo había engendrado.

—Haz lo que te dé la gana con tu vida miserable. Ajúntate y vete a vivir como una cualquiera con este inútil.

Ahí fue donde Cirilo lo paró en seco, asegurándole que sus intenciones con Clasiquita eran serias, y que hiciera el favor de no insultar ni faltar el respeto. Ufano Querella escondió su rostro descansando la frente encima de los puños de sus manos, la espalda brincaba delatando los sollozos.

Ella suplicó el perdón, aunque era como la décima vez que rogaba que le prodigara una franca expresión de cariño; al contrario, él se mantuvo en sus trece, sin siquiera dar pruebas de que la escuchaba y mucho menos de que tenía la menor intención de excusar sus faltas. Era una desconsiderada; ellos no podían suponer ni la mitad de los acontecimientos espeluznantes que le había acaecido durante el rescate; levantó la cabeza y contempló a su hija con los ojos enrojecidos, entonces malhumorado se dispuso a escupir las palabras, parece que aquél no era su día. O sí, era su maldito día, el funesto día en que debía recibir las noticias más negras que un cuchillo de ónix.

No fue fácil conseguir autorización de Guardafronteras para cargar con Oceanía y su padre, y menos mal que obtuvieron el permiso porque si él se hubiese hallado solo en el momento del encuentro con los mellizos la silla eléctrica no se la quitaba nadie del costillaje. Salió a pilotear la avioneta alrededor de las nueve de la noche, los primos de Iris Arco y de Oceanía estarían ya en la embarcación rumbo a Miami; debió peinar el océano con la débil luz de un faro barato. A la luna le dio por escabullirse, tampoco las estrellas se lucieron en todo su esplendor como en noches anteriores, por lo tanto una capa como de terciopelo negro impedía reparar en las embarcaciones; además, el oleaje bramaba altísimo y eso era síntoma de pésimas condiciones meteorológicas. Al finalizar la madrugada, cuando el cielo se despejó y el mar fue débilmente iluminado por los rayos del alba, dieron con el bote.

Abajo, los primos agitaban los flacos brazos, voceaban roncos y desfallecidos. Ufano Querella se esforzó en atraer hacia ellos a cualquier embarcación para que los recogiera, pero con tan mala pata que ninguna se hallaba disponible antes de más de dos horas. Decidió arriesgar, jugarse el todo por el todo, tratar de mantenerse encima de la embarcación lo más bajo y cercano posible, y lanzarles una escalera de soga firme. Ñeco ascendió lentamente, la dificultad consistía en que llevaba a Mañungo abrazado a su cintura, colgando al vacío, peor, a la garganta de los tiburones. Por fin, Amado Tuyo le tendió una mano y Oceanía lo haló por el pellejo de la espalda; Ñeco puso una rodilla dentro y se atrabancó con el pie; entonces Amado Tuyo alcanzó a Mañungo y de un tirón cayó como un saco de papas en el suelo de la avioneta. A esa hora todavía Ufano Querella podía reírse, y lo hizo con ganas, resoplando de felicidad, ¡dos más que salvaba del comunismo! Y cuando terminó la exclamación volteó la cabeza para estudiar el estado de los náufragos y comprobar de que no necesitaban de un médico con urgencia; ahí fue donde soltó los controles y de milagro no se estrellaron contra la cresta de una ola.

Estaba frente a dos caras enjutas idénticas a aquella que se había propuesto jamás olvidar, a la del esbirro que ordenó ametrallar a Nora, su primera mujer, y a Juanito, su hijo: dos lunares de canas como escobas plásticas al revés que le nacían de una mancha cada una en ambas frentes, dos verrugas similares a dos garbanzos. Dos hombres idénticos, o casi, ¿o es que la debilidad le hacía desenfocar, bizquear en los objetivos? No podía ser otro que él, probablemente clonado y multiplicado; los iba a reventar a patadas por los huevos.

Amado Tuyo olfateó de que algo raro rumiaba el piloto; y rememorando antiguos atropellos de su cuñado temió lo que supuso que sin duda sería cierto, que Ufano Querella hubiera sido una víctima del marido de su hermana, y como los muchachos se le parecían tanto, comprendió que debía apresurarse a explicar el origen de la confusión. Así lo hizo sin mayor dilación: Momento, caballero. Esos que Ufano Querella estaba viendo eran los hijos del teniente coronel de guardafronteras Rufino Alquízar, fallecido hacía tres años de un cáncer fulminante en los huesos. El canalla que había pulverizado a tantos inocentes terminó sus días reducido literalmente a polvo, nada más grotesco. Yo le pongo a usted la mano en un picador, Ufano, que mis sobrinos nada tienen que ver con los crímenes cometidos por el desollador Alquízar, le digo esto, por si acaso, porque veo recurvar la bola y no sé qué carga trae, puntualizó Amado Tuyo.

El *acaso* venía de perilla, porque la vida es lo más divino que existe, no hay como un día detrás del otro; nada más sabroso que sentarse a la puerta de la casa a ver el cadáver del enemigo pasar. Tan simple como patear, sin necesidad de una arma. Sólo tenía que empujarlos de nuevo al mar; nada más dos patadas, una para cada uno. Ñeco resolló, y desde el fondo de la avioneta preguntó a Ufano Querella si por infortunio se había cruzado alguna vez con el matarife de su padre. Soltó la interrogación con el mayor tacto correspondiente, pues astuto había captado el mensaje en el temor con que Amado Tuyo gagueó el discurso precedente. Mañungo entretanto se dejaba acariciar descuajeringado encima de los muslos vigorosos de su prima Oceanía, fingiendo estar más muerto que vivo para aprovechar el vacilón que se le ofrecía regalado. ¡Agua p'a Mayeya, y pensar que hacía tan poco estuvo a punto de quedar en la página dos en el medio del océano, y ahora Oceanía lo mantenía a flote con esos muslos magníficos! ¿A ti con qué compota te criaron, mami? ¿A mí? Con compota de palo, papi.

Ufano Querella dudó en contestar a Ñeco, porque de un latigazo su conciencia le recomendó que antes analizara punto por punto lo del asesinato premeditado, que aquello de pagar con la misma moneda no era una solución correcta, diente por diente no correspondía a persona civilizada. Pero desde hacía años de años no advertía a su corazón tan desparramado a causa del odio. Sus mandíbulas cedieron y contó lo acontecido aquella noche fatal en el intento de fugarse de la isla; se hizo un silencio sepulcral. Roto al poco rato por Amado Tuyo:

—De acuerdo, compay...

El homicida de su cuñado; sin embargo con el tiempo y un ganchito, y las decepciones, fue ablandándose, sobre todo porque se dio cuenta de que también él había sido estafado. Es de sabios rectificar, añadió además, que su cuñado agonizó en los últimos quince años sumido en el pánico y el arrepentimiento, inclusive en una de sus espantosas crisis confesó sus horrendos crímenes a Amado Tuyo, donde figuraban el exterminio de familias enteras, entre las que reconoció se hallaba la de Ufano Querella. Pero sus sobrinos no merecían pagar por ello; la voz entrecortada terminó por quebrarse, de la frente gotearon gruesas perlas de sudor. Sacando cuentas, ellos también eran víctimas, dijo, pocas veces pudieron conversar abiertamente con su padre, siempre movilizado, o en reuniones, o de pachanga, con la querida en vacaciones aprovechando y tarreando como un mulo en los centros turísticos de ensueño destinados a los militares. Ñeco y Mañungo apenas han gozado del calor de un hogar, prosiguió; trasladados de beca en beca, expulsados de todos los centros escolares; vagos profesionales, y no por culpa de ellos.

—Usted sabe, Ufano...

—No quiero saber nada de nada, no quiero oír ni una sílaba más —interrumpió el viejo.

No irían a joderle con sentimentalismos el más grande regalo que le ofrecía la vida, aunque pensando con lucidez... Tal vez sería un cometrapo si optara por la venganza; sí, hubiera podido desquitarse a lo bestia; pero ni con la lotería ganada se hubiese sentido tan embrujado de dicha. Podía alardear de felicidad por una sencilla razón, acababa de enmendar su juicio, sí, señores. Allá donde sea que estuviese Rufino Alquízar, muchachos, tendría que joderse, porque ni poniendo Dios a Ñeco y Mañungo en sus manos, sedientas de pagar con daño el mal que él le hizo, no lograría convertirlo en un degenerado, reflexionó con la voz matizada de orgullo.

—He cambiado de opinión, los dejo libres.

Pudiendo hacerles picadillo en un santiamén, decidió que los entregaría a Saúl Dressler como había prometido. No se paga una hijoeputá con otra. Lo que no hay es que olvidar, y a partir de ahí, a seguir palante que la vida es un tramo chirriquitico, un soplido. Sin embargo, lo que no podía suponer Ufano Querella es que varias horas después de estos hechos otra avioneta con cuatro personas sería arrasada por poderosos proyectiles provenientes de los MIG de combate caza aviones del ejército naval de Cayo Cruz.

—Yo perdono, pero no olvido. —Hizo la cruz sobre el pecho y besó luego sus dedos—. Por ésta.

Les disculpaba a ellos, pero al otro no, al asesino nunca.

Ellos no tenían nada de qué arrepentirse, subrayó Clasiquita a su padre cuando sus labios se sellaron. Ñengo y Mañungo no atentaron contra él ni contra sus seres queridos.

—Es cierto, pero esos gemelos del diablo son los frutos del cabrón que acabó con mi mujer y con tu medio hermano.

—¿Y qué? —Ella se encogió de hombros—. Más bien habrá que compadecerlos por eso.

Ufano Querella resopló ante la réplica de su hija. Clasiquita esquivó la mirada, sacó en conclusión que él no la disculparía, aunque ella confesara la otra mitad de la verdad, y quizás eso empeoraría las cosas.

Tampoco Cirilo debía de sospechar de las violaciones y de las torturas, eso presumía ella; pero el ángel había presentido, augurado mientras leía en las escamas de los anfibios, y finalmente presenciado todo el mal a través del refulgente oleaje nocturno de la playa que arrastraba pesadillas provenientes de la isla; desesperado ante la impotencia de no atreverse a reaccionar pues en aquel entonces Clasiquita apenas lo distinguía, ignorándolo acaso; y para colmo lo paralizaba el cumplimiento estricto del contrato en la custodia relacionada con Iris Arco.

—¿Y a mí, me perdonarás? —Ella estrechó las manos del viejo, quien rechazó una vez más la prueba de afecto.

—Déjame tranquilo; me largo a lo mío, a sentarme a cavilar en la bodega, tú sabes que ahí es donde único puedo concentrarme. Hija, todo esto es muy duro para mí. Yo podía esperar cualquier cosa menos semejante puñalada trapera de tu parte. Tú siempre fuiste, desde chiquita, muy de acá para allá, y de carácter empeorabas por día, tal vez haya sido culpa nuestra que te mimamos demasiado, te volviste muy...

—Inconsistente, voluble... —completó ella.

—Eso mismo... ¡Tú te imaginas, si tu madre se entera de que regresaste a Cayo Cruz le da un yeyo! No, uno no, cien yeyos, ¡se me muere! ¡Allá este flojo con su condena!... ¡Un ángel, quién me iría a decir que con un ángel! Tú lo que necesitas es un demonio que te domine... ¡Un ángel, bah, alabao sea el Misericordioso! —señaló amodorrado a Cirilo.

Y sin agregar más salió arrastrando los pies. Le habían caído cien años encima, la espalda encorvada, las hemorroides en su punto, como semáforos descontrolados, los dedos entumecidos y acalambrados. Y dale, a chuparse que Fernán se paseaba restregándole en la jeta su éxito, en plena gloria. Era cierto que la hazaña del joven no tuvo nombre, ya lo decía él, si en Luyanó el entrenamiento al que estaba sometido no era fácil, pitcheando ilusiones, cacheando trizas de sueños, bateando esperanzas. Se alegró por el recién estrenado pelotero, quien acababa de anotar una de las más hermosas carreras de la historia del béisbol. Eso sí, había terminado con las llantas al rojo vivo, los pies echando centellas, pues el terreno hervía cada vez más debido a que la temperatura que transmitía Iris Arco aumentaba, y ya se rumoraba que en varios barrios de Miami caían raíles de punta, y peñascos incendiados, y había comenzado a llover burbujas.

En su segunda vuelta a la manzana conduciendo el auto, Fernán parqueó ante la cansina figura arrebujada de Ufano Querella.

—¿Qué bolá, suegro? —Conservaba la manía de llamarlo así—. Lo veo desencola'o, en tremenda mortandad.

—No estoy en forma, figúrate, los años y los palos. Te felicito, muchacho, conseguiste lo que ansiabas.

—Una parte, la otra mitad es Clasiquita, ya usted sabe, que me vuelva a querer.

—Apártate de eso, te lo digo yo, que soy su padre. No sirve para ti, a no ser que te vuelvas un ángel.

—¡Y yo lo soy! —Juntó piadosamente las manos medio en burla, medio en serio.

—Se empató con otro, olvídala.

El viejo se percató de que Fernán sostenía entre sus muslos un tambuche de rositas de maíz, y pescó una y la tiró al aire para atraparla con la boca.

—Será mía. La fe me acompaña, no me suelta. ¿Sabe por qué metí el jonronazo que picó en la luna y rebotó contra la Estatua de la Libertad en Neu Yol? Fui a rezar para que Iris Arco se levantara sana y salva. Me planté delante de ella, cerré los ojos con mi vela encendida en la mano; y me puse a hablar ahí como un loco, porque yo no sé ni rezar. Y le pedí, si no era mucho pedir, vaya, que me diera la oportunidad de mi vida. Una sola, mi hija, le rogué. Óigame, esa Iris Arco es lo más milagroso que ha pisado tierra. Dé un brinco por allá, Ufano, dese un saltico, y vaya a verla, ya comprobará cómo se le solucionan todos los problemas. Hasta se divulga por ahí que hace unos días ella sudó aceite de las palmas de las manos, y que el color de sus ojos recuerdan el verdor de los de Cachita. Y que también le han brotado los estigmas de Cristo en la Cruz, y que llora sangre, y unas cuantas berracás que le ponen la carne de gallina a uno. Se la recomiendo, esa jeba está volá, mete p'a quiniento. ¿Puedo convidarlo a echarse unas rositas de maíz y unos lágueres? Vámos, quítese la morronga esa de encima.

—Querrás decir morriña —rectificó fingiendo ira—. Con el cheque con el que te habrán pagado podrás invitarme a algo más suculento que rositas de maíz.

—Arranquemos p'al Versalles.

—Para el Versalles es tarde ya, ¿qué me dices de un paseíto por Ocean Drive? Y más tarde nos damos una vuelta para vacilar a la Iris Arco, la milagrosa esa que te aguó el coco. Yo ya ni bebo. Hablando de milagrosa. Lo que sí me apetece con cojones es tomarme una materva fría de la Milagrosa.

Dicho y hecho, doblaron en la primera esquina en dirección al supermercado, y de ahí, a la Playa.

Enfundado en un atuendo antiradiactivo de lo más afocante, color plateado brilloso; la cabeza camuflada bajo un casco de astronauta, atrapado en la mencionada vestimenta entró ceremonioso Saúl Dressler en el templo de Iris Arco. El interior vibraba al rojo vivo, las paredes desprendían chisporrotazos como cuando el pavo relleno con lascas de manzanas de Dar Gracias resulta exagerado en tamaño, y al quedar trabado en el pincho, hace cortocircuito y se desencadena el Armagedón. Las cortinas de hierro recién instaladas en el exterior de las ventanas se hallaban bajadas, pues Iris Arco necesitaba de algún modo un mínimo de privacidad, y los fieles no se apartaban ni un segundo de las vidrieras, sí, eran exactamente eso, como vitrinas. Iris Arco se sentía sobre todo apenada ante las caras de los niños, pegadas con los ojos desorbitados al cristal, aunque un buen número de ellos jugaba a hacerle muecas, ponerse bizcos, le sacaban la lengua; cosas de niños, normal, se tranquilizó a sí misma.

Súbitamente mejoró y ahora tomaba un baño hundida en terrones de hielo dentro de un tanque descomunal, el tonel medía lo que una piscina infantil aunque mucho más profunda. El kilométrico cabello de la esbelta mujer se amontonaba en el salón y se extendía a tres habitaciones más. Resultaba curioso, pues no se deshilachaba en hebras desordenadas, levitaba en un grueso mazo compacto aunque ligero. Alivia Martirio, Apasionada Mía, Amotinada Albricias Lévy, así como su hermana y su padre habían desistido del trenzado, y ahora doblaban el lomo imitando a auténticos obreros dedicados a las vías férreas y carreteras, afanados en apilonar aquella mata de pelo y apretarla en una especie de tejido sólido en tramos perfectos.

Saúl Dressler hizo un guiño y levantó el brazo aparatosamente para saludarla distante. Ella hizo señas pícaras, atrayéndolo con el dedo índice como si oscilara un pichón de oruga caprichoso. Podía zambullirse junto a ella, vestido así como estaba resistiría cualquier temperatura, era un traje diseñado por Euspaquio Rabón, especial para sobrevivir al fin del mundo.

—Allá afuera es la hoguera misma, peor que aquí: Las parábolas de televisión despiden un calor desastroso, las rastras y camiones sellados dan la sensación de naves espaciales aterrizadas sin sentido. Los flaches, el barullo de las cámaras de televisión, no veo el maldito momento en que se acabará toda esta barahúnda.

Apenada, Iris Arco hundió el arrebolado rostro en el *frappé*. Él se introdujo en la montaña de hielo. Ella ondulaba desnuda, pero por más que la abrazó no pudo sentir la suavidad de su piel. El grosor del material con que estaba confeccionado el traje no le permitió sensibilizar su caricia. Ella emergió de un salto gracioso hasta la mitad del torso y pegó sus labios en la pantalla del casco, en un beso frustrado, erizada de pies a cabeza motivada por el ansia de tocar a su esposo. Se apartó; preguntó por los niños, él le mostró un diente de Zilef, el primero que perdía. Iris Arco fingió que se alegraba, en realidad la entristecía profundamente no poder vivir junto a Zilef ese paso tan importante. En una pantalla instalada en la pared central podía seguir las veinticuatro horas a los chicos, y por otra, en contraposición, ellos solían comunicarse con la madre; pero semejante adelanto tecnológico no amainaba los contratiempos provocados por la separación. ¿Cuándo finalizaría aquella pesadilla? No podía soportar ni un segundo más sin tenerlos cerca, tocarlos, llevarlos al parque, para que Zilef saltara suiza, y para que David e Ilam se entretuvieran en montar orugas en las ramas de los helechos; sonrió cuando mencionó la palabra *oruga*, pues recordó la visita hacía algún tiempo de una amiga de la época de las colecciones de moda y de las pasarelas. En aquel encuentro, Rania le contó que también había desistido de ser maniquí y se dedicaba a otra actividad, como propietaria de un restaurante, y criaba sola a su hija de cinco años, muy vivaracha.

Jugaban en el jardín y la niña estiró el bracito y señaló a la yerba.

—Mirá, mamá, mirá, qué bonito, un gusanito.

—Callate, beba impertinente, aprendé que los cubanos son gente muy susceptible. ¡Un gusanito, sí, y vos qué querés, esta ciudad es la guarida de los gusanitos! —reprendió a su hija la ex modelo.

En el acto a Iris Arco no le había hecho ninguna gracia, más tarde excusó la simplicidad de la simple ignorante.

Volvió a evocar a sus hijos, deseaba enseñarles a nadar en el mar, no era lo mismo que en una piscina clorificada; precisó que debían asombrarse con la naturaleza, impresionarse, experimentar sensaciones que sólo se aprenden a edades tempranas. Y temía que una extraña la suplantara.

Aboyada en el hielo, con los brazos de su esposo sosteniéndola, clavó su mirada en la claraboya esférica. En el encapotado cielo las nubes desfilaban a toda velocidad; una nube más sombría que las otras adoptó la forma de una silueta masculina, semejante al rostro de un moribundo. El viejo, enclenque aunque larguirucho, gimoteaba débilmente arrebujado en la cama con dosel de oro y cortinas de lino color marfil. El anciano quiso murmurar las últimas instrucciones y lo que brotó de sus labios arruinados y verdosos fue flema sanguinolenta. El pecho se le hundió en un silbido. Rodeaban el lecho sus acólitos fingiendo muecas lamentables cuando en realidad por dentro se alegraban jubilosos de la muerte del vejestorio senil y cagón. Tan ensimismados estaban en el regodeo y la perplejidad de la muerte que habían olvidado elegir alguno de entre ellos para redactar el mensaje oficial que anunciaría el deceso. La mujer que en pocas horas —el viejo se empeñaba en seguir reguindado de un suspiro— devendría viuda, reaccionó en ese sentido, y muy atinada solicitó que uno de los presentes se ofreciera de voluntario, si es que ya no habían designado a una persona especial, para escribir el texto. Se miraron discrepantes. No, la súbita enfermedad había sido un imprevisto, además de que jamás les había cruzado por la mente que Doblevedoblevedoblevepunto-HombreProfundamenteBestiapuntoCom sería mortal, es cierto que deberían pensar en redactar un elocuente comunicado, y se pusieron de acuerdo aparentando un perturbador desasosiego. Entre todos garrapatearon borrones de fragmentos, cada cual aportó lo más hondo de su hipocresía, no resultó difícil pero tuvieron que sajornarse el cerebro buscando el motivo del fallecimiento.

Al rato, distraídos, el texto fue transformándose en cadáver exquisito, olvidados del origen del juego; por fin se dieron cuenta de que se les estaban zumbado las ollas, afiebrados los morocos, y que debían volver a lo suyo y finalizar el documento mortuorio. Dirían que había sucumbido de universalidad, enfrascado en enderezar al torcido mundo, o sacando cuenta de cuántos billones debía aquí y cuántos no pagaría por allá, o producto de una isquemia mientras se dedicaba a su pasatiempo favorito, calcular el número de víctimas a su haber... ¡No, eso jamás, nada que contribuyera a su desprestigio! Anunciarían que expiró de un dolor inextricable, consciente del podrido y perturbador odio del enemigo. No, eso sonaría a asesinato político. Así demoraron, cavilando durante horas, cuál podría ser la muerte digna para el Gran Fatídico. ¡Una idea genial! Vaya, carajo, por fin, masculló uno de ellos. Desatarían una guerra, echarían la culpa a los invasores que inducían a la devastación total de Cayo Cruz. ¿Caería derrotado entonces? ¡Faltaría más! Combatiría hasta el último minuto, él solo resistiría y tumbaría a las huestes enemigas: ¿y quién sobreviviría entonces para dispararle un bombazo? Una emboscada, un acto terrorista, vaya usted a saber, cualquier pendejada que lo haga pasar por héroe. Porque lo que sí estaba más transparente que el vodka es que debía culminar su brillante carrera política como el salvador del pueblo. Él, quien sacrificó su vida a cambio del bienestar de los humildes. Mintieron histriónicos. ¿Cómo explicar el aviso de su fallecimiento por medio de un parte militar, sin que nadie haya recibido noticias previas de la guerra, del acto terrorista, o de la emboscada, o de lo que sea? Muy fácil. El enemigo trabajó en secreto, urdió y cumplió el plan en el silencio más tramposo.

Por esos trillos se desorientaban las reflexiones cuando el viejo se movió en el colchón y los muelles chirriaron; todos acudieron a auxiliar al penco en caso de que necesitara un calmante para el dolor. Nada, fue la única vez que no exigió ni una uña. Hizo una arqueada y de su boca cavernosa emanó un aliento a huevo clueco. Ahí mismo estiró la pata. DoblevedoblevedoblevepuntoHombreProfundamenteBestiapuntoCom, el Gran Fatídico, la Maruga Quisquillosa, falleció de un pedo atorado, el cual no pudiendo evacuar por el ano dio marcha atrás y encaminado hacia el sólo ideal libertario de hallar un orificio fue expulsado por el gaznate, concluyó el matasano. Más tarde se comprobaría con la autopsia que el cáncer le había minado, pero no guindó el piojo a causa de la enfermedad. Quien le truncó la vida fue ese pedo disidente y enemigo, imperialista para colmo, pues lo último que había absorbido trabajosamente con una pajilla y que le produjo tal cantidad de gases había sido una burbujeante Coca-cola de dieta.

—Se murió, pero no lo sabremos hasta un año después. Entretanto usarán a su doble —tradujo Iris Arco el resumen de sus visiones a su marido.

—No entiendo, ¿de qué hablas?

—¡Estamos salvados, salvados! —Jugó a chasquear los brazos contra el agua glacial—. ¡Pide lo que más quieras, Saúl, lo conseguiremos!

Él la atrapó por la cintura y bailaron, o dieron vueltas y más vueltas salpicando de granizo las paredes.

—Que acaben las guerras.

Ella guardó silencio. Por fin se atrevió a predecir:

—Para que acaben las guerras deberemos soportar bastante. Mira, Saúl —tomó el casco entre sus manos y sus pupilas buscaron las suyas—, Miami no arderá, poco a poco irá descendiendo la temperatura. Sentiremos tanto frío que tendremos que abrazarnos unos a otros para calentarnos, y así se restablecerá la paz y la alegría en la ciudad, y unidos recuperaremos la esperanza, y muchos males se sanarán.

—Deliras, mujer, deliras.

—¿Cuánto apuestas? Ya lo verás.

Sacudió la cabeza de un lado a otro, y entonces acaeció algo aún más inesperado: su pelo ganó en dimensiones mayores, fabulosamente gigantescas; agitado, rompió el techo y flotaron los gruesos mechones en el cielo, formando un espectacular arco iris.

Afuera la gente no podía creer lo que miles de ojos contemplaban. Saúl Dressler se apresuró a levantar las cortinas que guardaban la privacidad de la casa. En el centro de un salón desbordante de hielo levitaba Iris Arco desnuda; su cuerpo se había iluminado desde dentro, y ella dibujaba en el aire audaces figuras que ya habían sido bailadas en siglos precedentes por danzarinas cretenses. Del cuero cabelludo le brotaba, expelida hacia el cielo, una mata de pelo frondosa cual siguaraya; el rabo de mula fue trenzándose en múltiples colores. Las exclamaciones de entusiasmo se escucharon al otro lado del planeta, y millones de deseos se cumplieron al instante. Enfermedades erradicadas, padres que encontraron a sus hijos, niños felices, poetas dichosos, obreros empleados, funcionarios honestos, políticos sinceros. Los combates recesaron.

Sentados en el portal de la casa campestre paliqueaban la Gusana, el Lince, Nina y Yocandra, quien por obra del milagro recuperó la memoria.

—Creo que en los próximos años te imitaré, Gusanita. Me retiraré a una finca, criaré animales, y me dedicaré a la horticultura, aunque sea hortera —consideró el Lince.

Nina anhelaba actuar, en eso vibró el celular y desde París la convidaron a hacer el personaje protagónico de una película. La Gusana canturreaba satisfecha apreciando su campo de lechugas. Yocandra no supo qué pedir cuando un lucero anidó en la palma de su mano.

—¡Pide un deseo, apúrate chica, pide un deseo! —palmoteó Nina infantil.

—Si les dijera de lo que tengo ganas se burlarían de mí.

—¡Cuenta, cuenta! —exigieron a coro.

—Tengo ganas de tres cosas: de ver un espectacular juego de pelota, de empinar papalote y de... ¡Correr, correr, correr libre! ¡El último a la peste! —Y emprendió loca carrera, descalza por los campos de fresas de Homestead.

—¡Y el primero se la traga! ¡Atájenla! —voceó el Lince, quien se desprendió detrás de ella, seguido por la Gusana y por Nina.

A contraluz, en medio de una de las noches más tórridas de Miami, cuatro adultos se perseguían a la desbandada, evocando las carreras y recholatas Rampa arriba y Rampa abajo, cuando todavía eran tan jóvenes que ni siquiera sabían barruntar la fatalidad que se cernía sobre sus destinos.

Presintieron un azote encima de las cabezas, el calor disminuyó ligeramente; un mazo de pelo sedoso y exageradamente ancho abanicó el cielo refrescándolos. El fenómeno brillaba con toda la pinta de un puente, pero no, se trataba sencillamente de un arco iris, proveniente de en vuelta del santuario donde suponían ellos reposaba Iris Arco. Hacia allí se dispusieron a dirigirse.

QUINCEAVO *INNING*

LA LETRA DEL AÑO

Al mismo tiempo desembarcaban en las costas de Miami Facho Berreao con un grupo de espías todavía a las órdenes de DoblevedoblevedoblevepuntoHombre ProfundamenteBestiapuntoCom, quien acababa de guindar el piojo y la liendra, pero —como bien predijo Iris Arco— ellos no sospechaban ni un ápice pues nadie se enteraría hasta un año más tarde. Traían un cargamento de obras de arte, de cocaína, de órganos humanos y de armamento duro, destinada toda esa mercancía al tráfico y al crimen. Pero mientras ellos se colaban en territorio americano como Pedros o perros por su casa, en otra zona de la playa los guardafronteras empuñaban espréys paralizantes y porras ofreciendo el abominable espectáculo de la cacería de tres balseros. Tres figuras esqueletéticas se debatían en el oleaje a la orilla de la playa —en esa época furibundo— para escabullirse de las garras de la migra y fajarse por tocar tierra, o sea arena, y así obtener el derecho a ser internados en Krome, en el campamento transitorio para refugiados, donde se los investigaba, y adonde debían ser reclamados por los familiares o amigos residentes en el país.

Por el contrario, Facho Berreao consiguió tocar arena sin ningún tipo de dificultad, y hasta descargó los contenedores con máxima confianza; Falso Universo y Adefesio Mondongo le dieron la bienvenida, ella visiblemente nerviosa, el fotógrafo fingiendo seguridad pues no le daba la gana de mostrar su pendejería ante La Maraca Terrorista y La Quimera Empanizada; enseguida informaron al traficante de los últimos pormernores, o sea, que el horno no estaba para galleticas, y opinaron que Facho Berreao y los demás espías tenían que actuar de inmediato y detener lo más pronto posible todo aquel trapicheo, e intrincarse en los matorrales de Los Everglades para que no pudiesen atraparlos. Facho Berreao escuchó mientras chupaba un Montecristo, en ese mismo instante tuvo la prueba más fehaciente, pues el cielo se surcó de múltiples colores con el arco iris de pelo de Iris Arco en dirección a la isla, y de la vegetación surgieron Tierno Mesurado secundado por el Padre Fontiglioni y por los monjes budistas y alquimistas, quienes sin mayor dilación rodearon a los recién llegados.

—Nadie se mueva, que nadie haga el menor gesto. Están apresados —avisó sereno el detective.

—¡Y dale con los monjes del coño de la madre que los parió! —fustigó Adefesio Mondongo.

Facho Berreao le dio un revirón de ojos en señal de que se tragara los insultos.

Fontiglioni usó el portable para reclamar refuerzos a los federales. Pero en ese momento los federales cumplían la faena de estropear y atropellar a los manifestantes frente al templo de Iris Arco, de desmoronar a bazucaso limpio la ermita —medida que evitó la tarea a Falso Universo—. El objetivo de la operación consistía en meter presa a Iris Arco, para luego deportarla junto su familia, aunque estuviera casada con quien estuviera casada, que en el país de la democracia y las leyes los bárbaros también pueden imponerse y triunfar. Ésas eran las alarmantes noticias que Neno emitía desde el lugar de los hechos, quien resistía frente a la residencia transformada en templo neoclásico en una de sus múltiples formas, junto a Saúl Dressler, Amado Tuyo, Ufano Querella, el Lince, Cirilo, el ángel, Fernán, el pelotero estelar, Ñeco y Mañungo incorporados en el acto a la defensa de su prima, Oceanía, Alivia Martirio, Apasionada Mía, Amotinada Albricias Lévy, Nina, la Gusana, Yocandra, la familia hebrea de Saúl Dressler y habitantes en general. Neno tuvo que cortar la comunicación, pues en ese instante los federales lograban derribar en millones de añicos una de las paredes de vidrio y las esquirlas volaban hiriendo a mujeres, niños, y ancianos, para sumarse a los hombres, quienes se batían a trompadas en las primeras filas, pues contrario a lo que aseguraba la prensa y los telediarios, nadie salvo los federales poseía ni tan siquiera, no ya un revólver, ni un tirapiedras.

Inesperadamente, del centro de la catedral ecléctico-barroca emergió con fuerza descomunal un géiser que disparó el cuerpo de Iris Arco y la colocó al nivel de la luna. El astro circundaba la presencia irreal, y la silueta de la mujer en el justo centro ejecutaba una danza despavorida, al tiempo que entonaba una melodía cuyas frases se apagaban en gemidos ululantes. La cabellera espejeaba en el horizonte.

Tierno Mesurado y el padre Fontiglioni comprobaron que no recibirían ningún apoyo para capturar a los mafiosos, y perturbados intercambiaron miradas para adivinar el plan que proponía cada cual.

—¡Arriba, acabemos con ellos! ¡Están desarmados y perdidos en el llano! ¡Los dejaron solos! —aprovechó Facho Berreao para animar a los suyos.

El detective y el monje detestaban tener que recurrir a los poderes, pero no quedaba otro remedio, se concentraron. Sus cabezas fueron penetradas por fuertes sensaciones, latigazos procedentes de indomables misterios. La Puerta de Arena se abrió de repente y de las profundidades entre el océano y la tierra surgieron Los Suplicantes, fantasmas que pedían justicia en un coro de ultratumba. Encabezaban la marcha mujeres cargando niños llorosos, y huérfanos, y padres cuyos hijos habían sido secuestrados sin que los que los capturaron hubiesen dejado el menor rastro. Tierno Mesurado distinguió entre ellas a la misma mujer con quien había tropezado en la primera ocasión en que visitó las entrañas expuestas por la Puerta de Arena; su rostro entristecido no había variado, erizaba el rictus desgarrador, los brazos hacia delante en intención perpetua de búsqueda.

—¡Arión, Arión! ¡Se han llevado a mi niño! ¡Arión!

Facho Berreao retrocedió y con él los demás ante Los Suplicantes.

Nadie hubiera podido profetizar el bien merecido final de Falso Universo, sintió tanto ñao, o sea miedo, frente a los alebrestados espíritus que su cuerpo inició un proceso alérgico irreversible y fue hinchándose y elevándose como un globo fofo hasta que se le reventaron todas las costuras de las diversas cirugías estéticas y estalló cayendo al suelo repartida en pellejos y tiras de silicona que formaron un montoncito de desperdicios tóxicos para el planeta, materia altamente peligrosa de la que contribuye a ensanchar aún más el huraco a la capa de ozono.

En el templo de Iris Arco la situación no varió hasta que de la boca de la mujer brotó una luz blanca y resonaron sus palabras en un eco tan distante que alcanzó en audio a las dimensiones de su cabellera. Las puntas de su pelo tocaban ahora en un vaivén líquido las rocas colindantes al Malecón cayocrucero, y hasta allí se escuchó su mensaje:

—Cayocruceros, despierten, salgan a caminar. Caminen. Que no quede nadie dentro de las casas, no teman, salgan a caminar. Tomen las calles pacíficamente. Nadie grite nada, nadie diga nada. Caminen y mírense a los ojos. Caminen y observen a su alrededor. Dediquen una jornada a caminar. Caminen y contémplense, estúdiense detenidamente entre todos. —La voz suave surtía efecto balsámico.

En la isla, tan ruidosa por costumbre, el silencio se adueñó de las calles: Las puertas de las casas se abrieron y cada ciudadano se transformó en un caminante. Caminaban y caminaban sin rumbo, con el único objetivo de tomar las calles. Un enorme presentimiento invadió a los transeúntes, y la sospecha de que un acontecimiento trascendental se gestaba creció en la medida en que las bocinas de cada cuadra tan habituadas a vociferar en la tarea de robotizar a la gente permanecieron mudas, como a la espera de una orden precisa que no acababa de ser impuesta. Las miradas se cruzaban sin gestos ni tan siquiera quejidos, escrutándose, explorándose. Todavía cundía el pánico. ¿Cuándo se botarán los tanques para la calle dispuestos a masacrarnos?, preguntaban para sus adentros los más comprometidos con el poder. No sucedió lo peor. No sacaron, ya no un solo tanque, ni siquiera tiraron una trompetilla. En el otro lado, desde el horizonte de enfrente, la voz de Iris Arco entonaba una esperanzadora melodía que ilusionaba y avivaba los sentidos. En Cayo Cruz, los caminantes no cesaron de andar por la ciudad hasta que no les dieron la noticia, un año después, de la muerte de DoblevedoblevedoblevepuntoHombreProfundamenteBestiapuntoCom; chocando sabiamente unos con otros, poco a poco intuyeron que sus vidas se tornarían menos desastrosas, y los rostros empezaron a desperezarse, y a sonreír distinto aunque discretos.

Silueteada por la luna llena, Iris Arco estiró el brazo y de un jalón pescó a Arión, náufrago en una nube, escoltado por delfines cuyo lenguaje acaparó la atención de todos. *Prrrtttt, prrrttt, uuuiiii, uuuiii...* Iniciaron el espectáculo y el delfín más joven nombrado Alceo entonó:

Cálmate. Vive aquí
Jamás nuestros gritos de auxilio fueron escuchados:
No lo serán mañana...

Teodóridas, el delfín que saltaba con ímpetus divinos, reemplazó a su hermano menor y cantó: *Iiiiiippppp, mmmiiiii...*

Embárquense sin miedo. El mar causó mi muerte,
Pero otros, aquel día, llegaron a puerto.

En la ocasión siguiente se decidió Posidippus, el delfín que ganaba en corpulencia a los demás.

Lglglglg, liul, liul, liul, liul...
A mí, ahogado, usted me acostó bajo esta orilla;
Sepa que le agradezco, pero mi suerte es amarga,
¿Deberé yo escuchar, para la eternidad, el bramido del mar?

Después le sustituyó otro que cantó al poeta muerto en el exilio. Y un quinto que recitaba imitando a una diva:

No fondear en el hombre errante en el extranjero:
Si él retorna a su país, todo en él va a cambiar.[2]

El géiser disminuyó en potencia y los delfines se hundieron en el océano a la vista de todos; la mujer y el niño abrazados descendieron y tocaron tierra, avanzaron entre la multitud. La temperatura había cedido, la brisa se encargó de dibujar un sendero por el que Iris Arco se desplazó sin chamuscar a nadie, ya no restallaba al rojo vivo, y las manos de los fieles en éxtasis se desvivían por acariciar su piel.

Por fin, Saúl Dressler y Neno desviaron las tropas de los federales hacia donde se hallaban Tierno Mesurado y los monjes. Los espíritus cercaban a los espías obligándolos a hundirse en el mar al parecer con la intención de mantenerlos paralizados. Los federales arribaron cuando las olas rozaban los mentones de los canallas. De este modo fueron sorprendidos Facho

2. Nota de la autora: traducción libre del francés de los poetas griegos citados. «La corona y la lira». *Poemas traducidos del griego*, Marguerite Yourcenar, Gallimard, 1979.

Berreao, Adefesio Mondongo, La Maraca Terrorista y La Quimera Empanizada, junto al grupo de espías; pero sus cuerpos y vestimentas no se dejaban apresar por las manazas de los policías, brillaban resbalosos debido a la cantidad de ungüentos pestilentes con los que se habían empavesado para evitar las quemaduras solares y alejar a los tiburones con el desagradable olor a rancio que regaban por doquier. Los agentes pretendían atraparlos y ellos se les escurrían entre las manos. Por fin los agarraron y los encerraron en los carros blindados.

—Lo que comentábamos, Fontiglioni, los dejarán escapar —comentó el detective con el padre.

—Eso es la política —musitó el otro resignado.

Amanecía e Iris Arco paseaba por la orilla espumosa —pues como decía Melina Mercouri en *Never in Sunday,* a cuyo personaje no agradaban las tragedias, Medea forzosamente debía largarse a la playa con sus hijos—, cargaba a Ilam, y Zilef daba una mano a David y la otra a Arión. Al llegar a un peñasco se acomodaron en la arena. La brisa soplaba cálida aunque el sol refulgía débil. La madre de Arión surgió envuelta en una marea de arena, al verla el chico corrió hacia ella y la estrechó hundiendo la carita en su vientre. Estaba advertido por Iris Arco que el encuentro duraría unos pocos minutos, el tiempo de que él se reconciliara con la realidad de que su madre había perecido en el trayecto marítimo cuando intentaba huir junto a él de Cayo Cruz. La madre se arrodilló y atrajo al muchachito contra su pecho, murmuró unas palabras y él la besó varias veces, asintiendo. Ella repitió lo dicho cubriéndole de mimos:

—Sé valiente, Arión, lo necesitarás; nunca te abandonaré. Cuando escuches el canto de los delfines será un mensaje de amor que yo te envío.

Entonces Arión y su madre se disolvieron en un flechazo azul absorbido por las pupilas de Iris Arco.

Empezó a humedecer el ambiente una llovizna muy fina. Orballo, rectificó Tierno Mesurado a Yocandra. Y ese orballo lentamente fue tomando estructura y se hizo granizo. Notaron que el viento sopló helado y atardeció más temprano que lo habitual. El Lince apagó la climatización, al igual que en todas las demás casas de Miami, tuvieron que renunciar al aire acondicionado. Extrajeron las colchas olorosas a naftalina de sus embalajes originales, engavetadas desde que las habían adquirido en el año de la corneta. Las vidrieras de las tiendas se cundieron de perchas exhibiendo abrigos de lana y cachemira, bufandas gruesas, guantes de cabritilla, y todos los objetos referentes al invierno. Enfrió ostensiblemente la temperatura, tanto que en pocas horas la granizada devino tempestad de copos de nieve.

¡Nevaba en La Sagüesera! ¡Nevaba en Miami entero!

Y puesto que nevaba en la ciudad, la gente se dijo muy optimista que por qué no desempolvaban las carrozas, las retocaban y armaban un carnaval. Ya que un carnaval que se respete debía celebrarse en invierno. Pusieron manos a la obra y las carrozas estuvieron listas en menos de lo previsto, y también los ciervos traídos especialmente de Pennsylvania para tirar de ellas.

Confeccionaron trajes y máscaras al estilo veneciano, cosieron disfraces de rumberas y de congueros, desempacaron farolas, cadenetas y serpentinas. Se armó el barullo. Eligieron a Iris Arco como reina del carnaval, y pese a que los locutores, aves de mal agüero del telediario, alertaron que la nevada alcanzaría las treinta pulgadas, los miamenses continuaron entusiasmados, enfrascados en la realización de los festejos.

Fue uno de los desfiles más sonados, *«las carrozas partieron de Biltomore Way con la avenida Segovia, siguieron hacia el ayuntamiento de Coral Gables, continuando por Miracle Mile, hacia la avenida Alhambra, y de ahí a Ocean Drive»*, comentó el diario local *El Nuevo Mundito*. En la carroza que guiaba el cortejo de payasos y muñecones resaltaba la mujer más bella del mundo, Iris Arco, coronada con un cintillo de terciopelo, ceñida con un sencillo vestido de cola y de seda pálida, el abrigo era blanco con un cuello emplumado que acentuaba los rasgos de *«Longina, seductora, cual flor primaveral»*. Habían instalado gradas con calefacción de gas para que el público no se helara. Desde el palco principal Saúl Dressler observaba embobado a su mujer, rodeado de Alivia Martirio y Milagros Rubirosa, quienes le daban a la sin hueso animadamente. Ufano Querella se afanaba en que Fernán le volviera a repetir cómo carajo había hecho para conectar semejante jonronazo en la luna, mientras éste sólo tenía ojos para Nina, alborotada cacheando sus guiños voluptuosos. Clasiquita y Cirilo, con las alas más estupendamente esplendorosas que nunca, se arrullaban en el palco trasero. La Gusana invitaba a Neno a su residencia campestre, embullándolo en la siembra de uvas, aprovechando esta oportunidad única del clima tan europeo. A Neno se le caía la baba con ella, el corazón le latía como en aquella ocasión en que su cúmbila entró en el Sebenileben más colga'o que un ahorcado, pero esta vez era por *big love*, amor riquísimo borboteando en las arterias en un cosquilleo que le trozaba la vejiga. Yocandra disfrutaba en callado asombro de aquella multitud de personas arrollando libremente; a su lado, Tierno Mesurado se decidió a distraerla hacia él:

—Vendré más menudo a Miami, para verte.

Fingiendo que no tomaba en serio sus palabras ella replicó:

—¿Y por qué tendrías que irte?

—Tienes razón. —Y abrigó la mano de Yocandra dentro de la suya.

Amotinada Albricias Lévy y Apasionada Mía eran las reinas de la carroza del Sindicato de Lesbianas, y desde la cúpula se desgañitaban entonando rancheras. Ñeco, Mañungo y Amado Tuyo jugaban dominó encaramados en la carroza de los Barberos de Healeah guiada por Suzano El Venezolano.

De la muchedumbre levantaron vuelo el enano Fontiglioni y los hermanos alquimistas, subidos a unas fregonas muy modernas regresaban a Europa. Antes de empinarse a lo más encumbrado del infinito —para evitar accidentes con la circulación aérea— agitaron sus sotanas y de ellas revoloteó polvo de ilusiones. Tierno Mesurado les agradeció por telepatía, anunciándoles además que en breve los visitaría en sus predios. Yocandra les dijo adiós ondeando un pañuelo con los colores de Oyá. Ambos repararon en que Oceanía iba encarranchada en una de las escobas, apretada a la espalda del conductor, como en una moto Honda, casco protector incluido. Se daba a la fuga con el bello Luca, camarero del café Florián de Venecia, quien habiéndose filtrado como monje quiso experimentar eso que Alivia Martirio dejó de llamar vida nueva para considerarla sublime atrevimiento.

El Lince no paraba la pata, alborozado se le divisaba ora arrollando de líder de conga volteando sin receso la farola, ora escalando hasta el trono de Iris Arco y allí luciéndose de anfitrión la invitaba a echar un pasillazo. De este modo organizó la rueda de casino de mayor tamaño que jamás nadie haya podido formar; a la altura de Ocean Drive se puso a empatar parejas, y Miami por los cuatro costados se congregó en un inmenso e interminable cinturón cimbreante, y no hubo un alma que no parara de mover el esqueleto en la armoniosa rueda. ¡Castígala! ¡Paséala! ¡Vamos abajo! ¡Voy arriba! ¡Al centro! ¡Atrás! ¡Suéltala! ¡Dame una! ¡Dame dos! ¡Camínala! ¡La suegra! ¡Nos vamos en adiós! Y el regocijo era tal que hasta Tierno Mesurado improvisó algunos pasillos, aunque él era patón que p'a qué, pero Yocandra fue guiándolo cadenciosamente y el pasodoble derivó, nadie supo cómo, en danzón.

Miami estuvo una semana rumbeando sin parar.

El viernes, muy temprano en la mañana, Crisantemo Culillo aterrizó en un avión procedente de Pennsylvania; el primo de Iris Arco, harto de la nieve, retornaba decidido a mudarse definitivamente al soleado Miami. Estupefacto, advirtió que una corriente de aire gélido le dio la bienvenida, y tuvo que sacar de nuevo el abrigo del maletín. Medio mosqueado, pretendió alquilar un taxi, hubo de contentarse con un trineo tirado por ciervos que lo condujeron hacia el centro de la recholata carnavalera. El disgusto más grande sobrevino al divisar una niveladora parqueada a la entrada de una prestigiosa residencia, objeto anacrónico por estos lares, pensó. Debía de ser una especie de juego morboso. Se apeó del trineo y sus piernas se hundieron más allá la rodilla en las treinta pulgadas de nieve; imposible. No, mentira, diría Nina.

¿Hechizo, brujería, milagro?

Esperaba que fuese transitoria esta locura que le había dado a los miamenses de decorar la ciudad con nieve; pensó mientras observaba atónito a su alrededor. ¿De dónde salía la guarapachanga y el descocote? La gente sandungueaba ajenos a la nevada, la cual ya empezaba Crisantemo Culillo a dudar de que fuera de utilería; los copos no paraban de caer directamente de los celajes. Crisantemo Culillo divisó a Iris Arco remeneándose en la carroza; el arco iris naciente en la cabeza de su prima voló en dirección de Cayo Cruz, devolviéndole la soltura natural a su cabellera. También ella percibió la presencia de su primo y le indicó que montara al carruaje. Él subió atinado, y acomplejado, y al alcanzarla procuró averiguar qué significaba todo aquel torbellino enfebrecido de bailadores. Pero al punto desistió de hacerlo, la música atolondraba de tan atronadora; y además, percibió que el sol se asomaba detrás de una nube algodonosa, y que, pese al exagerado y sorpresivo invierno, los penachos de la vegetación se bamboleaban relucientes en un verdor inédito.

—Esto sí que es vida —comentó Tierno Mesurado mientras descalzaba sus pies y hundía los calcañales en la escarcha disuelta en la arena, a la orilla de la playa.

Las palmas reales no se habían puesto mustias.

París, invierno del 2001.

ÍNDICE